KB237585

무림독서생 新무협 판타지 소설
FANTASTIC ORIENTAL HEROES

戰鬼 전귀

전귀 1

무림독서생 新무협 판타지 소설

초판 1쇄 찍은 날 § 2008년 3월 6일
초판 1쇄 펴낸 날 § 2008년 3월 10일

지은이 § 무림독서생
펴낸이 § 서경석

편집장 § 문혜영
편집책임 § 심재영

펴낸곳 § 도서출판 청어람
등록번호 § 제1081-1-89호
등록일자 § 1999. 5. 31
어람번호 § 제2-1436호

주소 § 경기도 부천시 원미구 심곡1동 350-1 남성B/D 3F (우) 420-011
전화 § 032-656-4452 팩스 § 032-656-4453
http://www.chungeoram.com
E-mail § eoram99@chollian.net

ⓒ 무림독서생, 2008

ISBN 978-89-251-1217-6 04810
ISBN 978-89-251-1216-9 (세트)

무림독서생 新무협 판타지 소설
FANTASTIC ORIENTAL HEROES
戰鬼
전귀
1
[금사촌의 혈사]

청
어
람
도서출판

目次

一. 지루하군… 이곳도…….

시산혈해(屍山血海).

'시체가 쌓여 산을 이루고, 흘린 피가 모여 바다를 이룬다'라는 참혹한 현실을 일컫는 말처럼 드넓은 대지가 시체로 메워졌고, 흘린 피는 대지를 붉게 물들었다.

살점이 통째로 뜯겨져 나가며 흘러내린 붉은 피가 세상을 덮은 눈에 뿌려져 온통 붉은빛으로 물들었다. 세상이되 세상이 아닌 지옥 같은 대지.

밤사이 하늘에서 내린 눈꽃은 대지에 수북하게 쌓였다가 원래의 밝음을 잃고 뜨거운 피에 의해 녹아버렸다. 혈우(血雨)에 내리는 눈송이마저 붉은색으로 변해 대지에 쌓였다.

수많은 시체들과 지쳐 버린 사람들, 혹한의 날씨에 헐떡거리면서 내뱉은 입김이 모락모락 피어올랐고, 시체에 남은 온기에 눈이 녹았다.

동토(凍土)에 몸을 누인 시체들은 그 어떤 때보다도 빠르게 굳어갔다.

참혹한 풍경에 대기마저 스산했고, 부는 바람마저 가슴을 후벼 파내듯이 한기를 느끼게 했다.

온통 핏빛으로 물든 하늘과 대지는 눈에 보이는 세상뿐 아니라 살아남은 자들의 마음마저도 무겁고 싸늘하게 했다.

쓰러질 듯한 몸을 땅에 박은 검에 겨우겨우 의지해 세운 장수는 고개를 천천히 돌려 눈앞에 펼쳐진 지옥도와 같은 풍경을 바라보며 흘러내리는 눈물을 주체할 수가 없었다.

참으려 해도 그의 북받쳐 오르는 마음이 참을 수 없게 만들었다. 어제까지도 의기투합해 술잔을 기울이던 자신의 동료가 차가운 동토에 몸을 누이고 숨을 쉬지 않는다. 죽음의 순간 자신을 대신해 막아서다 잘려 나간 목은 찾아볼 수도 없이 으깨져 버렸고, 팔다리는 어느 곳에 버려진 건지 찾을 수 없는 시체의 남은 상처에서는 아직도 뜨거운 핏물이 흘렀다.

수많은 시체의 모습에 손이 떨려왔고, 토악질이 올라왔다.

뜨거운 눈물은 금세 피눈물이 되어 턱을 흘러 물방울을 만들면서 바닥으로 떨어졌다.

"괴물……."

해져 버린 가죽 갑옷을 걸친 장수는 의미를 알 수 없는 말을 중얼거렸다. 이미 지쳐 버린 육체만큼이나 정신도 온전하게 남아 있질 못했다. 살아오면서 지금보다 더 힘든 순간도 많았지만, 눈을 떠 바라보고 있는 풍경과 상황은 그의 굳건한 정신마저도 무너뜨리고 있었다.

장수의 몸을 보호하던 가죽 갑옷은 더 이상 그 역할을 할 수 없을 정도로 해져 버렸고, 몸을 지탱하고 있는 만도(彎刀)의 날은 듬성듬성 이빨이 나가 있었다.

남자는 대몽고의 만부장(萬部將)이었다. 앞머리를 피리하게 깎고, 뒷머리를 동여맨 변발 차림. 대초원을 누비며 살아온 그는 오 년 전 명(明)나라의 전쟁에 참전해 무수한 전장터를 누빈 백전의 노장이었다.

대몽고의 위대한 전사로 살아오면서 수없이 많은 적들의 목을 베었던 전장의 영웅이자 일만 정병을 지휘하는 장군이었다.

삼 일 전.

자신의 땅을 침범했던 명나라의 군사들을 파죽지세(破竹之勢)로 밀어붙이면서 대몽고의 위상을 드높이며 전쟁을 이끌어 명의 영토로 진격하던 그때.

시작은 이름도 모르고, 들어본 적도 없는 야수(野獸) 같은 한 명의 명나라 장수를 만나면서부터였다.

그는 일만의 몽고군이 위풍당당(威風堂堂)하게 명나라의 군사를 베어 넘기면서 진격하고 있던 대평원을 홀로 가로막아 섰다.

부스스하게 늘어뜨린 머리카락으로 얼굴을 가린 검은 비늘 갑옷을 입은 장수.

검은 갑주를 걸치고, 투구도 쓰지 않은 채로 어깨에는 검은색의 장창을 비껴서 기대놓고는 초원에 숫아오른 작은 바위에 걸터앉아 있었다.

그의 옆에는 '한(漢)' 이라는 글자가 쓰여진 깃발이 꽂혀 있었고, '여기서부터는 한의 영토' 라고 말하듯이 거센 바람에 펄럭대고 있었다.

"거기병(擧旗兵)인가?"

누군가 말했다.

거기병은 전장에서 부대의 깃발을 들고 전장에 임하는 병사를 말함이다.

하지만 거기병은 창을 쓰지 않는다. 더욱이 일개의 거기병에게 장수들이나 입는 비늘 갑옷을 입히지는 않는다.

휘하의 장수들은 무덤덤한 태도로 말없이 앉아 있는 그를 보고 코웃음을 칠 때, 그의 고개가 돌려지면서 나직하게 말했다.

"돌아가라."

매우 작은 말이었는데도 일만의 몽고군 전체에게 들렸고,

왠지 소름이 돋아 오르는 듯했다.

휘이잉—

바람이 불어와 한나라 장수의 치렁치렁한 앞머리를 쓸어 올렸다. 드러난 얼굴은 열대여섯 정도의 무척이나 앳된 얼굴이었다.

몽고군은 혹여 적의 계책인가 하여 주변을 정찰했지만, 적들의 모습은 보이지 않았다.

만부장의 손이 들어졌다가 빠르게 내려왔다.

"짓밟고 지나간다."

그의 손을 신호로 수천 필의 말과 보병들의 발구름이 시작되어 대지를 울리면서 질주를 시작했다. 그런데 그때 한나라 장수의 입가에 왠지 싸늘하게 느껴지는 미소가 지어진다고 느껴졌을 때, 그의 모습이 사라지며 순식간에 전방에서 달리던 돌격대와 말이 함께 튕겨져 날아올랐다. 몽고군은 그들의 판단이 잘못되었음을 알게 되었다.

그는 마치 지옥에서 막 이승에 나타난 악귀(惡鬼)와도 같았다. 포효하는 야수, 그 자체였다.

한 명의 장수에 의해 일만의 몽고 정병들이 유린되기 시작했다. 무려 삼 일 동안이나 지치지도 않고, 학살을 했다. 그는 치가 떨리도록 강했고 무서웠다.

그는 세상의 공간 따위는 상관조차 없다는 듯 빛보다 빠르게 움직였고, 그의 창은 거대한 폭풍같이 몽고군을 휩쓸었다.

닥치는 대로 부수고 꿰뚫었다.

대초원의 패자였고, 전장의 용자였던 몽고군이었지만, 검은 갑주 장수의 창을 한 번도 받아내지 못했다.

결국 모두가 죽고, 단 두 사람만이 남게 되었다.

인간 같아 보이지도 않는 악귀와 몽고의 만부장이었다.

두려웠다. 일만의 생명을 죽이고도 표정 하나 변하지 않았고, 삼 일 동안 쉬지 않고도 호흡 한 번 거칠어지지 않는 인간 같지도 않은 모습이라니…….

"전… 전귀!"

두려움이 가득한 군장의 외침에 잠시 동안 우두커니 서서 바라보던 그의 입이 열렸다. 무척이나 무미건조하고 권태로운 음성이 흘러나왔다.

"지루하군. 이곳도 이제 떠나야 하는가?"

그리고는 창을 어깨에 걸치고 천천히 걸음을 옮겼다.

바람은 지면을 스치며 살아남은 몽고 군장의 옷자락을 펄럭이고 스산하게 수천의 시체를 지나 대지를 휩쓸면서 불어갔다.

자연은 그렇게 사람의 삶과는 무관하게 본연의 임무로 돌아갔고, 하늘에는 죽어버린 시체를 노리는 검은 까마귀 떼가 죽어간 이들의 넋이라도 위로하듯이 곡성과도 같은 울음을 울며 하늘을 날고 있었다.

二. 내 이름은 장영이다

짹! 짹!

새들의 지저귐이 시끄럽게 세상의 아침을 열었다.

창(窓)으로 햇살이 갈라져 들어와서는 얼굴 가를 비추고 아
침을 시작하는 사람들의 소란스러움이 귀를 자극해 왔다.

'아침인가? 귀찮군. 조금만 더 잘까?'

휴일 동안 무리를 했는지 온몸에 마비가 온다. 출근에 대한
강박관념.

떡진 머리와 부스스한 얼굴, 눈곱이 덩어리져서 눈이 잘 떠
지지 않는다.

하지만 일어나서 출근을 해야만 한다. 이번 달만 해도 지각

한 것이 걸려서 단주(團主)한테 경고를 먹었다. 무려 한 시진을 세워놓고 무인의 자세가 어떠하네, 무림맹을 뭘로 보냐는 등 해대는 잔소리. 차라리 칼을 들고 목숨이 왔다 갔다 하는 전장을 누비는 것이 낫지.

결국 나는 침상에서 일어나 방에 널브러져 있는 속옷과 기타 옷가지들을 빨래 수거함에 대충 구겨넣었다. 수거함에는 '정심관—1호실'이라고 쓰여 있다.

'다들 출근한 건가? 조용하군?'

내 이름은 장영(張映)이다. 베풀 장에 비출 영 자를 쓴다.

정확히 그 계파는 모르겠지만 나의 아버님은 항상 입버릇처럼 '우리 집안은… 11대 조부님께서는… 그리고 증조부님께서는…….'이라고 시작하셔서 한 시진은 집안 어르신들의 자랑을 늘어놓으시던 기억이 난다.

어린 시절 수십 번 들어온 것을 종합했을 때, 우리 집안은 작은 동네에서 글 좀 안다고 훈장질 해먹고, 고을 현감에게 감사장을 받거나, 군문에 들어가 말단 장수로 전쟁에 두어 번 참가했으며, 그나마 북부 교위를 했던 고조부님이 가장 높았던 것 같다.

하지만 나이를 먹으면서 알게 되었다. 나의 몸에 흐르는 피 때문에 우리 일족은 항상 사람들의 눈을 피해 숨어 살아야만 했다는 것을.

나는 그런 사실이 너무도 싫었다. 그래서 열다섯에 집을 나와 군에 투신했었는데, 교만한 간신들과 쓸데없는 아집에만 차 있는 무관들에게 환멸을 느끼고 스물이 되자 무림맹이라는 단체에 들어왔다. 어떠한 이념이나 정의 같은 것은 나와 상관없었다. 처음 들어온 곳이 무림맹이었고, 그곳에서 나는 무척이나 즐거운 상대들을 많이 만났다. 그리고 그들은 항상 나의 피를 끓게 했고, 내가 뛰어넘을 수 없는 높은 벽 같았다. 전쟁터와는 달리 그들은 한 명, 한 명이 무척이나 강했다. 내가 온 힘을 다해도 이길 수 없는 상대도 있었다

그리고 현재는 무림맹 전투 부대의 하나인 멸마단(滅魔團)의 제이대주로 근무하고 있다.

어딘가에 매여 있다는 사실이 싫었지만 전대의 대주가 십 년 전에 죽으며 한 그의 부탁 때문에 벌써 십 년째 이대주로 근무하고 있다. 그리고 멸마단에는 항상 나를 자극하는 일들이 일어나 아직 큰 불만 없이 지내고 있다.

무림맹의 역사에 대해서는 잘 모르겠다. 크게 관심도 없고, 누가 어떻게 만들었는지, 지금 무림에 누가 어디에 있고, 높으신 분이 누구인지 하는 것에는 별로 관심이 없다. 하긴 좀 따지는 놈들도 있는 듯하다. 하지만 내가 그것을 다 알아야 할 필요는 없다. 나에게 크게 중요한 사실도 아니고, 그걸 외우고 다닐 정도로 머리가 좋지도 않다.

현 무림맹주는 무당파의 최고수이자 현 무림에서도 열 손

가락에 꼽힌다고 하는 태을검선(太乙劍仙) 화무군(華武君)이
란 노인네인데 다들 무공보다는 그 덕(德)이 높음을 치켜세우
는 것 같다. 그리고 예전에 젊었을 때는 엄청 불같은 성격이
었다는데 지금은 많이 변했다고들 한다. 지금은 거의 보살 수
준으로 변했다는데……. 내가 보기엔 잘 모르겠다. 언젠가 대
들었다가 한번 싸운 적이 있어 이기긴 했지만 무척이나 강한
노인네이다. 뭐, 얼굴은 중년 정도이니 노인이라고 하기도 좀
그런가?

그 무림맹주라는 노인이 다스리는 이 무림맹에는 천룡단(天
龍團), 백귀단(魄鬼團), 철혈기마대(鐵血騎馬隊), 환룡단(幻龍
團), 비응단(飛鷹團), 멸마단(滅魔團)의 여섯 개 무력 집단이 있
다.

규모 순으로 순위를 굳이 매겨놓자면 무림맹에서 최대 쪽
수를 자랑한다는 천룡단이 단연 일위다. 단주 아래로 열 개의
대가 있고, 그 아래로 열 개의 조가 더 있으며, 한 조당 스무
명 정도의 무인으로 구성되어 있다.

인원이 많고, 무인 수도 많다 보니 천룡단주는 여느 다른
단과는 다르게 현재 무림맹의 모용단천 장로가 맡고 있다.

쪽수가 많다 보니 희한한 성격을 가진 놈도 많았고, 재미있
는 놈도 많았다.

무림맹의 대부분 행사에 참가하다 보니 대내외적으로 가
장 많이 알려져 있는 것 같다.

그다음이 백귀단인데, 백귀단은 주로 궁수(弓手)들로 구성되어 있다. 그래서 전투 시기나 큰 행사가 아니면 거의 밖으로 돌아다니지를 않는다. 남들이 잘 쓰지 않는 궁을 쓰는 놈들이다 보니 허례허식에 찌든 세도가의 놈들이나 큰 문파의 놈들이 없어 좋았다.

백귀단주는 나와 친해서 형님이라고 불러주고 있다.

백귀단주님은 무림에서 '궁귀(弓鬼)'라고 하면 거의 모르는 사람이 없는 사람인데, 현재 황보세가 가주의 조카뻘 정도 되는 황보편승이라는 무인이다.

황보세가는 강맹한 권(拳)으로 유명하지만 그는 독특하게도 일반적인 황보세가의 무인들과는 달리 궁을 사용한다.

몇백 년 전에 활동한 파천궁(破天弓)인가 뭔가 하시는 분의 진전을 이어받았단다.

궁술 하나로만 무림의 일절이라고 불리기에 황보세가에서도 적극적으로 지원하는데다가 가문에서의 영향력이 대단한 분이다.

세 번째는 비응단 녀석들이다.

난 개인적으로 그다지 좋아하지 않는다. 더러운 꼴이라는 우리 멸마단 녀석들도 마찬가지지만 원래 거지 집단 출신이라 그런지 옆에 있으면 코가 썩을 듯했다.

무림맹에 존재하는 정보 단체인데, 한 오백여 명 정도가 맹에서 숙식을 하고 있다. 사실 규모로 보자면 일만의 개방도가 전부 협조해서 정보를 모으니 최대 규모라고 해도 될라나?

여하튼 그렇다. 단주는 소취개(紹醉丐)라고 불리는 지저분하기 짝이 없는 놈이다.

그다음은 환룡단인데, 한 놈, 한 놈이 엄청 음침하기 짝이 없는 놈이다. 복면에 시커먼 옷이나 입고 다니고, 말없이 몰려다니기도 한다.

이놈들 하는 일이 만날 어두운 데다가 함정이나 파고, 기관이나 만들고, 진법이나 연구하고 합격진을 만드는 놈들인데, 여섯 개의 대 중에서 무공이 제일 떨어지고, 멸마단과는 사이가 매우 안 좋다.

지난달인가? 부대주와 우리 애들이 이놈들이랑 주루에서 술 먹고 시비가 붙은 적이 있는데, 몇 놈을 아주 병신을 만들어서 약환전에서 스무 날인가 요양을 시켜 버린 일이 있었다. 그 다음날 열 받을 대로 받은 환룡단주인 제갈현성이 우리 전각 주위로 대규모 환영진을 설치해 버렸다.

결국 우리 애들은 한 놈도 못 나가고 스무 날이나 굶어서 아사 직전에 있는 걸 외근 나갔다가 오신 우리 대주님이 사정사정해서 풀려났다.

그 이후로 막 나가는 우리 애들도 환룡단 애들 복장만 보면 알아서 피하는 듯했다.

다음은 내가 가장 싫어하는 철혈기마대 놈들인데, 이놈들은 절대 친하게 지내고 싶지 않은 놈들이다.

한번 더러워지면 빨기도 힘든 백색 장포를 만날 빳빳하게 풀까지 먹여서 다니는데다가 그놈들의 독문 무기인 은색의 장창(長槍)을 언제나 반짝거리게 윤을 내어서 들고 다닌다. 농담을 해도 웃지도 않는데다가 철혈기마대라는 이유 하나만으로도 엄청난 자부심을 느끼는 그런 놈들이다. 지들이 무인의 표상이래나 뭐래나……. 하여간 꽤나 있는 척하길 좋아하는 놈들이라 내가 가장 싫어한다. 전쟁이라고는 치러본 적도 없는 초짜들.

마지막으로 여섯 개의 단체 중에 규모가 가장 작은 곳이 바로 우리 멸마단인데, '마를 멸한다' 라는 거창한 이름을 갖고 있지만, 아무도 그렇게 생각하지 않는다.

우리가 하는 일 때문인가 보다. 하지만 나는 아무래도 좋았다. 즐거우니까.

우리는 맹의 전각 안에서는 뭐, 거의 노는 편이다. 물론 얼마 전에 우리 대주님이 환룡단 놈들과의 시비 때문에 금주령을 내리긴 했지만, 거의 매일 술을 마시는 듯하다.

우리 멸마단에 들어온 녀석들의 대부분은 낭인이거나 기반 세력이 없는 곳에서 뽑혀온 놈들이다. 그래서 인원도 다른 단에 비해서 배는 적은데다가 인원 충원도 잘 안 된다. 하긴 정상적인 사고를 가지고 버텨낼 수도 없지만…….

우리 단주 형님은 십 년 전에 사천혈사에서 멸마단에서 유일하게 살아남은 셋 중 하나였고, 가장 연장자였다. 그는 무림맹 내에서도 평판이 좋아 단주가 된 사람이었다.

그 밑으로 일대주인 대연이, 이대주인 나, 삼대주인 상흠이 형님, 막내인 사대주 기홍이 이렇게 네 개의 대로만 구성되어 있다. 한 개 대당 열다섯 명 정도이기 때문에 따로 조를 나누지는 않고 있다.

일대주를 하고 있는 대연이 녀석은 중원 최고 거부라는 만금장의 금씨네 셋째 아들이라는데 형님들이 상계로 진출하자 일만 냥이나 기부하고 무림맹 산하 무관인 정무무관을 졸업한 놈이다. 얼마 전 임무 중에 살수한테서 얻은 무공을 익힌다고 들었다. 지금은 남해 쪽에서 임무 수행 중이라 안 본 지가 꽤 된 것 같다.

통상 정무무관을 졸업하면 천룡단의 조장이나 맹 내에서도 수뇌부에 속하는 곳에 들어가거나 가문으로 돌아가 중추적인 역할을 하기 마련인데, 이 녀석은 집이 상인 집안이라 아무도 오려고 하지 않는 멸마단으로 밀려난 것 같다.

다음은 삼대주 여상흠이다. 그는 꽤나 유명한 무인인데 맹주에 의해 멸마단으로 칠 년 전인가 즈음에 차출되어 들어왔다.

강호에서는 대력패권이라고 하면 오대권사에 들어간다고 자랑을 매일 한다.

소림의 '백보신권' 인가 뭔가를 대성했다고 하던데, 내가 보기엔 수동이나 여상흠이나 별 차이는 없는 듯했다.

하여간 좀 강하다고 인정받는 모양이다. 그래서 천룡단주
나 수뇌부 쪽에서 노리고 있어서 조만간 차출될 거 같다는 소
문이 있다.

그다음이…….

"어? 벌써 도착했군."

이런저런 생각을 하며 장영은 무림맹의 거대한 정문 앞에
도착했고, 품속에 검은 패를 꺼내 보이자 정문 위사들이 공손
하게 인사를 하면서 문을 열어주었다.

멸마단 이대주 장영이 북문을 지나서 열심히 멸마단의 전
각으로 오는 도중에 멸마단의 전각 앞에는 '신입'이라고 지
칭되어지는 한 청년 무사가 서 있었다.

第一章
남궁가휘의 멸마단 입단

戰鬼
전귀

1

남궁가휘. 올해 나이 스물두 살.

현 남궁세가의 적자이자 현 강호의 후기지수들 중 최고의 검수(劍手)라 평가되어지는 자.

남궁가(南宮家)의 창궁검법(蒼穹劍法)을 열다섯에 완전히 익혀 버린 초절정의 귀재이자 약관(弱冠)의 나이에 웬만한 문파의 장로 정도는 찜 쪄 먹을 무공 실력을 가진 자.

고금을 통틀어 제일의 미남이라 회자되는 송옥이나 반안도 울고 갈 초절정 꽃미남이자 개인 추종 세력까지 있는 현 강호의 결혼 상대자 지목 일위.

정무무관을 수석으로 입학하여, 수석으로 졸업해 버린 초

신성.

이 모두가 그를 지칭하는 말이었다.

일례로 남궁가휘의 얼굴을 그린 화폭이 이틀 동안 일만 장이나 팔려 나갔고, 그에 대한 여러 가지 새로운 소식들이 수많은 여인들에 의해 고가에 밀거래되고 있다.

여인들의 우상이자, 대부분의 무관의 꼬마들이 '나도 크면 옥면공자 남궁가휘 같은 사람이 될 거야'라고 한다는 그다.

그런 그가 지금 멸마단 전각의 정문 앞에서 고개를 푹 숙이고 있다.

남궁가휘가 멸마단 전각이 있는 정문에 도착해서 처음 본 것은 왠지 뒷골목 시장에 가서 대충 써달라고 한 듯한 글씨가 쓰여진 현판이었다.

멸마단(滅魔團)이란 세 글자와 제이대(第二隊)라고 대충 써 붙혀놓은 글이 있었고, 언제 손질한 건지 추측할 수도 없을 정도로 거미줄이 무성했다.

허탈했다.

현 남궁가주이자 검왕이라 불리며 세가를 이끌고 있는 자신의 아버지에 의해 울며 겨자 먹기로 지원한 멸마단의 첫인상이었다.

천룡단, 환룡단, 철혈기마대에서 그를 데려가기 위해서 정무무관의 정문을 수없이 드나들었고, 남궁세가로 수없이 많은 연통이 왔는 데도 불구하고 그는 아버지의 반강제적인 말에 의해 멸마단에 입단하게 된 것이었다.

'아버지… 이게, 도대체가… 뭘 배워오라는 겁니까?

며칠 전이었다.

*　　　　*　　　　*

"어이, 아들. 너 멸마단 들어가라."

"예, 아버님. 소자도 멸마단에… 옛? 멸마단이요?"

남궁세가의 가신 회의에서 나온 충격적인 발언.

현 남궁세가의 가주이자 가휘의 아버지인 검왕 남궁창천을 비롯하여 창궁검수의 수장이자 작은 숙부인 남궁창환, 강호 백대검수에서도 수위에 속한다는 둘째 숙부인 남궁창선뿐 아니라 가문의 세 명의 봉공에 자신의 할아버지인 태상가주 남궁무까지 참석하여 세가의 대소사를 결정하는 자리였다.

오늘의 안건은 차기 가주로 내정된 소가주 남궁가휘의 향후 진로에 대한 것이었다.

"그래, 멸마단. 사실 좀 힘들긴 하겠지만 너 정도면 어찌 버티겠지."

"흘흘… 우리 가휘가 그래도 세가에서 배출한 인재 중에 제일 나으니 괜찮겠지."

이젠 태상가주인 조부님까지도 가세하셨다.

"저… 아버님, 그리고 할아버님. 혹여 천룡단이나 철혈기마대를 말씀하시는 게 아닌지?"

남궁가휘는 자신의 아버지가 혹시 잘못 알고 있으신가 하여 조심스레 물었다.

"설마. 아들아, 나 아직 젊다. 멸마단이 맞다."

고개를 갸웃하며 가신 회의에 참석한 이들을 슬쩍 둘러보았다.

다들 수긍한다는 눈치……. 설마?

무림맹의 여섯 개 무력 단체에 대한 이야기는 웬만한 객점의 이야기꾼들도 흔히 하는 이야기이다. 천룡단이 사파 백 명의 무인을 베어버렸다는 둥 백귀단에서 또 마교의 침입을 일백 궁수대로 막았다는 둥 백귀단주의 일시(一矢)는 가히 무림의 일절이라 웬만한 검수들이나 유명한 세가의 자제들도 배우고자 한다는 둥 최고의 무력과 멋진 모습을 가진 철혈기마대가 최고라는 둥 하물며 환룡단에는 강호 제일의 지자(知者)들만 모여 있다는 둥 거지들만 모여 있는 비응단은 하루에 천리를 달릴 수 있는 경공이 있다는 등등의 이야기들이 있지만, 멸마단에 대한 이야기는 대부분이 객점에서 술 먹고 싸웠다는 둥 그나마 무력이 가장 약하다고 평가받는 환룡단에게 시비를 걸었다가 스무 날이나 굶게 되어 피골이 상접하였다는 둥 도박장에 드나들다가 걸려서 무인들의 망신을 다 시켜 버렸다는 둥 어찌하여 멸마단을 만들었는지 모르겠다는 둥 돈이 아깝다는 둥의 이야기뿐이었고, 정파인으로서는 하지 않는 임무를 수행하기 위해 만들어졌다는 설도 있었다.

오죽하면 자신이 졸업한 정무무관에서도 멸마단에 뽑히는 것을 가문의 수치이자 무인으로서의 수치라고 생각하겠는가?

"하지만, 아버님 전 이미 천룡단에……."

"아, 그 신청서 말이냐? 이미 아비가 손을 써 멸마단으로 바꾸어두었다."

"예에?"

일전에 천룡단 제일대주가 직접 남궁가휘를 찾아와 자신들의 규모를 늘릴 생각이라면서 제십일대주를 맡아달라면서 주고 간 신청서를 아주 쉽게 바꾸어놓은 자신의 아버지. 역시 무림맹에서도 아버지의 입김이 엄청나구나 하고 생각하는 남궁가휘였다.

"흘흘흘… 잘했네, 가주. 우리 가휘라면 반드시 멸마단에 들어야지, 암."

무슨 말도 안 되는, 가문의 망신일 수도 있는 일을 두 분께서 이리도 밀고 계시다니 혹여 두 분께서 노망이라도 나신 건 아닐까 걱정되는 남궁가휘였다.

하지만 이대로 포기할 수는 없는 법. 이제껏 한 번도 아버님과 세가의 뜻에 반해본 적이 없는 가휘였으나 이번만큼은 달랐다.

"하나 아버님, 이미 신청을……."

“허허, 괜찮대두… 내 이미 천룡단주인 모용 형님께는 양
해를 구했다.”

‘헉! 설마 무림맹의 삼장로인 모용단천 장로께서 허락을?’

“그래도… 천룡단의 대주인데… 최연소로……. 소자는 천
룡단에… 다시 한 번 생각해 주심이…….”

남궁가휘는 절대로 멸마단으로는 가고 싶지 않았다.

뭐라고 해도 자신은 이번 정무무관을 수석으로 졸업한데
다가 수많은 무인들로부터 추앙을 받고 있지 않은가.

“아버님… 제발…….”

“크흠.”

“험, 험.”

말이 계속 길어지자 남궁창천은 인상을 찡그리면서 헛기
침을 해댔고, 남궁가휘는 고개를 푹 숙이고 입을 삐죽대었다.

“하지만… 소자는…….”

한참을 남궁가휘가 하는 행새를 노려보던 남궁창천은 길
게 한숨을 내쉬었다.

“휴, 아들아. 가기 싫으냐?”

‘대답하기 싫다. 조금만 더 버티자. 모른 척해야 한다’ 라
고 마음을 먹는 남궁가휘였다.

“언제까지 무림맹에 있을 게냐? 세가도 물려받아야 하지
않겠느냐?”

‘좀 더 버텨보자. 이대로 집안의 뜻에 따라 멸마단으로 가

면……. 안 돼! 안 돼! 무슨 일이 있어도 멸마단만큼은. 차라리 거지들과 함께 비응대에서 생활하는 것이’ 라고 생각했다.

“좋다. 아들아. 그럼 한 삼 년 폐관수련할래.”

이거다! 남궁가휘는 드디어 아버님의 뜻을 꺾고, 이겨낸 것이다.

‘네! 아버님 차라리 그편이 낫겠습니다. 안 그래도 창궁검을 좀 더 혼자 수련하고 싶었습니다’ 라 말하고 싶었던 남궁가휘는 그 순간 자신의 아버지의 사악한 미소와 함께 머릿속을 비워 버릴 듯한 말을 들었다.

“이 아비랑 다정하게… 어떠냐?”

“…….”

결국 남궁가휘의 멸마단 행이 이렇게 결정되었다.

＊　　　＊　　　＊

남궁가휘는 갑자기 좋지 않은 기억이 회상되면서 고개를 흔들었다.

그리곤 깊게 숨을 들이쉬고 멸마단 전각의 정문을 밀고 들어갔다.

끼이익.

정문을 열자 대연무장(大練武場)이 모습을 드러내었다.

거대한 연무장. 과연 무림맹이라는 생각이 들 만큼 온갖 무기들이 가지런하게 정돈되어 있었고, 청석으로 반듯하게 다듬어진 연무장의 바닥과 열의를 가지고 수련하는 무인들, 우렁찬 기합과 피를 끓게 하는 기세, 신묘한 합격진의 연습… 까지는 그의 환상이었다.

대충 널브러져 있는 병장기는 녹이 슬어 있었고, 연무장의 청석들 사이로 자란 잡초, 그리고 아무 곳에나 누워서 퍼질러 자고 있는 무인에 한쪽에서는 주사위 놀음까지.

절로 허탈해지게 만드는 광경이었다. 남궁가휘는 머리가 지끈거리기 시작했다.

‘이런 썩을, 내 이럴 줄 알았어. 그때 끝까지 버텼어야 하는데…….’

잠시 동안 남궁가휘는 자신의 처량한 신세가 서글퍼지기 시작했다.

최초의 무림 출도가 저런 꼬질꼬질한 흑색 무복을 입고, 사람들에게 손가락질받으며 활보해야 하다니. 머리가 멍해져만 갔다.

그때 그의 눈에 들어온 것은 그나마 정상적으로 나무 아래에서 좌공이라도 하고 있는 듯 두 눈을 감고 반듯하게 앉은 무인이었다.

남궁가휘는 ‘아, 이곳에도 무인이 있구나. 다행이다’ 하는 생각이 들었고, 이내 그를 향해 천천히 걸어갔다.

좌공을 하던 그는 약간 준수한 얼굴에 흑색 무복을 입고 있었다. 무릎 위에는 그의 무기인 듯한 흑색의 장검을 가지런하게 올려두고 눈을 감고 있었다.

"저기… 저는 오늘 새로온 남궁가휘라고……."

"드르릉, 피유……."

이내 들려오는 코 고는 소리. 혹시나 하는 마음에 다가간 남궁가휘의 고개를 떨어뜨려 놓기에 충분히 위력적인 소리였다.

'제기랄… 이놈이나 저놈이나.'

남궁가휘가 이마를 부여잡고 허탈함에 몸을 돌리는 순간 누군가가 연무장의 문을 열고 들어왔다.

"응? 오늘 신입이 온다고 했는데?"

떡진 머리에 세수도 하지 않고, 대충 흑의 무복을 걸쳐 입은 무인이 연무장에 들어오자마자 주위를 두리번거리며 사람들에게 물었다.

"어? 대주. 신입이요? 신입! 정말입니까?"

"뭐, 신입?"

"야, 신입이란다! 어디? 어디?"

갑자기 생기 없이 쓰러져 있던 이들에게서 활기라는 것이 처음으로 느껴지는 남궁가휘였다.

"저기, 제가 이번에 새로온 남.궁.가.휘.라고 합니다만……."

자신이 유명인임을 나타내기 위해서 자신의 이름을 한 자한 자 끊어서 말하는 남궁가휘였다.

"그래, 신입! 어서 와라. 반갑다. 나 이대주 장영이야."

꾀죄죄한 몰골을 하고 자신의 손을 잡는 장영을 탐탁지 않은 눈으로 쳐다보았다.

"저, 혹시 모르시는 듯해서 드리는 말씀입니다만, 제 이름이 남궁가휘입니다. 이번에 정무무관을 수석으로……."

"남궁가… 휘……?"

대주라 불린 꾀죄죄한 무인이 말끝을 묘하게 올리면서 인상을 찡그렸다.

이제야 반응이 오는구나! 아이구, 이 사람들 사람 보는 눈이 이렇게 없어서야라고 생각하면서 슬며시 미소가 지어지는 남궁가휘였다.

"네, 제가 바로… 현재 구룡의 정점에 있는 남궁……."

이제야 자신을 알아주는 듯한 모습에 기쁜 듯이 소개를 하려던 남궁가휘는 갑자기 자신의 멱살을 잡아채는 장영에게 인상을 찡그리면서 물었다.

'컥, 컥. 이… 이게? 무슨?'

"네놈이 남궁가의 자식인가?"

살기 어린 눈빛으로 자신을 노려보는 장영의 눈빛과 온몸에서 스멀스멀 뻗어 나온 기세로 인해 왠지 위압감이 든 남궁가휘가 대답했다.

"예, 그러합니다만… 어찌?"

그러자 갑자기 언제 그랬냐는 듯이 기세가 확 하고 사라져 버렸다.

"제길, 남궁 영감탱이… 또 귀찮은 걸……. 지난번에 도와주는 게 아니었는데……."

남궁가휘는 갑자기 엄청난 기세를 뿜어내는가 싶더니 허탈하게 자신의 멱살을 놓고 전각의 연무장 구석 문으로 들어가는 대주라는 자 때문에 매우 불쾌했다.

그리곤 그 옆에 서 있던 덩치가 조금 큰 무인이 누군가에게 말했다.

"적환! 이 꼬맹이 데리고 가서 단주 어른에게 인사시키고 와!"

"에이, 부대주님~! 저 바쁩니다. 저런 꼬맹이… 귀찮다구요."

"이게 확 기냥! 빨리 안 가?"

무림맹에 오기 전까지만 해도 항상 세상의 중심에 있다고 생각했던 남궁가휘는 갑자기 귀찮은 꼬맹이 같은 존재가 되어버렸다. 또다시 서글퍼지는 남궁가휘였다.

2

남궁가휘. 올해 나이 스물두 살.

현 남궁세가의 적자이자 현 강호의 후기지수들 중 최고의 검수(劍手)라고 평가되어지는 자.

남궁가(南宮家)의 창궁검법(蒼穹劍法)을 열다섯에 완전히 익혀 버린 초절정의 귀재.

강호무림의 수많은 여성의 우상이자 꽃미남인 그는 현재 멸마단 제이대의 일반 대원으로 무림맹에서 근무 중이다.

세가를 떠나 무림맹에 들어온 지도 벌써 이레가 지났다.

새로 배정받은 숙소에 짐을 정리하고, 무림맹에서 알아야 하는 여러 가지 규정을 공부하고, 흑의 무복을 지급받고, 무림맹의 주요 인사들의 명호와 이름을 숙지하는 등 바쁜 일상을 보냈기 때문에 멸마단 전각에는 출근과 퇴근을 알리기 위해 들른 것뿐이었다.

뭐, 여전히 멸마단 제이대의 모습은 첫인상과 그다지 달라진 것이 없었다. 단지 조금 달라진 것이라면 이대주 장영이라는 자가 하나 더 끼어서 전보다 더 열심히 놀고 있다는 정도?

남궁가휘는 그들에 대해서 일주일간 지켜본 모습과 자신이 세가와 맹 밖에 퍼져 있는 소문들이 별반 다르지 않음을 아주 쉽게 알게 되었고, 아니, 오히려 과소평가되어 있을 정도로 어처구니없는 이야기들이 많았다는 것을 새로 알게 되었다.

'제기랄, 내가 어째서 멸마단이냐고…….'

모든 걸 종합해 보았을 때 남궁세가의 적자이자, 하여간 뛰어난 무인이라고 평가되는 자신이 절대로 어울릴 수 없는 곳이라는 것에 대해서 결론을 내려놓은 상태이다.

결론을 내림과 동시에 천룡단 전각과 무림맹의 여타의 다른 수많은 부서에 자주 드나들게 되었고, 무림맹에 있는 수없이 많은 여성 무인들에게 화사한 미소를 지어주어 인기를 높이는 데 약간 신경을 써주며 일상을 보냈다.

그렇게 하루하루를 보내며 멸마단을 서서히 잊어가던 남궁가휘를 허탈하게 하는 또 다른 사건이 일어났다.

"멸마단 제이대 남궁가휘. 신시(申時) 말 퇴근입니다."

오늘도 천룡단에서 차후에 세가의 가주로서 활용할 수 있는 인맥(人脈)을 다지고(?) 퇴근하려는 길이었다.

오늘은 천룡단에서 새로 사귄 하북팽가의 둘째인 팽무룡과 무당의 형산강, 모용세가의 모용백계 등과 친목을 다지기 위하여 무림맹의 인근에 있는 '진짜 원조 무림 오리탕' 이라는 식당에서 가볍게 음주를 약속해 놓은 상태였기에 퇴근 일지에 빨리 시간을 적어두고 표찰을 교환해 가려는 남궁가휘였다.

무림맹에서는 표찰이라는 것을 사용하였는데, 쉽게 말하면 동서남북의 문을 출입할 수 있는 출입증 같은 것이었다. 별도의 지시나 명령을 받지 않은 경우에는 출퇴근용 흑색 나무로 만들어진 표찰을 위사에게 보여주어야만 출입이 가능하였다.

남궁가휘는 무림맹에 들어오던 날 '멸마단 제이대 남궁(滅魔團 第二隊 南宮)'이라고 쓰여진 패를 받았다.

남궁가휘의 표찰을 교환해 주려던 멸마단의 전속 표찰 교환 무인(?)인 한백은 남궁가휘에게 표찰을 주려다가 갑자기 생각난 듯 말했다.

"아참, 적환 형님이 너 퇴근하지 말고 기다리라고 하시던데?"

"네?"

여태껏 자신이 무얼 하던지 찾지도 묻지도 간섭조차도 하지 않았던 멸마단의 무인들이었기에 조금 의아한 생각이 든 남궁가휘였지만, 일단 자신이 속한 곳의 선배 무인이기에 기다리라고 했다는 말에 별생각 없이 '아, 빨리 만나고 약속 장소에 가야겠다. 아직 한 시진 정도가 남았으니 시간은 넉넉하군' 이라고 생각하였다.

약 일각 정도의 시간이 흐르고 나서야 오늘 아침에 적환 선배가 외근 나갔다는 이야기를 들은 것이 생각이 났다.

"저기, 한백 선배님, 적환 선배님은 외근 나가신 걸로 아는데……."

"아, 그래. 외근 나갔어. 갈 때 너한테 기다리라고 전해 달렸어. 신시(申時) 말경에 돌아온다고 했으니까 좀 더 기다려 보라고. 그리고 나 숙직 근무라 본청으로 가봐야 하니까 잠깐 여기 좀 맡아줘야겠다.”

한백(韓魄)은 남궁가휘의 대답도 듣지 않은 채로 퇴근 일지와 표찰들을 넘기고 나갔다.

“휴. 뭐, 조금만 기다리면 되겠지.”

남궁가휘는 무림맹에 들어오고 나서 처음으로 멸마단의 업무를 보게 되었다.

퇴근하는 대원들에게 일지를 적어주고 표찰을 교환해 주는 일이었지만 말이다.

“멸마단 제이대 북궁우천. 유시(酉時) 초 퇴근… 어? 어째 니가 여기 앉아 있냐? 이름이……?”

북궁우천. 처음 왔던 날 나무 밑에서 좌공을 하는 척하면서 처 주무시던 선배였다.

‘뭐야, 아직 이름도 모르는 거냐?’

다시 한 번 자신이 유명한 것이 맞는지 의심스러워하며 발끈하는 남궁가휘였다.

“남궁가휘입니다. 한백 선배님이 오늘 숙직이라며 맡기고 갔습니다. 여기 표찰 있습니다.”

“그래? 한백이가 오늘 숙직이었나? 이상하네. 뭐, 여하튼 알았다. 내일 보자.”

“네…….”

또 일각여가 흐른 후,

“멸마단 제이대 금마연… 어? 어째 니가 여기 앉아 있냐? 이름이?”

빠직—

‘제기랄, 이 자식들은 무슨 기억력이 거의 조류냐?’

벌써 일각의 시간 동안 여덟 명의 선배가 나가면서 같은 말로 물어보았다.

금마연, 이 자식은 거의 매일 아침부터 대원들과 주사위 노름을 하는 녀석이다.

역시나 남궁가휘는 똑같은 대답을 해주었다. 그런데 금마연이 말해주는 엄청난 사실.

“숙직이라고? 에이, 설마? 너 무림맹 규정집 안 읽어본 거냐? 천룡단을 비롯해서 우리 멸마단까지 모두가 숙직 같은 건 안 선다고. 우리가 무슨 경비 무사나 위사들도 아닌데…….”

“에? 그럼?”

“속았구나? 한백이한테. 너 말고도 항상 신입들이 많이 속긴 하지. 너 뭐라더라, 구렁인가 뭔가 하는 애들 중에 최고라더니 머리는 별로 안 좋은가 보지?”

‘구렁이가 아니라 구룡이다, 이 자식아!’

그러고 보니 ‘무림맹 무사대 기본 규정집’의 한 부분이 뇌리를 스쳐 지나갔다.

제십칠장:멸마단 무인규정.

제십일절:출퇴근 지침.

제칠조:멸마단 전원은 묘시에 출근하여 신시 말에 퇴근한다.

제팔조:별도의 지시나 수행 중인 임무가 없는 한 퇴근 규정은 유효하다.

라고 분명히 쓰여 있던 기억이 이제야 생각이 나면서 '나 정말 안 똑똑한 건가?' 하는 생각이 든 남궁가휘였다.

"그럼 난 간다~! 아직 대주님도 퇴근 안 했으니까 수고 좀 하라고~!"

라고 말하면서 전각을 빠져나가는 금마연.

저런 모자란 것들한테 사기를 당했다는 생각에 거의 석상이 되어가는 남궁가휘.

'혹시 기다리라고 했다는 말도? 하지만 진짜일지도.'

똑같은 두 가지를 고민하면서 남궁가휘는 전각의 이곳저곳을 잠시도 쉬지 못하고 안절부절못하면서 서성대었다.

조금씩 시간이 흐를수록 남궁가휘는 극도로 밀려오는 짜증과 의심 때문에 머릿속이 새하얘져 가고 있었다.

'올까? 아니면 한백, 이 자식의 거짓말? 팽 형님과 약속한 시간이 일각밖에 안 남았는데… 경공을 써서 달리면 시간은 될 듯한데… 아니, 원래 주인공은 조금 늦게 나타나는 법이니까…….'

　누군가 지금의 남궁가휘를 보았다면 의외로 남궁가휘는 무림에 알려진 바와는 다르게 매우 소심하지 않을까 하는 의심이 생길 만한 분위기였다.

　'에이씨, 가자. 분명히 한백의 거짓말일 거야. 난 속은 거야. 확실해.'

　생각을 정한 남궁가휘는 전각의 문 앞까지 걸어가더니 우뚝— 하고 멈추곤 시무룩한 표정으로 또 무언가를 고민하기 시작했다.

　'혹여 진짜로 기다리라고 했으면 어떡하지? 어쨌든 상급자니까 항명이 될까? 하긴 아무리 시답잖은 놈들이라도 무림맹인데, 처음에 보니 대주라는 놈이 할아버님, 아버님을 다 아는 듯하던데. 그러고 보니 적환이란 놈도 대주와 친해 보였어. 만약 여기서 그냥 가고 나면 세가에 연통이 가게 될까? 아씨, 제길, 기다려야 하나? 아버님이 알게 되면 아무래도 무림맹까지 친히 뛰어와서? 으윽, 생각하기도 싫다. 그럼 수많은 사람이 보게 될 거야. 사람들 있다고 안 때릴 아버님이 아니니까. 그럼 옥면공자(玉面公子)라는 호칭 대신에? 제길, 기다리자.'

　그렇게 왔다 갔다를 반복하는 남궁가휘.

　어느새 시간은 유시.

　약속 시간은 벌써 한참이나 지나 버렸고, 멀마단의 전각에는 어둠이 찾아들었다. 깜깜한데도 남궁가휘는 불을 켤 생각도 하지 않은 채 계속해서 고민에 빠져 있었다.

'아, 벌써 약속 시간은 늦어버렸고. 내일 만나면 뭐라고 변명하지? 갑자기 할아버지가 쓰러지셨다고? 지나가다가 도둑을 보고 불의를 못 참고 쫓아갔다고? 아니면 뭐라고 해야 변명이 멋있어 보일까?'

이런저런 생각을 하는 동안 멸마단 이대의 전원이 다 퇴근해 버렸다.

기다리라고 했다던 적환은 올 기미가 안 보였다.

"아! 퇴근 일지!"

혹여나 적환에게 다른 임무가 있을지도, 어쩌면 오늘 안 들어온다고 적혀 있을지도 모른다고 생각한 남궁가휘는 오늘자의 퇴근 일지를 뒤졌다.

"어디 보자… 찾았다. 적환! 묘시에 입시… 라고만 적혀 있네. 아직 퇴근 안 했고, 오늘 복귀하는구나."

시무룩—

"그럼, 계속 기다려야 하나? 하아, 그리고 보니 이런 쓰… 한백, 이 개 잡종 같은 놈. 선배고 뭐고 내일 만나기만 해봐라."

남궁가휘가 전각 안에서 이런저런 생각을 하면서 적환을 기다리고 있을 때 마침 누군가가 전각의 문을 열고 들어왔다.

끼이익—

밤이 되어서 조용한 분위기가 되자 을씨년스러운 소리를 내는 문이었다.

문이 열리는 소리가 들리자 남궁가휘는 반사적으로 고개가 홱 돌아갔다.

"어라? 꼬맹이 아냐? 한백이 놈이 말은 잘 전했나 보네."

적환은 슬쩍 남궁가휘를 쳐다보고는 무복을 벗으며 자신의 무기인 단봉을 놓아두기 위해 등을 돌려 한쪽 구석으로 걸어갔다.

'꼬… 맹… 이… 이런 개…….'

또다시 꼬맹이라는 말은 듣게 되었다. 아무리 생각해도 몇 살 차이도 안 나 보이고 무식하게 덩치만 커 보이는 적환이라는 무사이자 별 거지 같은 멸마단의 놈팽이에게 벌써 두 번이나 꼬맹이란 표현을 듣게 된데다가 이제껏 자신을 기다리게 한 것에 대한 분노가 올라오면서 눈에서 살기가 서서히 피어올랐고, 두 주먹에서는 서서히 기세가 끓어오르기 시작했다. 비로소 남궁세가의 적자의 본면목이…….

"이런… 개 버러지… 같은… 멸마단 무사 놈이……."

두세 걸음 걸은 적환은 갑자기 무언가 생각난 듯이 엄지와 검지를 턱에 괴더니,

"근데… 한백이, 이 개 잡종… 어쩌구 하는 말이 들린 것 같았는데……?"

"헉!"

우렁찬 목소리로 욕설을 내뱉으며 남궁가 최고의 장법이며 무림의 일절이라 회자되는 명옥장(明玉掌)의 기운을 일수에 몰아치려던 남궁가휘는 적환의 한마디에 언제 그랬냐는 듯 씻은 듯이 기세가 사라지면서 목소리는 급격히 줄어들었다.

'개 버러지… 같은… 멸마단 무사 놈이…….' 라는 말은 천이통(天耳通)을 시전해 내지 않고는 들을 수조차 없게끔 뱉어 내었다.

'헉, 실수다. 이놈들이 세가와 친하다는 것을 깜빡했다.'

멸마단 이대의 누구도 세가와 친분이 있다거나 하는 말은 아무도 안 했을뿐더러 남궁가휘가 남궁세가의 자제라는 것조차 아는 사람이 이대주 한 명에 불과한데 남궁가휘는 지레짐작했다.

"근데… 이런 뭐라고? 뒷말이 잘 안 들렸는데… 어이, 꼬맹이, 뭐라고 한 거냐?"

'이씨, 또 꼬맹이라고…….'

라는 생각과 달리 한껏 의지와 상관없이 비굴해지는 남궁가휘였다. 원래 성격이 이렇지는 않았는데…….

"적환 선배님도 참. 누가 그런 욕을 했단 말입니까? 내 이 놈을 찾아서? 사실 이렇게 말하려고……."

한껏 갖은 아양을 떨어대며 비교적 간사하게 웃었다. 물론 강호의 여성들이 보았다면 '까악~! 날 보며 웃어줬어' 라면서 서너 명이 쓰러질 법한 미소였다.

"뭐, 뭐냐. 너 간신배처럼 웃기나 하고. 혹시? 야! 나 그런 취미 없어, 임마~!"

적환은 슬슬 남궁가휘와 거리를 두더니 멀찍이 떨어져서는 남궁가휘의 눈치를 보면서 자신의 무기를 놓아두었다.

또다시 서글퍼지는 남궁가휘였다. 꼬맹이에 이제는 남색주의자가 되다니…….

"선배님! 저도 그런 취미 없어요!"

"아, 그래? 뭐, 그럼 다행이고."

라고 말하면서도 여전히 거리를 두는 적환을 보며 남궁가휘는 고개를 절레절레 흔들었다.

"근데 왜 기다리라고 하셨는지?"

"아! 맞다. 너 돈 있냐?"

"네? 네, 돈은 있습니다만? 무슨 일로?"

"얼마 정도 있냐?"

"아마도 한 금자 하나 정도… 그런데 무슨 일로?"

"좋아~! 자자, 가자~!"

적환은 남궁가휘에게 돈이 있음을 확인하자마자 헤벌쭉 웃으면서 전각의 문을 열고 나갔다.

적환 때문에 약속을 못 지킨 것도, 한백에게 속았던 것도 벌써 잊어먹기 시작한 남궁가휘였다.

아마도 그는 소심한 것뿐 아니라 지극하게 단순할지도…….

“저기! 적환 선배님, 아직 대주님이 복귀를 안 하셨는데…….”

남궁가휘는 아직 교환하지 못하고 들고 있는 표찰 하나를 보이며 적환의 등 뒤로 말했다.

“아! 그 양반. 안 올 거야, 오늘은. 자자, 빨리 따라오라고~!”

“하지만…….”

벌써 적환은 저만치 앞서서 걸어갔다.

남궁가휘는 부랴부랴 표찰을 원래의 자리에 놓고 적환의 뒤를 따라 뛰어갔다.

한참여를 걸어가서 도착한 곳은 마치 야시장이라도 열린 듯한 곳이었다.

온통 좌판을 깔고 지나가는 손님에게 물건을 권하는 호객꾼들과 어줍지 않은 실력으로 차력을 보이면서 구경꾼들에게서 돈을 받아 챙기는 사람들, 신종 만병통치약쯤 되는 것을 팔기 위해 깃발을 꽂고 뱀을 부리는 사람들에 화장을 떡칠하고는 야한 치마를 슬쩍슬쩍 올리면서 지나가는 취객을 유혹하는 기녀들까지…….

무림맹이 있는 장안의 밤거리에서 흔히 볼 수 있는 광경이다.

‘무림 불야성 장안 도깨비 시장.’

전 중원을 다 뒤져도 사시사철이 밝게 빛나는 곳은 이곳뿐
이었다. 중원의 수많은 문물들과 장사치들이 모이고, 서역,
동영, 조선에서 모인 수많은 문물들, 밀무역을 통해서 생기는
황실의 물건에 수백 년 전에나 구할 수 있었던 골동품까지.
구할 수 없는 물건 빼고는 모조리 다 모아놓은 곳이며, 아는
사람들만 안다는 장물 경매장, 관군들의 단속을 피해서 열리
는 노예 시장에 마누라에 자식까지 팔아먹는 도박장, 불법 투
기장 등등.

장안의 밤은 항상 밝게 빛나고 있었다.

남궁가휘는 항상 세가에서만 자랐고, 세도가의 자식답게
항상 유명한 주루나 유명한 관광지만 돌아다녀 보았기 때문
에 이런 야시장은 처음 와보았다.

적환을 따라와서 보게 된 야시장에는 온통 신기함이 가득
했다.

한참 야시장의 이 골목 저 골목을 돌아다니더니 무언가 발
견한 적환이 남궁가휘에게 찡긋하며 눈 한쪽을 껌벅이더니
따라오라며 손을 흔들었다.

"찾았다!"

이리저리 골목을 돌아다니다가 갑자기 자신에게 손짓하는
적환을 보며 남궁가휘가 '뭘까' 하는 마음으로 다가간 곳에
는 늙은 노인 하나가 동냥 그릇을 놓고 앉아 있는 건물의 문

앞이었다.

"저기 적환 선배님, 혹시 겨우 이 늙은이한테 돈을 주려고 오신 것은?"

"어? 무슨 소리를 하고 있는 거야? 무슨 그런 말도 안 되는 소리야. 우리의 목적은 오로지 저 문 뒤의 세상이라고, 문 뒤의 세상~! 며칠 전에 마연이 녀석한테 듣고 얼마나 찾아다녔는데. 자자, 얼른 들어가자고."

'역시. 그나저나 동정심이란 눈곱만큼도 없는 녀석이구만.'

남궁가휘는 낡은 문을 열고 들어가는 적환의 뒤를 따라 들어가면서 측은한 눈빛으로 앉아 있는 노인에게 동전 몇 푼을 그릇에 던져 주었고, 노인은 이빨이 다 빠진 입으로 고개를 수그리면서 연신 고맙다는 말을 해대었다.

문을 밀고 들어간 곳은 이제껏 남궁가휘가 한 번도 보지 못한 광경이었다.

세상에 태어나서 이런 곳은 절대, 정말로 본 적이 없었다.

들어가자마자 들려온 비파 소리에 시끄러운 음악 소리, 수많은 취객들과 전라의 몸으로 바닥과 천장을 연결해 붙어 있는 봉을 잡고 춤추는 여인들에 허연 허벅지와 가슴을 보일 듯 말 듯 드러내 놓고 생긋이 웃어주는 여인, 그리고 소리를 지르며 머리를 부여잡는 귀티나는 어느 대갓집의 도련님들이 있었다. 천장에는 수많은 야광주들이 박혀 있고, 바닥은 생전

처음 보는 반듯한 돌로 깔끔하게 정돈되어 있으며, 탁자 하나
를 두고 서너 명의 사람들이 모여서 작은 숫자를 들고는 두
손으로 쪼고(?) 있었다.

"어때? 죽이지!"

적환은 휘영 찬란한 불빛들과 전라의 여인들을 보면서 헤
벌쭉해진 남궁가휘을 보면서 씩 웃었다.

"에? 예. 이건 도대체가… 여긴?"

남궁가휘는 이곳저곳에서 소리치는 사람들의 소음과 음악
소리, 그리고 여인들로 인해 정신이 없었다.

"역시. 마연이 녀석, 이런 곳을 찾아내다니. 크흐흐흐흐.
어이 남궁 꼬맹아! 뭐 하냐? 돈 바꿔야지."

적환은 아직도 정신을 못 차리는 남궁가휘를 보면서 구석
진 곳으로 이끌었다.

환전소라 쓰여진 그곳에는 많은 사람들이 줄을 서서 기다
리고 있었다.

철창 안에는 공방대를 '뻑뻑' 피워대면서 주판을 이리저
리 굴리며 줄 서서 기다리는 사람에게 돈을 받고 동그란 장기
알처럼 생긴 무언가를 건네주는 사람의 모습이 보였다.

정신을 못 차리고 있던 남궁가휘는 그 모습을 보면서 혹시
나 하는 마음에 적환을 돌아보면서 물었다.

"혹시? 이곳은 불.법. 도.박.장?"

"어? 몰랐냐? 이곳이 바로 이곳 장안에서, 아니, 전 중원에

서 가장 유명한 도깨비 도박장이다. 으하하하, 놀랍지, 그치?"

남궁가휘는 또다시 혹시나 하는 마음으로 적환에게 물었다.

"저, 그럼? 저에게 돈 있냐고 물으신 건?"

"응. 도박이다, 도박! 뭘 자꾸 물어봐. 너 바보냐?"

남궁가휘는 어이가 없었다. 도박이라니… 그것도 무림맹의(천덕꾸러기 취급을 받는 멸마단이지만) 무인이 이런 불법 도박장을 찾아와서 하다니~!

"에이! 적환 선배님. 혹시 그냥 해본 말이시죠? 저 남궁가휘입니다. 남궁세가의 적자이자…….'

퍼억―

슬쩍 웃으면서 '무슨 그런 농담을' 이란 생각으로 말한 남궁가휘에게 돌아온 건 후두부를 꿰뚫는 듯한 적환의 손바닥이었다.

第二章
증명해 봐

戰鬼
전귀

1

대륙 동쪽 황하의 중하류 지역에 위치한 하남성(河南省).

그곳에 위치한 허창(許昌). 허창은 예로부터 날씨가 따뜻해서 상업의 중심지로 유명했다.

무림맹이 있는 장안은 수많은 유흥과 환락의 중심지여서 관광을 하고자 하는 사람들과 구경꾼 등 각지에서 몰려든 무인과 고관대작들이 모여 사는 곳이라면, 이곳 허창은 대규모의 곡창지가 발달해서 수많은 농산물의 거래지이자 질 좋은 담배의 원산지이기도 했고, 관도가 발달하여 수많은 표국들과 상인들이 거쳐 지나는 곳이었다.

허창의 중안을 가로지르는 관도 위에는 오늘도 수많은 사람들이 오가고 있다.

두두두두두두두—

지진이라도 일어난 것일까, 땅의 울림이 전해져 오자 오가는 사람들이 잠시 멈추어서는 진동이 전해져 오는 곳을 향해서 고개를 돌렸다.

미친 듯이 투레질을 하면서 달리는 한 마리의 말.

무언가에 쫓기는 듯한 인상에 급한 일이라도 있는 것처럼 심각하게 굳은 표정으로 말을 몰고 지나갔다.

길을 지나는 행인들은 행여나 말에 치여 다칠세라 길옆으로 비켜섰고, 관도를 질주하던 말이 갑자기 기우뚱하더니 쓰러졌다.

히이이이잉—!

"저, 저런."

"어? 어? 위험… 해!"

말과 함께 그 위에 앉아 있던 인영은 말이 쓰러짐과 동시에 바닥으로 거세게 내동댕이쳐졌다.

말에 타고 있을 때는 몰랐으나 떨어져 땅에 뒹구는 그는 등에 길게 상처를 입어 입고 있는 옷이 피범벅이 되어 있었고, 생사의 격전이라도 치른 듯이 온몸에 선혈이 낭자했다.

"허억, 허억, 제길, 빨리 알려야 하는데."

무인은 상처 입은 몸을 힘겹게 일으키며 쓰러질 듯 비틀거리는 몸으로 걸어갔다.

　그가 비틀거리며 도착한 곳은 허창의 중심가에 위치한 무림맹의 지부.

　무림맹(武林盟) 허창 지부(許昌地府)라고 쓰여진 현판 아래의 정문 위사들은 힘겹게 걸어와 문 앞에서 쓰러진 무인을 보면서 조금 경직된 모습으로 경계했으나, 이내 쓰러진 남자를 바라보고는 서로 어리둥절해하면서 다가갔다.

　"이… 이 서찰을… 허창 지부장… 마 대협께……. 천룡단 제이대… 괴멸……."

　무사는 자신의 품에서 피 묻은 서찰을 꺼내면서 정신을 잃었다. 정문 위사들은 재빨리 지부 안으로 소리치며 의생을 부르기 위해 달려들어 가고, 쓰러진 무인을 둘러업는 등 정신없이 움직였다.

2

　"적환 선배님! 적환 선배님! 선배님! 금자 하나를 다 날렸잖아요. 얼른 갚으세요. 오늘 준다고 하셨잖아요."

　남궁가휘는 멸마단의 전각에 위치한 대연무장에서 자신을 피해 몰래 들어오고 있는 적환을 보고는 얼른 다가갔다. 지난밤 적환을 따라서 도박장에 가게 된 것은 남궁가휘에게 있어서 새로운 경험이었고, 그곳에서 본 수많은 광경은 신선한 충격이었다. 전라의 몸으로 춤추는 기녀들이 밤새 눈앞에 아른

거려서 남궁가휘는 잠도 제대로 못 잤었다.

남궁가휘는 바꾸어온 도박용 패들을 주머니에 한가득 들고는 적환을 따라서 이곳저곳을 돌아다니면서 도박을 했다.

술이 한두 잔씩 오고 가면서 남궁가휘는 슬슬 기분이 좋아졌고, 더구나 적환은 도신이라도 되는 양 엄청난 돈을 끌어모으기 시작했다.

그러다가 큰판으로 옮겨 도박을 시작했는데, 돈이 아주 조금(?) 모자랐던 것이다. 그러자 남궁가휘에게 돈을 빌렸고, 기분이 한껏 오른 남궁가휘는 '내일 갚아주마' 라는 적환의 말을 절대 신용한 채로 빌려주었다가 한 방에 날리게 되었다.

망연자실한 남궁가휘는 도박판을 쳐다보다가 빌려가자마자 돈을 날린 적환이 안타까워서 무어라고 위로의 말이라도 꺼낼까 하여 고개를 돌렸는데, 이미 적환은 안개처럼 사라져버린 뒤였다.

'당했다.'

남궁가휘는 잠도 자는 둥 마는 둥하고는 일찍부터 출근을 해서 적환을 씩씩대면서 기다렸다. 그리고는 몰래 담을 넘어오는 적환을 발견하고는 돈을 갚으라고 성화를 부리기 시작했다.

"아! 우리 귀여운 남궁가의 적자, 남궁 후배가 아닌가? 그래, 그래. 난 바빠서 이만."

남궁가휘를 발견한 적환은 어색한 웃음을 지으면서 인사

하고는 남궁가휘를 피해서 신속하게 전각의 안쪽에 있는 대
주의 집무실로 들어가 버렸다.

남궁가휘는 얼른 적환을 따라 대주의 집무실로 들어갔다.

"이봐요, 적환 선배님! 언능 갚으세요."

"아, 그 자식, 정말 끈질기네. 알았다고, 알았어. 다음 월급
날 갚으면 될 것 아냐. 얼마나 된다고, 사내자식이 소심해 가
지고."

빠직—

"뭐라고요? 소심! 소심하다니요! 자그마치 한 냥이라고요!
그것도 금자로!"

소심하다는 말에 또다시 발끈하는 남궁가휘였다.

그리고 월급날 갚는다니, 무림맹 무사들의 기본급이 한 달
에 은자 네 냥이었다. 은자 네 냥. 은자 한 냥이면 쌀 한 가마
반을 살 수 있는 돈이었고, 금 한 냥은 자그마치 은자 백 냥에
달하는 돈이었다. 남궁가휘가 무림맹에 와서 의복이며, 생필
품과 용돈으로 쓰라고 세가에서 무려 서너 달치로 준 돈이었
다.

적환이 몇 달이 아니라 이 년은 모아야 갚을 수 있는 돈을
다음 월급날 준다니. 무슨 적금을 찾아서 준다는 것도 아니
고…….

절대 오늘 받아야겠다는 결의를 다지는 남궁가휘였다.

"아, 그 자식 참. 꼬맹아, 니가 잘 모르는 모양인데, 도박장

에서 빌린 돈은 안 갚아도 된다는 것을 모르냐? 크하하하! 내가 어딜 봐서 돈이 있겠냐? 빌려준 니가 잘못이지. 몰라. 배째!"

"크아아아악! 내놔요! 내 돈! 순 사기꾼 같으니라구!"

"뭐? 뭐?! 이 자식이 뭐라고? 선배한테 사기꾼? 이게 진짜 눈에 뵈는 게 없나!"

"그럼 사기꾼이지! 얼른 돈이나 내놔요!"

돈을 주지 않으면 무력이라도 불사하겠다는 투의 남궁가휘.

사기꾼이라는 말에 발끈해서는 한 대 쥐어박을까 말까를 고민하는 적환.

별 쓸데없는(?) 이유로 서로의 기세를 피워대는 둘이었다.

둘은 마치 생사대적이라도 만난 모양새로 대치하면서 기를 끌어올렸고, 그로 인해서 대주실 안에는 흉험한 기운이 가득 차 있었다.

이때 대주실의 문이 열리면서 누군가가 들어왔다.

끼이익―

오늘도 잠에서 덜 깬 얼굴로 자신의 집무실의 문을 열면서 들어오는 이대주 장영은 갑자기 안에서 확― 하고 느껴지는 기운에 어리둥절해하면서 대치하고 있는 둘을 바라봤다.

어이가 없는 장영은 한참을 바라보다가 슬쩍 한숨을 내쉬고 둘을 향해서 다가갔다.

빠박!

"뭐 하냐?"

기세를 피워 올리다가 불의의 일격에 뒷통수를 습격당한 둘은 휙 하고 고개를 돌려 자신들의 고매한 머리를 가격한 인물을 노려보았다.

"째려봐? 죽고 싶나?"

적환은 장영을 발견하고는 끌어올린 기세를 순식간에 풀어버렸고, 남궁가휘는 더욱 기세를 피워 올리면서 눈가에 핏발을 세웠다.

"적환, 무슨 일이냐? 싸우는 건가?"

"싸우다니요? 누가 이런 꼬맹이랑……."

빠직―

'또 꼬맹이!'

"아닌가? 그나저나 단주님이 안 보이더군."

남궁가휘가 기세를 일으키든 말든 전혀 신경 쓰지 않는 장영과 벌써 조금 전에 일을 잊어버린 듯한 적환을 바라보며 어이없음에 서서히 기세가 무기력해져 갔다.

'내가 그래도 남궁세가의 적잔데……. 이런 저급한 놈들한테 무시를… 흑흑.'

화를 내든 말든 아무도 신경 쓰지 않자 또다시 서글퍼져 가는 남궁가휘였다.

장영은 전각 문밖의 연무장을 향해 잠이 덜 깬 눈을 껌벅이면서 물었다.

"마연! 한백! 누가 단주님 못 봤나?"

장영의 물음에 어슬렁대면서 북궁우천이 들어왔다.

"아, 단주님요? 아까 보니까 회의실로 급하게 뛰어가던
데……."

3

무림맹주 태을검선 화무군은 정파와 사파, 그리고 마도에
이르기까지 그 선행과 온화함으로 칭송해 마지않는 인물이
다. 평소 그가 화를 내는 모습을 본 것이 손에 꼽을 정도라고
평가되어진다.

더구나 무림의 태산북두라고 칭해지는 무당파의 현존하는
최고수이자 태극혜검(太極慧劍)의 제십구대 전승자이며 그 극
의를 보았다고 칭해지는 인물이다. 항상 웃는 듯한 얼굴로 무
림맹의 수많은 무인들로부터 존경을 받는 그가 오늘 꽤나 심
각한 표정으로 회의장에 앉아 있었다.

무림맹(武林盟) 장로 회의(長老會議).

정도무림의 최고 의사 결정 기관이자 막강한 권력을 가진
곳.

정파라 칭해지는 무림의 모든 세력들과 수많은 무인들에
의해 선출되어진 장로들에 의해 운영되고, 그 의지가 무림 전

역에 반영되어지는 곳.

　장로 회의가 열리는 무림맹 회의실인 정무회실(政務會室)에는 은은한 다향이 흐르고 있었지만, 누구 하나 찻잔에 손을 가져가는 이가 없었고, 무거운 분위기만이 좌중을 짓누르고 있었다.

　"무려 한 개 대가 전멸에 가까운 타격이라니……."

　누군가 침통한 얼굴로 꽉 다문 입을 힘겹게 열면서 말했다.

　화산에서 파견되어 현재 무림맹의 장로 직을 맡고 있는 칠절검(七絶劍) 강유홍이었다.

　"그래, 아무도 모른다. 못 봤다. 듣지 못했다. 그런데 사천 당가로부터 물건을 호위해 오던 천룡단 일 개 대. 이대주 무적도(無敵刀) 모용천황을 비롯하여 이백에 달하는 무인이 전멸을 당했다. 더구나 따라갔던 비응단(飛鷹團)의 십여 명 무인마저 전멸당하고 살아남은 건 단 한 명이라……. 이 사실을 어찌 생각하오, 군사! 그리고 소취개 단주!"

　맹주 화무군은 어금니를 꽉 다물며 무림맹의 최고의 두뇌인 군사 제갈선우와 비응단의 단주 소취개를 보며 말했다.

　"……."

　"……."

　제갈선우와 소취개뿐 아니라 회의장에 모인 장로, 각 무력 단체의 수장들도 아무런 말도 하지 못한 채 침통한 표정만 짓고 있었다.

쾅!

"지금 무엇 하는 겐가? 무릇 맹에서 한자리 한다는 사람하며, 군사까지 아무런 말이 없는 것인가?"

맹주가 화난 표정으로 탁자를 내려치며 좌중을 향해 소리쳤다.

"어찌할 것인가? 당장 대책이라도 내놔야 하는 것 아닌가? 하아, 군사, 상황부터 설명하시게!"

한참 동안 굳은 표정으로 자리하고 있던 제갈선우는 맹주의 말에 조심스레 일어나 한쪽 벽에 걸려 있는 무림 지도 앞에 서 사천성 일대를 가리키며 입을 열었다.

"네. 이번 천룡단 이대는 사천당가로부터 '그 물건'을 호위하여 무림맹으로 복귀하는 중이었습니다. 사건이 일어난 지금으로부터 정확하게 삼 일 전인 오월 초닷새, 천룡단 이대는 사천 인근의 금사강(金沙江) 상류 지점을 지나고 있었습니다. 금사강 상류에 있는 조그만 마을인 금사촌(金沙村)에서 휴식을 하고 있다는 전갈이 비응단의 파견 무사로부터 닿은 것이 마지막. 이후 삼 일 뒤인 오늘 아침 사고 지점으로부터 동쪽으로 하루 거리에 떨어져 있는 허창 지부에 천룡단 이대 팔조 소속 무사인 제룡검(啼龍劍) 이충(李衷)이 연락을 전하면서 알려졌습니다. 허창 지부로부터 조사단이 파견되어 사고 지점을 확인한 결과, 임무 수행을 나갔던 무인 천룡단 백팔십오 명, 비응단 십이 명을 비롯하여 금사촌의 양민 사십

팔 명이 한 명을 제외하곤 전원 사망하였음이 밝혀졌습니다."

잠시 말을 끊고 맹주를 바라본 제갈선우를 향해 천룡단주이자 무림맹의 장로인 모용단천이 물었다.

"혹시, 흉수에 대한 흔적이나 시체의 상흔에 비춰지는 무공의 흔적은 없었오?"

이 자리에 있는 많은 장로들 중 가장 가슴이 미어지는 자라고 하면 바로 천룡단주인 모용단천이었다. 천룡단주라는 직책 때문이기도 했지만, 사고를 당한 이대의 대주가 바로 모용단천의 둘째 아들인 모용천황이었기 때문이다.

하지만 꽉 다문 입술로 감정을 추스르며 다소 떨리는 목소리로 묻는 모용 장로를 측은한 눈길로 바라본 제갈선우는 죄송하다는 표정으로 다시 말을 이었다.

"아무래도 맹에서 조사단을 파견하여야 정확히 알 수 있겠으나 알려진 바에 따르면 목격자도 없을뿐더러 시신에 난 상흔조차 그 훼손 정도가 심하여… 죄송합니다, 모용 장로님."

"크윽… 휴……. 군사께서 죄송할 일이 무어 있겠는가."

다시 맹주가 물었다.

"아마도 이번 허창 지부 조사단에 개방의 정보조 인원들도 투입되었을 텐데. 소취개 단주, 할 말 없는가?"

"예, 맹주. 허창 지부에 개방의 오결개 급 정보조가 투입되어 살펴본 바로는 검에 당한 사람이 오십여 명, 장법에 당한 사람이 약 사십여 명 등으로 시신의 상처가 저마다 차이가 있는 것으로 본 결과, 흉수는 오십여 명에 달할 것으로 보입니다.”

비응단주 소취개는 개방으로부터 전해 받은 전서를 읽었다.

“음… 그렇다면 특정 단체가 개입되었을 가능성이 높군…….”

맹주는 소취개 단주의 말을 들으며 지끈거리는 머리를 부여잡았다.

“아무래도 ‘그 물건’의 중요성을 따져 볼 때 마교나 사파에서도 노릴 가능성이 있을 것입니다.”

이 장로 회의에 참가한 인원 중 가장 연배가 어린 해남파의 천붕만리검(天鵬萬里劍) 곡현(曲玄) 장로가 말했다.

“파견되었던 천룡단 이대의 무위는 여러 장로님들도 알다시피 모두가 절정 무인이었으며, 그 수가 물경 이백에 달했습니다. 마교의 수라대(修羅隊) 백여 명, 사파의 맹주 격인 흑룡성(黑龍房)의 혈사검대(血邪劍隊) 백오십여 명에 맞먹는 전력입니다. 하나 살펴본 바로는 그 정도 무인 세력이 이동한 흔적은 찾아볼 수 없었지요.”

곡현 장로의 말에 고개를 흔들며 제갈선우가 말했다.

“…….”

한참을 다시 침묵하던 좌중을 향해 맹주가 말했다.

"역시 조사해 봐야 그 흉수를 알 수 있단 말인가⋯⋯. 좋
소!"

맹주 화무군은 잠시 생각을 하다가 결연한 표정을 지으며
품에서 손바닥만 한 패를 꺼내 들고 탁자 위에 놓았다.

탁자에 놓인 패를 본 장로들은 일제히 일어나 고개를 숙이
며 예(禮)를 갖추었다.

"맹주령을 뵈오이다!"

"맹주령을 뵙니다!"

잠시 좌중을 둘러본 맹주 화무군은 명을 내렸다.

"간악한 무리들로부터 정도의 그 역사를 지키기 위해 모인
각파와 세가의 장로들에게 무림 수호를 위해 뭉쳐 온 지 일백
여 년. 그 맹의 십오대 맹주이며 무당의 무인인 나 화무군은
맹주로서 명하오. 이번 금사강 혈사에 대하여 현재 무림맹의
멸마단 이대에게 그 조사를 맡기며, 관여된 자에 대한 모든
권한을 멸마단주 금강철권에게 일임하며, 멸마단의 이번 조
사는 극비에 붙인다. 이번 조사는 무림 전역에 대하여 이루어
질 것이며, 마교와 사파의 흑룡성에 전서를 띄워 협조를 부탁
하도록 하시고 마교에는 강 장로가, 흑룡성에는 곡 장로가 수
고해 주고, 수행 무사는 각 오십 명으로 하여 군사를 편성해
주도록 하시오. 이번 혈사는 반드시 밝힐 것이며, 관여된 이
에게 반드시 응당한 대가를 갚아 죽은 이들의 넋을 위로하도
록 하시오."

"멸마단주, 명을 받듭니다!"
"무림맹 장로 강유홍, 삼가 맹주의 명을 받듭니다!"
"무림맹 장로 곡현, 삼가 맹주의 명을 받듭니다!"
"무림맹 장로 제갈선우, 삼가 맹주의 명을 받듭니다!"
이날 회의가 끝나고 수백 마리의 전서구가 무림맹으로부터 소식을 가지고 날아올랐다.

4

"임무입니까?"
항상 잠에 취한 눈으로 어슬렁대면서 기웃대는 이대주 장영의 집무실.
심각한 표정의 장영이 의자에 구부정하게 허리를 굽혀 앉아서 멸마단주의 말을 듣고 있다.
멸마단주는 짐짓 애통한 표정을 지으면서 장영에게 말했다.
"이번 임무는 이대 전원이다. 장영, 아마도… 어려운 임무일 것이다."
"전원… 입니까? 아직 적응 못한 꼬맹이 하나도 있습니다만……."
장영은 반쯤 뜬 게슴츠레한 눈으로 멸마단주의 얼굴을 쳐다보았다.

“물론 남궁가의 꼬맹이는 제외해도 좋다. 하지만 현재 강호에 알려진 그 녀석의 무공 수위라면 제법 쓸 만하겠지.”

멸마단주는 이번에 들어온 남궁가휘의 얼굴을 떠올리면서 장영에게 말했다.

“흠. 알겠습니다. 아직 철부지 녀석이긴 하지만… 뭐, 미끼 정도라면 쓸 만하겠지요.”

“그럼, 한 시진 후에 출발하게. 필요한 물자는 차후에 사대주에게 말해서 보내도록 하겠네.”

“네, 알겠습니다. 늘 하던 대로 보내주시면 감사하겠습니다.”

“알겠네.”

잠시 후 멸마단주가 전각을 나간 후 장영은 연무장 이곳저곳에 흩어져서 앉아 있는 조원들을 불러 모았다. 물론 남궁가휘는 아직도 사기당한 금자 한 냥을 받기 위해 적환의 곁에 붙어서 꿍얼대고 있었다.

“새로운 임무다. 마연 읽어라.”

금마연은 장영으로부터 임무 명령서라고 쓰여진 노란색의 봉투를 열고 읽었다.

“천룡 이대 전원 사망?! 사망? 전원? 대주… 이, 이건?”

금마연이 장영에게서 받은 임무 명령서의 첫 부분을 읽다가 놀란 얼굴로 장영을 바라보면서 물었다.

그 순간 대충 둘러앉아 있던 이대의 전원의 고개가 쳐들렸다.

"뭐? 뭐라고?"

"천룡 이대가 전멸?"

"그 모용씨 녀석이 죽어?"

모두들 깜짝 놀라서 금마연과 장영을 번갈아 쳐다보았다.

여전히 졸린 눈으로 눈을 껌뻑이며 머리를 긁적이던 장영은 천천히 고개를 끄덕이면서 임무 명령서를 들고 있는 금마연을 보며 귀찮다는 듯이 말했다.

"적환, 한백, 우천, 앉아. 마연, 마저 읽어. 멈추지 말고……."

명령서를 읽다가 놀란 눈으로 장영을 쳐다보던 금마연은 장영의 나른한 말투에 정신을 차리고는 다시 명령서를 읽어 내려가기 시작했다.

"에? 아! 예. 천룡단 이대 전원 사망. 사망 장소는 금사강 상류 금사촌 인근. 흉수 미상. 인원은 약 오십여 명, 생존자 일 명. 현재 허창 지부에서 치료 중. 멸마단 이대 전원 흉수의 색출을 위해 출동할 것. 기한은 무제한. 이상입니다."

금마연이 읽은 내용에 모두들 경악을 금치 못했다.

"…들은바 대로다. 정확히 이각 후에 출발한다. 다른 정보는 없다."

장영은 대충 연무장의 계단에 걸터앉아서 오늘도 감지 않
아 떡진 머리를 긁적이면서 말했다.

"옛!"

"옛! 근데… 저기, 대주님! 남궁 꼬맹이는 아직 적응도 제대
로 못했는데 데려가실 건지…….”

적환은 꿍얼대던 얼굴로 굳어버린 남궁가휘를 가리키면서
장영에게 물었다.

"데리고 간다."

"하지만…….”

"시끄러워. 그 녀석도 멸마단이다. 애송이이긴 하지만 미
끼 정도라면 쓸 만하겠지.”

남궁가휘는 경악한 얼굴로 임무 명령서에 적혀 있던 내용
을 다시 한 번 쳐다보다가 장영의 마지막 말에 고개를 들었
다.

"저기, 혹시? 미끼라는 건?”

장영을 향해서 자신이 잘못 들은 건 아닌가 하는 마음에 물
었다.

"들은 대로다. 너 정도 실력이면 미끼 정도다.”

이대주는 '너의 무공 수위가 어떻게 되는지, 뭘 잘하는지,
이번 임무에서 니가 해야 할 일은 무엇이다' 하는 말 한마디
없이 남궁가휘에게 '미끼' 라는 역할을 맡기려 했다.

"네? 미끼라구요? 쓸모없는 미끼를 할 정도로 제 배움이 낮

지 않습니다. 전… 강합니다.”

‘아마도 어설픈 당신들보다는…….’ 이라는 말을 집어삼키면서 남궁가휘는 장영을 향해 강하게 반박하고 나섰다.

“강해? 누가? 니가?”

남궁가휘의 말에 슬쩍 주위에 있는 조원들을 둘러보더니 장영은 아무런 고민도 없이 말했다.

“네가 제일 약하다.”

임무 명령서를 본 남궁가휘는 이번 사안을 보았을 때 이 허접한 멸마단은 아마도 이번 임무의 연락책이나 일반인으로 변장해서 첩보 임무를 수행하나 보다라고 생각했기 때문에 자신을 미끼 정도로 취급하는 이 어리석은 인물들에 대해서 반감이 들었다.

“이제껏 당신들이 제게 보여준 건 삼류무사나 다름없는 모습이었습니다. 그런데 이번 임무에서 변두리 연락책이나 할 무인들로부터 미끼 취급당하는 건 남궁세가의 적자로서 참을 수 없습니다. 전 이만 멸마단에서 떠나 중요 임무를 수행하는 천룡단이나 비응단으로 가겠습니다. 그럼…….”

상당히 불쾌해하면서 몸을 돌려 전각을 빠져나가려던 남궁가휘는 자신의 등 뒤로 들려오는 장영의 말소리에 고개를 돌렸다.

“재미있군. 그저 애송이일 뿐인가?”

“으득!”

남궁가휘는 비아냥대는 장영의 목소리를 상대할 가치도 없다는 생각에 다시 걸음을 옮겼다.

"증명해 봐. 네놈이 얼마나 강한지를."

한두어 걸음 옮긴 남궁가휘는 어금니를 꽉 깨물면서 고개를 돌렸다.

"좋다! 나 남궁가의 적자, 가휘는 그대 멸마단 이대주 장영에게 비무를 청하는 바이다!"

남궁가휘는 항상 자신이 손에 지니고 다니던 청색 빛이 도는 장검을 뽑으면서 돌아서서는 검끝을 장영을 향해 돌렸다. 순간 장영은 흐트러진 자신의 앞머리 사이로 슬쩍 사악한 미소를 지었다.

"꼬맹이, 이 자식! 감히 대주님께 무슨 무례냐!"

부대주인 사마수동이 인상을 찡그리면서 남궁가휘를 향해 다가서려다가 장영의 손에 의해 가로막혔다.

"좋아, 받아주지."

장영의 미소가 짙어지면서 서서히 그의 독특한 기세가 피어오르기 시작했다.

자신을 무시하는 말투. 남궁가휘는 더욱 화가 났다. 비천한 낭인 출신의 별 볼일 없는 멸마단의 조원과 대주로부터 무시를 받은 사실에 대해 천룡단의 죽음 따위는 이미 머릿속에서 지워졌다.

지금 중요한 것은 자신. 대남궁세가의 적자가 무시당했다는 것이었고, 무공이라고는 정말 별 볼일 없어 보이는 게으른 놈한테 비웃음을 샀다는 사실에 분노가 끓어올랐다. 지금까지 아버님과 할아버님을 생각해 참고 있었지만, 더 이상은 용납이 되지 않았다.

"와라! 비천한 놈!"

화가 나서 눈이 뒤집힌 남궁가휘는 마구잡이식 말을 뱉어내었다.

"멍청한 꼬맹이. 주제 파악할 줄 모르는군."

무림에 알려지지는 않았지만, 장영은 적들에게 전귀(戰鬼)라 불리었고, 지금의 미소는 적들에게 공포감을 안겨주는 그런 미소였다.

남궁가휘는 장영의 비아냥거림에 더욱 화가 나서 무턱대고 달려들었다.

남궁가휘의 검이 유려한 곡선을 그리면서 일 보가 내디뎌짐과 동시에 장영의 기세가 폭발적으로 변했다.

'기세가 변했⋯⋯.'

장영의 한 발이 내디뎌지면서 엄청난 풍압이 장영의 발에 모이기 시작하더니 순간, 시야에서 사라져 버렸다.

뻐억!

순간 '사라졌다'라고 생각한 남궁가휘는 검의 궤적이 미처 내려오지도 않았는데 자신의 복부에 엄청난 충격을 느끼며 허리가 접혔다. 숨이 턱─ 막혔다. 검을 쳐내기 위해 들이

쉰 날숨은 내뱉어지지도 못한 채로 몸이 뒤편으로 떠오르는 것을 느끼면서 일순간 사고가 정지해 버렸다.

뻐버벅, 퍽! 콰악!

미처 신음성을 내뱉지도 못한 남궁가휘의 몸으로 사방에서 주먹과 발이 날아왔고, 첫 번째 공격부터 정신을 놓아버린 남궁가휘는 보이지도 않는 권격에 허공 위로 한 자 정도 뜬 채로 가격당했다.

휘우우우우—

"격공보(格空步) 잔영난타(殘影亂打)."

찰나도 안 되는 순간에 엄청난 수의 권격이 남궁가휘에게 쏟아지고, 잠시 후 남궁가휘의 몸이 바닥에 떨어졌다.

"애송이. 적환, 꼬맹이는 네게 맡기겠다. 나머지는 이각 후에 모여서 출발한다. 목적지는 금사촌이다."

第三章
금사촌 혈사

戰鬼
전귀

1

　허창(許昌)과 사천(四川)의 경계를 가로지으며 뻗어 있는 금사강(金沙江).

　굽이치면서 흘러내린 그 굴곡 굴곡마다 황금의 모래가 지천에 널려 황금의 물결을 이루었고, 지나는 산과 들마다 마을을 만들어 푸른 생명들이 가득하게 군락지어져 있었다.

　금사강은 황금빛 모래사장으로 유명했는데, 햇볕을 받아 반짝일 때면 마치 황금이 가득한 길처럼 보인다고 한다.

　그 때문에 금사강 하류에는 수많은 주루와 객점이 들어서 있었고, 큰 마을들이 가득 형성되어 있었다.

　금사촌(金砂村)은 다소 인적이 드문 강의 상류에 있는 작은 마을이었는데, 원래 마을이 있던 자리는 아니었으나 상류에 있는 사노리산(沙魯里山)에 약초가 많아 약초꾼들이 하나둘 모여 마을이 된 곳이었다.

평소에는 약초를 사러 오는 상인들과 마을 촌민들만이 있는 조용한 곳이었지만, 지금은 시체를 찾아온 수리들과 까마귀 떼, 그리고 스산한 기운만이 감돌았다.

천룡단 이대의 혈사가 일어난 곳은 이 금사촌에서 백여 장(300m) 정도 떨어진 곳이었고, 지금 그곳에는 사방에서 모여든 인파들로 인해 무척이나 시끌벅적했다.

"제기랄! 통제가 안 되는구먼, 통제가! 야! 거기 좀 막으라고… 야! 이 새끼야! 그쪽 밟지 말랬잖아!"

무림맹 허창 지부장 패력도(覇力刀) 마차진(馬次進).

사십의 나이에 허창 지부장이 되었고, 지부장이 되기 이전에 무림에 활동할 때만 해도 마교와 사파와의 수많은 전투에 참가해서 혁혁한 공을 세운 그였다.

길이가 무려 일 장에 달하는 거대한 참마도(斬馬刀)를 휘둘러 대는 그였기에 세인들은 그를 패력도라고 불렀다.

거대한 무기를 쓰는 무인답게 무척이나 호탕한 성격을 지닌 인물이었다.

그러나 오늘은 그렇지 못한 모양이었다.

천룡단 이대가 금사촌에서 전멸되었다는 소문은 쉬쉬하면

서도 날개 달린 듯이 퍼져 나갔다. 워낙 위명(威名)이 당당한 천룡단이었고, 그 수가 이백에 달했기 때문에 관부의 조사단에서부터 일반 무사, 마교의 세력들, 사파의 무사들, 그 외의 어중이떠중이까지 모여들었기 때문에 지금의 금사촌은 엄청난 수의 사람들이 북적대었다.

서로 사이가 좋지 않은 이들의 유혈 사태(流血事態)까지 빈번하게 일어났다.

이곳을 통제하는 허창 지부로서는 정말 미치고 팔짝 뛸 노릇이었다. 무림맹에서 정식 조사단이 올 때까지 현장을 보존하라는 명을 받은데다가 아직 아무런 조사도 마치지를 못했는데 이미 사건 현장은 엉망이 되어만 갔다.

그때 마차진이 발견해 조심스레 보존하던 발자국 하나를 그가 소리치면서 뒤돌아선 사이에 누군가 밟고 지나가 버렸다.

저벅.

"이런 쌍~! 야, 밟지 말라고 했잖아! 이 자식아!"

마치진은 방금 발자국을 밟고 지나간 무인을 향해 소리치며 뛰어갔으나 상대는 신경도 쓰지 않고 지나가 버렸다.

골치가 아파지는 마차진이었다.

"으이구, 이런 상황에서 어떻게 현장을 보존하란 거야! 맹에 있는 자식들은 이 상황을 아는 거야? 야, 전충(全衷). 온다던 조사단은 소식 온 거 없냐?"

2

똑, 똑, 똑…….

어두컴컴한 동굴의 안.

흐릿하게 그 모양의 윤곽만 보이는 동굴 안 천장에서는 어디선가 흘러내린 물이 방울방울씩 모여 바닥으로 천천히 떨어지며 고요한 적막을 울려댔다. 아무런 소리도, 인기척도 없었기에 물방울이 바닥에 떨어지며 생긴 울림은 동굴 전체를 약하게나마 퍼져 나갔다.

그 동굴의 깊숙한 곳.

거대한 광장. 양쪽으로 삼 장에 달하는 아름드리 기둥이 늘어서 웅장함을 느끼게 해주었고, 그 끝에는 거대한 태사의가 놓여 있었다. 지금 그 태사의에 앉아 있는 남자, 비스듬하게 턱을 괴고 앉은 그는 당금 무림을 삼분하는 거대 세력인 마교의 종주이자 세상 모든 마인들의 정점에 선 신강의 패자 혈영마제(血影魔帝) 독고진악(獨孤進岳)이었다.

오만한 듯한 표정 사이로 권태로움이 물씬 느껴지는 웃음을 짓는 그는 슬며시 눈을 감고 있었다.

"마교(魔敎)를 조사하겠다라……."

슬쩍 그의 입꼬리가 올라갔다.

"그래, 이게 전서구로 날아왔다, 이 말이지?"

감정이 묻어나지 않는 덤덤하기만 한 그의 음성에 전서를 들고 왔던 흑의무인은 무릎을 꿇고 부복했다.

"소, 속하는 그저 전서구만을……."

평소의 교주의 성격을 잘 아는 그였기에 온몸이 급살을 맞은 듯이 떨렸다.

"그렇지… 너는 이딴 내용을 나에게 들고 와서 보고만 했지. 너는……."

교주의 팔이 슬며시 들려 올라갔다. 무릎을 꿇고 고개를 조아린 채 부들부들 떨고 있는 무인에게는 눈길도 주지 않은 채로. 그리고 천천히 손을 움켜쥐었다.

"어이! 삼장로! 전서 관리하는 혈응대(血鷹隊)가 자네 소속이지?"

움찔.

태사의로부터 세 번째로 떨어져 있던 기둥의 아래쪽에 서 있는 인영이 움찔거렸으나 그 이상의 변화는 없었다.

"그런데 말이야. 언제부터 무림맹 따위가 우리 마교를 함부로 조사한다, 하지 않는다를 결정할 수 있었지?"

교주의 입꼬리가 다시 조금 더 올라갔고, 앞쪽에 부복해 있던 인영의 오른쪽 눈이 갑자기 터져 나갔다.

퍼억!

"끄아아악~!"

아무런 기세도 일으키지 않은 채 삼 장이나 떨어진 무인을 허공에서 손가락을 움직인 것만으로 살상할 수 있는 자.

"시끄럽군……."

눈이 터져 버린 무인은 한 손으로 자신의 눈을 잡고 괴성을 지르며 부들부들 떨었다.

또다시 교주의 손이 비틀어 쥐어졌다.

"푸하학!"

눈을 부여잡고 괴성을 내뱉어낸 무인은 갑자기 사방에서 머리를 짓눌어 오는 압력의 고통에 몸부림치면서 도망치려고 몸을 돌리던 찰나에 머리가 터져 버렸고, 피와 살점은 사방으로 터져 나가면서 주위에 말없이 서 있던 인영들에게 튀었지만, 그 누구 하나 미동조차도 하지 않았다.

털썩.

"쯧쯧, 소리만 안 질렀어도 눈 하나로 용서해 줬더니… 약하군. 마교의 무사라는 자가 이래서 무시당하는 것인가? 그건 그렇고, 누가 말해봐. 우리 마교가 언제부터 무림맹 따위에게 우습게 보였는지……?"

슬쩍 미소를 짓고 말하던 교주의 입꼬리가 내려가고 그의 얼굴은 다시 권태로움이 물씬 풍겨지는 얼굴로 돌아갔다.

"삼장로……."

교주의 나지막한 부름에 삼장로는 자신이 할 수 있는 최대의 공경을 내보이면서 엎드렸다.

"삼장로 모개! 교주님의 명을 기다립니다."

이럴 때의 교주는 피하는 것이 좋다. 이제껏 교주를 모시면서 수많은 경험을 한 삼장로다. 이럴 때 교주의 심기를 거스르면 어찌 된다는 것쯤은 누가 말해주지 않아도 매우 잘 알고 있었다.

마교의 모든 율법에 우선하는 것.

강자존(强者尊).

강한 자가 곧 정의고, 강한 자의 말이 곧 법이다. 더구나 그 정점에 있는 교주 된 자가 가장 강한 자이다. 더구나 지금의 교주는 독고진악.

마교 초대 교주였던 천마 조사 이후로 가장 강하며, 가장 잔인하다고 평가되어지는 교주이며, 명실공히 천하제일의 무공을 가지고 있는 남자였다.

그에게 있어 생명의 존엄성이나 사람으로서 지켜야 하는 도의 따위는 아무런 상관도 없었다.

단지 지나가는 개미를 손가락으로 꾹— 누른다. 그게 끝이다.

사람의 생명 따위는 교주에게 있어서 개미와도 같은 것이라고 생각하는 그다.

지극히 권태롭고, 지극히도 강한 교주.

어리디어린 교주의 아들이 교주의 오수(午睡)를 방해했다는 이유로 사지가 찢겨 죽었고, 그 아이의 어미이자 자신의 부인에 이어 그 일족마저도 몰살시켜 버린 그다.

"화무군한테 전해. 무림맹의 시답지 않은 요청 따위… 거부한다고. 신강에 발가락 하나라도 들여놓으면… 뭐, 여하튼 그렇게 전하라고. 그리고 이장로, 금사촌에 애들 좀 풀어서 알아오라 그래. 천룡단 이백 무인이면 꽤 쓸 만한 놈들인데… 왜 죽었는지 알아오라 그래."

"예! 교주님. 이장로 구양수, 명을 받듭니다."

교주가, 그 잔인하고 강한 자가 금사촌 혈사에 대해 흥미를 느꼈다.

그 동네에 사는 사람들의 사돈에 팔촌, 심지어 금사강에 깔린 모래의 알갱이 모양까지 알아내야 할 판이다.

지금 보내놓은 조사단으로는 턱도 없었다. 신속하게 자신의 휘하에 있는 혈광살귀대를 보내야 했다.

"좋아. 그럼 이만 하자고, 귀찮으니까."

교주는 천천히 태사의의 팔걸이를 잡고 일어나서 걸어나갔다.

3

"휘유… 이것 보라고, 이 모양이야. 역시나 귀찮은 꼬맹이라니까……."

그때 즈음 해서 멸마단 이대 일행이 금사촌 인근에 도착했다.

남궁가휘는 장안에서 허창으로 오는 내내 적환으로부터
격공보를 배워야만 했다. 그것도 노숙이라도 해가면서 쉬엄
쉬엄 구결이라도 알려주고, 시범이라도 보여가면서 하는 것
이 아니라, 장영을 비롯해서 적환, 금마연은 말을 타고 자신
은 냅다 뛰어온 것이다.

탈진에 탈진을 거듭해 가면서 지금은 온몸이 녹초가 되어
있었다.

"야! 틀렸어! 그게 아니라고! 격공보를 시전할 때는 발에만
집중하란 말이다!"

적환이 편안하게 말을 달리면서 고래고래 잔소리를 해대
었다.

"아씨! 진짜! 지금 몇 리를 뛰어온 줄이나 아시는 겁니까?
그것도 내공은 쓰지도 않았다고요!"

남궁가휘는 입술이 바싹 타 들어갔다. 혀와 목이 벌써부터
말라 버려서 침도 한 방울 안 나온다.

다리의 근육은 이미 비명을 질러대기 시작한 지 오래였고,
멈추면 다리가 굳어서 움직이지도 못할 것만 같았다.

"이 자식이 대들기는. 잡소리 말고 빨리 뛰어. 아님, 버리
고 간다~!"

지금 관도 위를 달리는 인원은 말 위에서 꾸벅꾸벅 졸아대
면서도 떨어지지도 않고 가는 이대주 장영, 고래고래 잔소리
를 해대는 적환, 쌍검을 등 뒤로 비껴 메고는 남궁가휘를 보

며 무엇이 즐거운지 히죽대는 금마연, 그리고 자신의 몸을 말 삼아서 발을 굽 삼아서 헐떡대며 달리고 있는 남궁가휘, 이렇게 네 명이었다.

이제껏 말 위에서 졸고 있던 장영의 눈이 뜨여졌다.

"다 온 거 같군."

장영의 말에 남궁가휘로부터 눈을 뗀 적환은 말을 멈추었고, 이내 금마연과 장영의 말도 멈추었다. 물론 남궁가휘는 그 자리에 풀썩 주저앉아 가쁜 숨을 내쉬었다.

기존의 남궁가휘였다면 이렇게 함부로 주저앉지는 않았을 것이다. 행여 옷이라도 버릴까, 흙이라도 묻을까, 좀 더 고결해 보이려 노력을 했을 터지만 그런 것을 신경 쓰기에는 너무도 몸이 고되었다.

잠시 앉은 채로 숨을 돌리던 남궁가휘는 장영에게 물었다.

"저기, 대주님, 올 때부터 묻고 싶었던 건데, 나머지 대원들은 안 보입니다? 출발할 때는 다들 있었는데……."

그날의 구타(?) 이후 장영에게 무척이나 고분고분해진 남궁가휘의 물음에 장영은 말 위에서 슬쩍 고개를 돌리더니 졸린 눈을 껌벅이면서 귀찮다는 듯이 말하곤 고개를 돌려 버렸다.

"도움도 안 되는 찌질이."

빠직—

‘찌질이! 저 자식을 그냥… 콱! 휴우, 힘없는 내가 참아야
지.’

순간 울컥한 남궁가휘였지만, 드러내기에는 아픈 기억이
조금 더 강했다.

“적환, 마연. 가서 사고 치지 말고 둘러봐라. 난 마 형님께
간다. 조사한 내용은 지부에서 듣도록 하지.”

라고 말한 장영은 현장의 중간 지점에 있는 인영을 향해 말
을 몰아갔다.

적환과 금마연 역시 장영이 움직이자마자 말을 몰아서 이
동했다.

남궁가휘는 주저앉아서 피곤한 다리를 주무르다가 고개를
들자 장영은 이미 없어져서 보이지도 않았고, 저만치 앞쪽으
로 적환과 금마연만이 보였다.

‘나는? 난 뭘 하란 거냐? 아이… 씨팔, 진짜.’

또다시 무시당하며 버려진 남궁가휘는 이내 체념하고는
터벅터벅 적환이 사라진 방향을 향해 힘없이 걸음을 옮겼
다.

적환과 금마연은 현장에 도착하자마자 가만히 멈추곤 이
곳저곳을 향해 고개를 돌리면서 주변의 지형을 살피기 시작
했다. 마연은 그곳에 있는 가장 높은 나무 위로 올라가더니
적환을 향해 양손으로 무언가를 수신호로 알려주었고, 그걸
본 적환은 그의 손짓에 따라 이쪽저쪽으로 옮겨 다녔다.

"흠, 이렇게? 아니야? 그렇다면 저 시체는 이쪽에서……?"

지형과 함께 검에 당해 쓰러진 시체의 위치를 보고는 턱을 잡고 고민하더니 바닥에 무언가 그림을 그렸다.

멀리서 적환을 향해 걸어온 남궁가휘는 그 모습을 잠시 동안 바라보더니 적환에게 물었다.

"선배님, 뭐 하는 중이십니까? 사람들이 이상하게 쳐다보잖아요. 뭘 그렇게 변 마려운 강아지마냥 궁시렁대면서 돌아다니시냐구요. 마연 선배는 뭐가 좋은지 저리 히죽대시면서 나무 꼭대기로 올라가더니 안 내려오시고. 두 분이서 뭘 하는 겁니까? "

아마도 피곤한 몸이라 짜증이 났었는지 인상을 찡그리면서 적환에게 궁금증을 토로했다.

"어? 아, 꼬맹아, 기다려 봐. 좀 더 확인하고 설명해 줄 테니까."

'휴… 이젠 아주 별명이 되어버렸구만. 이러다가 이름이 꼬맹이가 될지도…….'

심각하게 고민하는 남궁가휘.

적환은 한참을 금마연과 수신호로 무언가 이야기하면서 이쪽저쪽으로 돌아다니더니 금마연을 향해서 고개를 끄덕거리고는 남궁가휘에게 다가왔다.

"잘 봐라, 꼬맹아. 너도 앞으로 이 생활하려면 배워둬야 하니까."

적환과 고갯짓을 한 금마연은 나무에서 내려와 적환과 남궁가휘가 있는 쪽으로 다가왔다.

"뭘 배우라는 겁니까? 자꾸 사람들이 이상하게 쳐다본다구요."

주위의 시선을 느끼면서 남궁가휘는 자꾸만 얼굴을 가렸다.

적환은 그런 남궁가휘는 신경도 쓰지 않으면서 손가락으로 한곳을 가리키며 말했다.

"여기 지형으로 봤을 때 아마도 적은 사방을 경계하면서 지나가는 천룡단을 기다리고 있었던 거겠지. 더구나 양민으로 위장까지 하면서 말이지. 저기 죽어 있는 저 녀석과 저쪽의 저 녀석은 지나가는 행인으로 위장했다가 천룡단과 마주치면서 대열의 중간쯤 걸어와서 공격을 했겠지."

시체의 위치와 쓰러진 위치, 그리고 지형을 보면서 적환은 계속 설명을 했다.

"그리고 두세 명의 천룡단 무인이 그 칼에 당했을 거고, 그 다음에 오는 무인과 동귀어진을 하게 된 것일 테고. 그리고 그다음에 본대가 와서 뒤와 옆을 노렸겠지. 그쪽에서 죽은 무인들의 상처는 반격도 못하고 죽은 걸로 봐서는 상당히 빠른 놈들인 듯하군."

적환은 한참을 설명하다가 금마연을 바라봤다. 금마연은 여전히 히죽거리는 얼굴로 남궁가휘에게 설명을 했다.

"아마도 적은 상황이 끝난 후에 쓰러진 무인을 다시 찔러 확인까지 한 듯해. 저쪽의 저 녀석의 위치로 봤을 때는 도망가다가 죽은 것으로 보이고, 완전히 확인한 후에 저쪽 능선으로 일부를 보내고, 실제로 병력은 저쪽으로 이동한 것 같군. 아마도 금사강 상류에서 흔적을 지우고는 배를 탔거나 물속을 잠형해서 사라졌겠지. 강의 상류에는 어느 정도 흔적이 있을 수도 있을 거야."

남궁가휘는 그 둘의 설명에 서서히 입이 벌어졌다.

"저기 있는 저 이대주 모용천황의 시체를 봤을 때 아무래도 꽤 강한 녀석이 개입한 듯하다. 거의 흔적이 남아 있질 않은 걸 보면 말이야. 예측하건대 살수 계열의 무공을 익힌 녀석인 듯해. 더구나 시체에 남은 상흔으로 봤을 때 천황이 녀석은 놀림감이 되었던 것 같아. 죽으면서도 수치스러웠겠군."

매일 허접한 모습으로 장난이나 쳐대는 도박 중독에 잠이나 자는 이들이 맞긴 할까? 하는 생각이 들었다. 얼마 전에 대주에게 맞았을 때 무공 수준은 조금 더 뛰어날지도… 라고 생각은 했지만, 이런 모습은 예상도 못했다.

"설마, 방금 그걸 다 조사한 건 아니시죠?"

남궁가휘는 놀람 반 어이없음 반의 표정으로 물었다.

"어? 방금 조사한 거라 신뢰도는 조금 떨어지기는 하지만 거의 정확할 거야. 대주가 우리 둘을 이곳으로 데려온 이유가 바로 이걸 조사하라는 거니까. 그리고 턱 빠지겠다. 뭘, 놀랄 일도 아닌데."

적환이 경악에 가까운 표정의 남궁가휘를 보면서 피식 웃었다.

"이 녀석 표정이 가관이네. 놀라지 마. 너도 금방 늘 테니까. 아직 제일 약한 꼬맹이에 애송이긴 하지만… 가자. 대충 조사도 끝났고 가서 밥이나 먹자고. 배고프다."

적환은 남궁가휘를 향해 말하고는 배를 만지면서 걸어갔다. 아직 경악이라는 녀석에게서 벗어나지 못한 남궁가휘의 어깨를 금마연이 역시나 히죽대는 얼굴로 살짝 치고는 남궁가휘를 스쳐 지나갔다.

"가자! 밥 먹으러. 나도 배고파."

둘의 걸어가는 모습을 본 남궁가휘는 왠지 그들이 달라 보였다. 전에 없이 너무도 뛰어나 보이는 무인으로 보였다. 그리고 왠지 조금 멋있어 보였고. 남궁가휘는 멀어져 가는 그들을 향해 뛰어갔다.

"선배님, 같이 가요. 저도 배고파요."

第四章
혈광살귀대

戰鬼
전귀

1

　허창의 무림맹 지부 근처에는 정파의 무인들이 주로 이용하는 객잔이 하나있다.

　맹주도 놀란 집.

　이라는 우스꽝스러운 현판 하나를 걸고 장사를 시작한 지 이 년 만에 일층이던 건물을 삼층까지 올릴 만큼 성세를 구가하고 있는 곳이었다.

　일단 객잔의 이름 자체가 독특하기도 했지만 그곳의 음식 맛이 한번 먹어본 사람들은 극찬을 아끼지 않았다. 더구나 정

파의 무인들이 주로 이용하는 곳이라 큰 싸움도 없었고, 허창
에 오는 수많은 무인들의 약속 장소가 되어가고 있는 중이었
다.

적환과 금마연, 남궁가휘. 세 명은 지금 그 객잔의 일층의
구석진 곳에서 식사를 하고 있었다.

"그렇군요. 두 분의 전문 분야였군요. 대단하십니다. 그럼
다른 선배들은?"

반짝거리는 눈망울로 밥도 안 먹고 적환의 이야기에 집중
하는 남궁가휘는 예전의 그의 모습과는 무척이나 달라져 있
었다. 아마도 그들이 현장을 조사하는 모습에 감탄했나 보다.

"뭐 대단하기는… 개방에서 기르는 몇 명의 거지 새끼들이
나 대부분의 정보 단체들도 아마도 예상하고 있겠지."

적환은 그다지 대수로울 것이 없다는 투의 목소리로 말하
면서 밥숟갈을 들고 열심히 먹어대었다.

"그래도 일각도 안 되는 시간에 그런 사실을 조사하는 건
선배들뿐일 거라구요. 저희 세가에서도 그런 것들을 조사하
긴 하지만 이 정도로 빨리하지는 않는다구요."

"그만 하고 밥이나 처드시라고, 자꾸 말 걸지 말고. 누구나
전문 분야가 있는 법이니까 놀랄 것도 없어."

"예? 예."

남궁가휘는 서서히 멸마단에 대해서 생각이 변하고 있는
중이었다.

'역시 할아버님이나 아버님이 그냥 보내셨을 리가 없어. 얼마 전에 대주가 보여준 움직임 역시 다시 생각해 보면 엄청난 수준이었다고. 어쩌면 할아버님이 정말로… 아니지, 아직 확인된 바는 없으니까. 어쨌든 열심히 배워봐야겠어. 격공보라는 것……'

이런 생각을 하면서 밥을 먹는 둥 마는 둥 흐뭇하게 혼자 웃는 남궁가휘의 얼굴을 적환은 금마연과 번갈아가면서 쳐다보더니 고개를 갸웃거렸다.

'어째 이 자식, 헤실거리는 게 마연이 녀석을 닮아가는 분위기지?'

그런 생각을 하면서 밥을 먹고 있는 세 사람 곁으로 머리에는 금실로 수놓인 영웅건을 쓰고, 순백의 백의 장삼에 고급스러워 보이는 검을 든 청년 무인이 다가왔다.

"저… 혹시, 옥면공자(玉面孔子) 소협? 어? 맞네, 옥면 소협 맞군요. 역시 옥면 소협도 천룡단 사건을 조사하러 오셨군요. 역시 대단하십니다. 맹에 들어가셨다는 소문은 들었는데 벌써 조사단으로 파견되어 올 정도라니!"

백의 장삼의 청년 무인은 남궁가휘의 얼굴을 보고는 마치 '존경하는 남궁가휘님을 여기서 만나다니 일생의 광영입니다' 라는 표정을 지으며 호들갑을 떨어댔다.

"아, 우청이구나. 야, 진짜 오랜만이네. 예전에 형산파에 할아버님과 들렀다가 보고 처음이니까 한 일 년 만인가? 하하, 반갑다."

남궁가휘는 다가온 청년을 보고 함박웃음을 지으며 어깨를 잡았다.

"네. 여전히 멋진… 얼굴이긴 한데… 옷차림이 어째……."

우청이라고 불린 청년 무사는 남궁가휘를 향해 웃다가 시선을 내려 그의 지저분해진 옷을 보며 눈을 찌푸렸다.

"옥면 소협의 옷차림이 이렇다니… 어디선가 격전이라도 치르신 모양이군요. 역시, 기다리십시오. 제가 얼른 이야기해서 한 벌 사 오겠습니다."

"아냐, 아냐. 그런데 어쩐 일이야?"

우청은 옷이라도 사 올 기세로 몸을 돌리려다 남궁가휘의 물음에 멈추었다.

"아참, 내 정신도… 금사촌 혈사가 요즘 정파무림의 화제 아닙니까? 그래서 저희도 하나라도 돕기 위해서 왔지요. 참! 오다가 해봉(海鳳) 가여진(賈與珍) 여협과 노호(怒虎) 범광창(凡光昌) 소협 일행과 만나 지금 같이 있습니다."

우청은 자신의 뒤쪽에서 반가운 미소를 지으면서 다가오는 서너 명의 무인을 향해서 손짓하면서 남궁가휘에게 소개했다.

"아, 그래? 이거참, 범 형님도 오셨구나. 구룡오봉(九龍五鳳) 중 네 명이나 모이다니 오랜만이네."

가여진은 남궁가휘를 보더니 생긋이 웃으면서 손을 흔들

어주었고, 범광창은 호탕하게 웃으면서 남궁가휘에게 다가왔다.

"가휘! 오랜만이구먼. 잘 지냈는가? 무림맹에 들어갔다더니 신색이 힘들어 보이네그려. 하하하."

"네, 범 형님, 오랜만입니다."

남궁가휘는 범광창을 향해 포권을 하면서 미소를 지었다.

현재 정도무림에서는 각파의 후기지수들 중 눈에 띄게 뛰어난 열네 명의 무인을 구룡오봉이라고 불렀는데, 남자 무인에게는 용(龍)이라고 붙여 불렀고, 여자 무인에게는 봉황을 뜻하는 봉(鳳) 자를 붙여서 불렀다.

남궁가휘는 그 잘생긴 얼굴 때문에 옥면공자라고 불리기도 하지만 구룡의 정점이라고 불리는 검룡(劍龍)이라고도 불렀고, 팽가의 도룡(刀龍), 낭인 출신의 독룡(獨龍)을 비롯하여 지금 이곳에 있는 장룡(掌龍) 우청과 패룡(敗龍) 범광창, 암룡(暗龍), 지룡(知龍), 후검룡(後劍龍), 화룡(華龍)까지 아홉과 해봉(海鳳) 가어진을 비롯해서 옥봉(玉鳳), 의봉(醫鳳), 철봉(鐵鳳), 빙봉(氷鳳) 등의 다섯이 오봉이라고 불렀다.

딱히 누가 객관적으로 판단한 기준은 아니었지만 언제부턴가 그들을 구룡오봉이라 불렀고, 그중 남궁가휘가 제일 강한 무공을 가지고 있었기 때문에 구룡 중의 정점이라고 칭해졌다.

"이보게, 가휘. 뒤에 계신 분들은 무림맹에서 같이 오신 일행 분들인 듯한데 우리에게도 소개시켜 주시게.”

제법 격식을 갖춘 투로 범광창이 남궁가휘에게 말했다.

“아… 맞다. 여기 계신 분들은 저와 함께 계신 무림맹의…
웅?”

‘멸마단의 무인이십니다’ 라고 말하려고 고개를 돌려 적환
과 금마연을 바라본 남궁가휘는 그들의 표정에 말을 멈추었
다. 적환과 금마연은 굳어진 인상으로 객잔의 입구를 바라보
고 있었다. 찰나에 객잔의 입구 쪽이 웅성거렸고, 밥을 먹고
있는 대다수의 무인들 또한 고개를 돌려 입구를 바라보았다.
입구로부터 묘한 위화감과 신경을 거슬리게 만드는 기운이
느껴져 왔다.

객잔의 주렴이 걷혀지면서 누군가가 들어오자 짙은 마기
가 바닥에 퍼지듯 깔려 들어왔고, 그 마기의 영역에서 벗어나
기 위해 객잔의 무인들이 싹하고 갈라져 섰다.

“웅? 마인… 마교?!”

남궁가휘는 지금 들어온 정체를 알 수 없는 무인들의 기운
이 마교도임을 확실하게 느낄 수 있었다.

그때 누군가 마교라고 예상되어지는 무인들의 복장을 보
고 소리쳤다.

“붉은 혈룡… 검은 장포… 그리고 이 기운… 허, 혈광살귀
대!”

“뭐, 뭣? 혈광살귀?”

"헉!"

"진짜 그 무서운 놈들이?"

누군가의 외침은 순식간에 객잔 안을 혼란으로 몰아넣었다.

시끌시끌하던 분위기는 어느새 조용하게 변했고, 두려움에 차 있는 눈빛을 한 무인, 분노하는 무인들, 약간 비웃음을 가지고 보는 무인들에다가 흘러들어 오는 마기에 견디지 못하고 몸을 살며시 떠는 양민들까지 모두가 다양한 표정으로 막 들어온 마교 무사를 보고 있었다.

혈광살귀대(血狂殺鬼隊).

마교의 수많은 무력 단체 중 정도맹에서 치를 떨 정도로 소문나 있는 그들.

사실 마교 무사를 정도맹에서 볼 수 있는 기회는 흔치 않은 정도가 아니라 평생을 칼밥을 먹고살면서도 못 보는 이가 많다.

마교도들이 원체 어두컴컴한 분위기를 좋아해서인지 몰라도 신강을 벗어난 지역에서 잘 활동하지 않을뿐더러 '나, 마교다'라고 써 붙이고 다닐 만큼 정도무림이 만만한 분위기도 아니었다. 마교인이 정도무림이 있는 곳에 와서 사고라도 치면 무슨 무림공적이라도 된 것마냥 온 무림인들이 모여서 천라지망이다 뭐다를 만들어놓고 무림 전역을 이 잡듯이 뒤져서 꼭 죽이려고 하기 때문이다.

그러나 이 혈광살귀대는 좀 다르다. 신강에 살면서 마교에서 흘러나온 아류 정도의 마교 무공 서적을 익힌 어중이떠중이나 조금(?) 잔인하게 사람을 죽여대면서 악행을 저지르는 그런 마인하고는 비교가 안 된다.

혈광살귀대는 진짜 마인이었다. 머리끝에서 발끝까지 마인이었고, 무조건적인 강함을 추구하는 살인귀. 그 하나하나가 검기(劍氣) 정도는 우습게 뽑아내는 절정의 고수들인 것이다.

실제로 무림에 가장 많이 알려진 마교의 무력 단체는 마교주 직속의 무력 단체인 수라대 정도였지만, 혈광살귀대는 그 잔인함으로 수라대보다 더욱 잘 알려진 마교의 단체였다.

혈광살귀대의 이름이 정도무림에 알려지게 된 것은 십오 년 전의 사건으로 거슬러 올라간다.

십오 년 전 무림맹에서 표현하기를, 창설 최대의 '굴욕'이라고 기억되어지는 그 사건이 있었다.

*　　　*　　　*

십오 년 전 마교 교주 독고진악은 어느 날 갑자기 신강(新疆)을 출발해 청해성(青海省)과 사천성(四川省)까지 공격해 온

일이 있었다.

독고진악을 비롯하여 약 일만의 마교 무사가 두 개의 성을 지나면서 무수한 양민을 학살하였을 뿐만 아니라 스물세 개의 무관과 열두 개의 중소 방파에 이어 사천의 맹주(猛主)인 당가보(唐家堡)를 괴멸에 가까울 정도로 몰아간 일이 있었다.

당가의 주요 식솔들과 무인들은 마교를 피해 도망가던 중 다행하게도 무림맹의 도움이 있어 살아남게 되었지만, 그 피해 정도가 너무 심해서 결국 십 년간 봉문을 하다 얼마 전에 다시 그 문을 열고 사천에서 활동을 시작했다. 그러나 그 전력은 과거와는 비교할 수 없을 정도로 약해져 버렸다.

지금의 무림맹주인 화무군 이전의 맹주는 마교와 대치 상태에서 교주 독고진악에게 '어째서 갑자기 공격했는지? 왜 불필요한 피까지 보았는지? 무림 제패가 목적이었는지?' 등을 물었고, 독고진악은 권태로운 음성으로 말했다고 한다.

"그냥… 나들이 나온 것뿐이다."

"뭐? 나들이라고? 지금 그게 말이 된다고 생각하시오? 이천의 양민이 죽고, 수천의 무림인이 목숨을 잃었단 말이오!"

무림맹주는 분기당천하여 교주를 향해 소리를 질렀다.

"그래, 나들이었다. 사천성이 보고 싶었다. 그런데 그들이 막아서더군. 그래서 죽였다. 그뿐이다."

라고 말하고는 그냥 돌아가 버렸다.

그 일이 있은 후 수많은 무림인들이 마교주를 향해서 욕설을 퍼부었고, 신강의 십만대산으로 쳐들어갔으나 오히려 그곳의 험난한 지형과 마교 무인에 의해 몰살당했다. 또한 양민 학살에 대한 죄를 물으러 갔던 관의 무사들까지 몰살당했다고 한다. 이에 격분한 황제가 군대를 풀었으나 지지부진한 소모전에서 엄청난 피해를 입고, 다시는 십만대산을 향해 공격을 가하지 않았다는 전설적인 이야기가 전해지고 있다.

당시 그 사건을 겪었던 수많은 원로 무인들이 그때 교주를 수행했던 이장로인 마라혈장 구양수와 혈광살귀대를 떠올리면서 아직도 몸서리를 쳐대었고, 혈광살귀들의 잔학함 때문에 '버릇없는 아이는 혈광살귀가 잡아간다' 라는 교육이 성행했다고 한다.

그때 마교주의 권태로우면서도 강인한 모습이 너무도 멋있어 보였었는지 수많은 호사가들이 객점이나 주루에서 떠들어대었고, 급기야 '교주의 나들이', '무적의 혈광살귀', '화끈한 교주의 화끈한 소풍' 등의 단행본 등이 출판되었으며, 사상 유례없는 판매 부수를 기록했다고 한다. 그 사건을 치욕스럽게 생각하던 황제와 무림맹은 공동으로 금서(禁書)로 지정하여 회수 조치를 취하였으나 지금까지도 은밀하게 밀거래되고 있다고 전해진다.

*　　　　*　　　　*

그런 마교의 혈광살귀대가 지금 무림맹의 지부가 번듯하게 자리 잡은 허창의 한 객잔에 거침없이 나타난 것이다.

주위의 반응을 보던 마교의 무인은 피식 웃으면서 객잔 안의 풍경을 거만하게 둘러보다가는 남궁가휘 일행을 발견하고 천천히 걸어 들어와서는 약 여섯 보 거리에 멈추어 섰다.

마인이 객잔 안으로 걸어 들어왔음에도 그 누구도 제지하지 못한 채 가만히 그의 하는 양을 지켜만 보고 있었다.

누구 하나 숨이라도 크게 쉬면 유혈 사태가 벌어질 듯한 일촉즉발의 긴장의 순간, 갑자기 눈치없는 목소리가 고함을 쳐대었다.

"이런 별 거지 같은 마교 자식들이 감히 여기가 어디라고 활보하는 거야? 어서 꺼지지 못해?"

너무도 조용한 분위기였고, 모두가 눈치만 보고 있던 찰나의 목소리였기에 그 파급 효과는 엄청났다.

소리가 난 곳으로 일순간 모두의 고개가 홱 하고 돌아갔다.

흑색의 무복을 걸치고 손에는 그 이름도 유명한 창궁검을 손에 쥐고 있는 그는 무림의 오대세가 중 검의 종주 중 하나라고 불리면서 그 위명을 더해가고 있는 남궁세가의 유일한 적자, 눈치없는 남궁가휘였다.

남궁가휘는 자신의 앞쪽을 가로막고 있는 우청과 범광창

을 헤치면서 마인의 앞으로 걸어나왔다.

객잔 안에 있는 모든 사람들의 시선이 남궁가휘의 얼굴로 쏠렸다.

"저, 저기… 대주가 사고 치지 말라고……."

적환은 걸어나가는 남궁가휘를 제지하려고 했으나 이미 그는 마인 앞에서 창궁검을 뽑아 올리고 있었다. 고개를 돌려서 금마연을 바라보았지만, 여전히 히죽거리는 얼굴로 굳어버린 채였다.

"제길, 저 멍청한 꼬맹이……."

적환은 오른손으로 자신의 양쪽 관자놀이를 꾹 누르면서 인상을 찡그렸다.

"옥면 소협, 저들은 혈광살귀대입니다. 그 유명한 살귀……."

우청은 짐짓 걱정된다는 얼굴로 남궁가휘의 곁에 다가와서 혹여 주위의 사람들이 들을까 작게 속삭이며 말했다.

"괜찮아. 저들은 마인이다. 정파의 그늘에 있는 우리가 어찌 저들을 방치한단 말이냐. 나서라. 저들에게 정파 구룡의 힘을 보여주어야 한다."

"하지만……."

우청의 걱정스러운 만류에도 남궁가휘는 자신의 창궁검을 뽑아 들고는 자신의 앞에 서 있는 검은 장포의 마인에게 검을 겨누었다.

남궁가휘의 호기로운 모습에 객잔 안에 있던 수많은 정파의 무인들은 '역시 구룡이야'라는 마음으로 남궁가휘의 뒤쪽으로 이동해 왔다.

남궁가휘의 얼굴에 슬슬 만족스러운 웃음이 그려졌다. 분명 가여진이라면 오늘의 이 모습을 무림의 수많은 여인들이 모였을 때 수다 삼아서 이야기할 것이다.

'분명히 멋있게 보였을 거야. 아, 난 왜 이렇게 멋진 거야.'

객잔 안의 무인들이 자신의 뒤에 서면서 마치 자신이 마인들을 향해 호령하면서 대표 자격이라도 된 듯한 남궁가휘는 꽤나 우쭐해졌다.

'크크크. 최대한 강하고 멋지게 이겨야지. 그럼 멸마단에서 꼬맹이란 별명이 사라질 거야. 선배들에게 내 진면목을 보여줘서 소문나게 해야 해.'

참 여러 가지 혼자만의 생각을 하는 남궁가휘였다.

남궁가휘가 이런 생각을 하고 있을 때쯤 뒤에 서 있던 정파의 무인들은 남궁가휘를 응원하면서 조금씩 뒤쪽으로 물러서기 시작하더니 슬슬 뒷문으로 조금씩 뒷걸음쳐서 남들이 눈치 못 채도록 빠져나갔다.

"역시 자네는 구룡의 정점일세! 나 패룡이라 불리는 범가의 광창! 자네를 돕겠네!"

범광창이 자신의 검은색 대도를 뽑아 들면서 남궁가휘의 뒤에 섰다.

“젠장, 혈광살귀들인데……”

우청은 내키지 않는 모습으로 남궁가휘의 등 뒤에 붙어 섰다. 이내 가여진 역시 자신의 옥검을 뽑아 늘어뜨리면서 우청의 옆으로 나란히 섰다.

자신들의 앞쪽으로 나란히 선 꼬맹이 넷을 보면서 적환은 머리가 더욱 아파왔다.

‘제기랄, 남궁 꼬맹이 하나만도 벅찬데. 이것들이 죄다… 도대체 뭐가 용이고 봉황이냐. 지렁이에 닭도 니들보단 낫겠다.’

“호오, 겁없는 꼬마들인가?”

앞서 나온 마인의 뒤로 시뻘건 머리색을 한 살인적인 인상의 사내는 자신의 대형 낫을 탁자 위에 걸쳐 놓더니 의자를 잡고 앉았다. 그의 주위로 검은 장포의 혈광살귀대가 열을 맞추어서 늘어섰다.

“감환! 구룡이시란다. 도발은 저들이 먼저했다. 자신있냐?”

시뻘건 머리색의 사내는 남궁가휘를 비롯한 범광창, 가여진, 우청의 뒤에 앉아 있는 적환과 금마연을 응시하면서 슬쩍 미소를 지었고, 그의 시선을 느낀 적환과 금마연은 여전히 살짝 굳어 있는 어색한 웃음을 지으면서 몰래 손을 흔들어 반가움을 표시했다.

시뻘건 사내의 물음에 감환은 가볍게 고개를 숙이더니 한 손으로 들고 있던 핏빛이 감도는 자신의 대형 낫을 양손으로 고쳐 잡았다.

"좋다. 베어라. 거치적댄다."

시뻘건 머리의 사내가 명령을 내리자마자 감환이라 불린 마인은 순식간에 남궁가휘의 몸을 가로로 쓸어갔다.

카가강!

남궁가휘의 창궁검이 휘둘러지면서 대형 낫을 쳐내고는 뒤로 쭉— 밀렸다.

"호오, 감환의 공격을 막았다? 제법 실력은 있나 보군."

감환은 남궁가휘를 엄청난 힘으로 밀어버리고는 대형 낫을 슬쩍 어깨에 걸쳤다. 그리고 살짝 비웃음을 흘리면서 '덤벼봐라' 라는 표정까지 지었다.

"이익!"

남궁가휘는 갑자기 자신의 허리를 쓸고 지나간 낫의 궤적을 엉겁결에 막아내긴 했지만 압력 때문에 검을 쥔 손이 아렸다.

남궁가휘는 모두가 보고 있는 곳에서 적의 공격에 세 걸음씩이나 밀려 나갔다는 생각에 화가 치밀었다.

'쪽 팔리게!'

검을 곧추세우고 기를 끌어올리자 창궁검에서 청광이 피어올라 넘실대었다. 그 모습을 본 범광창과 우창은 얼굴에 놀람과 감탄이 어렸다.

"검기? 그것도 거의 극(極)에 가까운? 제법이군, 정파 꼬맹이.”

시뻘건 머리의 사내는 진정으로 감탄했다. 어려 보이는 꼬맹이가 거의 극에 달한 검기를 뽑아낼 정도의 실력자였던가? 처음에 꼬맹이가 나서자 ‘별 시답잖은 것들이 구룡이라고… 쯧’ 이라고 생각했는데 저 정도면 절정의 무인이지 않는가?

‘교 내에서 저 나이에 저 정도로 검을 깨달은 자가 있었던가?’

시뻘건 머리의 사내는 마교와 정파가 아니라 진정으로 무인 대 무인으로서 남궁가휘의 천재성에 감탄이 들었다.

남궁가휘는 오랜만에 검에 솟은 기운을 느끼면서 기분이 좋아지는 듯했다.

‘하긴 맹에 들어와서 한 번도 제대로 무공을 쓴 적이 없었지?’

양손으로 검을 잡고는 검끝이 작은 태극의 문양을 그리는가 싶더니 남궁가휘의 눈이 번쩍 뜨였다.

“간다!”

갑자기 남궁가휘의 신형이 원래의 자리에서 쭈욱 늘어나는 것처럼 보이더니 엄청난 수의 검기를 감환을 향해 뿌려대었다.

감환은 대형 낫을 풍차처럼 휘둘러 사방에서 짓쳐들어오는 검기들을 쳐내고는 몸을 살짝 띄워서 직도양단으로 내리그었다.

대형 낫의 궤적이 남궁가휘의 머리로 들어오려는 찰나의 순간, 창궁검이 비스듬히 흐르더니 검의 옆면을 타 낫을 흘리고는 공중에서 떨어져 내리는 감환을 향해 엄청난 속도로 연거푸 여섯 번을 찔러 들어갔다.

여섯 개의 검극이 감환의 요혈을 노리고 날아왔다.

취리리릭—

검이 휘둘러지고, 낫으로 튕겨내자 검에서 생겨난 검기의 조각들이 부서지면서 객잔의 바닥과 허공으로 비산해 튕겨져 나갔다.

까가가가강!

남궁가휘가 마교의 무사를 압도하는 듯한 공방을 바라보던 우청은 엄청난 희열이 느껴졌다.

"대단해! 대단해! 역시 옥면 소협이야~!"

"저놈, 어째 공격이 너무 눈에 보이지 않나?"

적환은 남궁가휘의 공격이 계속 같은 초식을 반복하면서 이루어지자 금마연에게 동의를 구했다.

"음……."

"아무래도… 저기 빨간 미치광이가 나설 것 같지? 응?"

"음……."

"에휴… 저놈은 우리도 힘든데. 꼬맹이 때문에 도망도 못치겠고……. 어쩌지?"

적환과 금마연이 이런 걱정을 할 때 즈음 남궁가휘는 감환과의 일전에서 승기를 잡아가고 있었다.

까강—

남궁가휘가 휘돌려 친 검에 감환의 신형이 튕겨 나갔다.

쾅!

감환은 바닥에 두어 번 튕겨 주륵 밀리면서 자세를 바로잡았다. 튕겨 나간 감환은 입에서 피를 토해내었고, 수십 군데에 난 자상에서는 피가 배어 나왔다.

감환이 다시금 어금니를 깨물면서 자신의 대형 낫을 고쳐 잡고 남궁가휘를 향해 공격해 들어가려는 찰나, 시뻘건 머리의 사내가 소리쳤다.

"그만! 감환, 네가 졌다. 교로 돌아가서 다시 수련하라!"

시뻘건 머리의 사내의 말에 잠시 동안 남궁가휘를 무서운 눈빛으로 노려보던 감환은 이내 몸을 돌려 고개를 숙이고, 객잔 밖으로 걸어나갔다.

"강욱! 표철! 감환이 다쳤다. 함께 복귀해라."

그는 뒤를 돌아보지도 않은 채 두 명의 부하에게 명령을 했고, 그들 역시 고개를 숙이고는 감환의 뒤를 따라 객잔을 나갔다.

시뻘건 머리의 사내는 그들이 나가자 의자에서 몸을 일으켜서 자신의 대형 낫을 집어 들었다.

"인상적인 승부였다. 무시했던 걸 사과하지. 어디 나와도 한번 해보지 않겠나?"

시뻘건 머리의 사내가 말을 하자 이번엔 범광창이 나섰다.

"제가 하죠. 이미 일전을 치른 상대에게 다시 하자니 도의에 어긋납니다."

"도의? 착각하지 마라. 난 마인이다. 그리고 너 따위로는 모자랄 것 같군. 모두 덤비는 것은 어떻겠나?"

"그 말은 저를 이기고 나서나 하시는 것이 좋겠습니다. 저역시 구룡의 일 인, 타인의 도움을 받을 정도로 약하지 않습니다."

범광창은 자신의 흑빛의 대도를 한 손으로 어깨에 걸쳐 메면서 앞으로 튀어나갈 듯한 자세를 잡으며 패도적인 기운을 쏟아내었다.

"흠, 특이한 발검세군. 좋은 기세다."

시뻘건 머리의 사내는 범광창의 앞으로 섰다. 어떠한 기운도 기수식도 취하지 않은 채 그냥 두 발을 딛고 굳건하게 서있을 뿐인데도 범광창은 마치 거대한 벽이 가로막은 듯한 압박감을 느껴야만 했다.

그에게서는 어떠한 허점도 찾을 수가 없었다.

'꿀꺽. 앉아 있을 때는 몰랐는데… 엄청난 압박감이군. 이건 마치……'

범광창은 가만히 상대를 노려볼 뿐 어떠한 움직임도 취하지 않았다. 아니, 취할 수 없었다는 말이 더 정확할 것이다. 조금이라도 움직였다가는 상대의 대형 낫이 자신의 몸을 발

기발기 찢어버릴 것만 같았다.

"하하. 좋아, 좋아. 뿜어져 나오는 기세는 아까의 꼬맹이보단 약간 못하지만 간격을 느낄 수 있는 눈 정도는 가진 듯하군. 그럼 내가 먼저 가지."

시뻘건 머리의 사내의 몸에서 갑자기 기운이 확— 뿜어져 나왔다.

범광창은 순간 상대의 간격이 쭉 늘어난 것처럼 자신이 서 있던 자리 너머까지 느껴졌다.

'간격이… 늘어나?

옅은 파문의 기운이 미약한 바람처럼 자신을 스쳐 지나가는 듯한 기분을 느낌과 동시에 시뻘건 머리의 사내의 몸이 시야에서 사라졌고, 이내 뒤쪽으로부터 엄청난 기운이 느껴졌다.

범광창의 뒤쪽에 있던 남궁가휘를 비롯한 우청, 가여진은 깜짝 놀랐다. 너무 놀라서 칼을 떨어뜨릴 뻔했다. 분명히 범광창의 앞쪽에 있던 마인이 마치 원래부터 그들의 중앙에 있었던 것처럼 나타났다.

까가강! 쾅!

엄청난 폭음과 함께 시뻘건 머리의 사내 주위에 있던 네 명이 밀려났다.

순간적으로 끌어올린 기운의 일격으로 네 명을 한번에 쳐내어 버린 것이다.

마치 네 명이 사방으로 밀려 나가면서 그를 포위하고 있는

형국이었으나 시뻘건 머리의 사내는 담담하기만 했고, 그를
둘러싸고 있는 네 명은 밀려 나가면서 피를 울컥 토했다.
　일격에 네 명이 내상을 입었다.
　"혼자서는 무리다. 넷이서 함께 덤벼라."
　"치잇!"
　범광창은 목울대로 올라오는 피를 삼키면서 자신의 도를
빛살처럼 휘둘렀다. 그와 동시에 우청의 손에서 푸른 장영이
일면서 수십 개의 장이 펼쳐졌고, 가여진의 빙옥검에서 이가
시릴 정도의 한기(寒氣)가 쏟아져 나오면서 시뻘건 머리의 사
내의 다리를 노렸다. 남궁가휘는 검에서 검기를 쭈욱— 늘어
뜨리면서 마치 채찍처럼 휘둘렀다.
　파카카캉!
　엄청난 수준의 공방!
　다섯 명의 인영에서 쏟아져 나오는 검기와 기세가 휘몰아
치면서 객잔 안은 온통 부서지고 터져 나갔다.
　따다다당!
　맨 먼저 우청이 그 폭풍과 같은 공방에서 튕겨져 나갔다.
우청의 가슴이 길게 베어지면서 엄청난 양의 피가 뿜어져 나
왔다.
　적환은 몸을 날려 튕겨 나온 우청이 벽에 처박히기 전에 안
아 들고는 가슴 부분을 지혈했고, 탁자 위로 떨어져 쓰러지는
가여진을 금마연이 지혈했다.

쉬이이이이—

그들의 기세에 휘몰아치던 먼지와 기운이 가라앉으면서 격전지가 모습을 드러냈다. 시뻘건 머리의 사내는 호흡조차 흩뜨리지 않은 채 처음 발을 딛고 선 그 위치에 그대로 서서 대형 낫을 늘어뜨리고 서 있었고, 남궁가휘의 이마에서는 긴 상처가 생기면서 피가 흘러내려 얼굴 전체가 피범벅이 되어 있었다. 범광창은 겨우 자신의 도를 바닥에 꽂아 몸을 지탱하면서 서 있었다.

"허억, 허억, 허억⋯⋯."

거칠어진 호흡과 찡그린 눈.

"기(氣)는 잡혔으나 식(式)을 벗어나지 못한 건가? 아직 애송이군. 식을 벗어나면 꽤 강해지겠지만⋯⋯. 그전에 죽여주마."

시뻘건 머리의 사내는 입꼬리를 말아 올려 비웃음을 띠더니 무릎을 살짝 굽혔다가 펴면서 공중으로 치솟았다.

"모처럼 어린 꼬마들에게 좋은 선물을 주도록 하지."

솟아오른 몸이 비틀리면서 거대한 낫에 핏빛 기운이 어리기 시작했다.

"혈(血)! 광(光)! 천(天)! 하(下)!"

핏빛 기운이 퍼져 나가면서 마치 하늘에서 내려오는 비처럼 엄청난 수의 기의 화살이 바닥으로 내리꽂혔다.

우청과 가여진의 상세(傷勢)를 돌보던 적환과 금마연이 움직인 건 바로 그때였다. 가히 섬전과도 같은 움직임으로 남궁가휘와 범광창을 막아서면서 무기를 휘둘러 떨어져 내리는 기의 화살들을 쳐내기 시작했다.

"격공보(格空步)! 팔방타법(八方打法)!"

깡! 깡! 깡! 깡!

수많은 기의 화살들 중 남궁가휘와 범광창에게 쏟아지는 엄청난 양을 순식간에 막아내었다.

범광창은 자신을 막아서면서 엄청난 속도로 쌍검을 휘두르는 금마연의 등을 바라보면서 이내 정신을 놓아버렸다.

순식간에 엄청난 공격을 하고는 바닥에 내려온 시뻘건 머리의 사내는 매서운 눈으로 적환과 금마연을 노려보며 말했다.

"네놈들이? 나 혈도위를 막아설 정도의 실력이었나? 감히!"

살광혈귀대의 혈도위!

이것이 그의 이름이었다. 불타오르는 붉은 머리카락을 지닌 사내. 혈광살귀대의 제십육대 대주이자 마교의 오십위권 안에 들어가는 초절정의 무인.

"어째서 끼어든 거지? 너희 멸마단은 아무 데서나 나서는 것이 금해져 있지 않았었나?"

혈도위의 말에 적환과 금마연은 난처한 표정을 지었다.

"보아하니 우리에게 볼일이 있으신 듯한데 이 정도로 끝내는 것이 좋지 않겠어? 귀 교에서도 이런 소란을 원하진 않을 텐데 말이야."

평소의 히죽대던 미소가 사라져 버린 금마연의 목소리였다. 어느새 그의 눈은 장영이 남궁가휘에게 잠시 보였던 그 눈초리와 닮아 있었다.

"흥! 야, 금마연! 나에게 훈계 내릴 정도로 너의 실력이 강한지 보겠다."

마치 혈도위가 금마연을 매우 잘 아는 듯한 느낌의 목소리였다.

적환의 뒤에서 가슴을 부여잡고, 가쁜 숨을 쉬어대던 남궁가휘는 평소와는 전혀 다른 분위기의 금마연을 보며 놀라는 중이었다.

'전혀 다르잖아? 이것이 금 선배의 진정한 모습인가? 도대체 멸마단은 어떤 곳이지? 대체 이들은 뭐야?'

남궁가휘가 머릿속에서 혼란을 느낄 때 즈음 아까 자신들을 상대할 때와는 다르게 짙은 마기가 혈도위의 주위로 휘몰아쳐 나왔다.

"어디 한번 실력을 볼까?"

혈도위의 눈에서 시뻘건 안광이 어리기 시작했고, 엄청난 양의 마기가 유형화되어 피어오르기 시작했다. 그가 들고 있던 대낫에서 짙은 검은색의 마기가 뭉클뭉클 피어 나와 낫의 주위로 조금씩 뭉치기 시작하더니 흑광을 뿜어내며 하나의 형상을 만들었다.

시꺼먼 강기, 붉은 안광, 휘몰아치는 듯한 마기… 마치 저승의 수문장과 같은 모습. 그것이 바로 십 년 전 마교 교주와 함께 청해와 사천을 쓸어버렸던 진정한 혈광살귀의 모습이었다.

피웃―

"윽!"

숨조차 쉴 수 없게끔 압박하는 마기의 폭풍 속에서 남궁가휘는 어느 순간 자신의 옷자락이 베여져 나가면서 살갗이 찢어짐을 느꼈다.

"제기랄… 괜히 막았나? 저 자식, 그냥은 안 끝내줄 거 같지?"

적환은 굳은 표정으로 인상을 찡그리면서 금마연에게 말했다.

"그래, 세 명을 보호하면서 싸우기에는 벅찰지도 모르겠군."

금마연은 뒤에서 혈도위의 압박에 조금씩 뒤로 밀려 나가는 남궁가휘를 살짝 쳐다보았다.

"저 자식에게 기본적인 합격진이라도 가르쳐 놓을걸. 그럼 저따위 녀석쯤은……."

미처 남궁가휘에게 세 명이 펼칠 수 있는 합격진을 가르치지 못한 것이 못내 아쉬운 금마연이었다. 멸마단 이대의 대원들 중 가장 무공이 약한 자신들이었기에 합격진의 필요성이 더욱 크게 느껴졌던 것이다.

혈도위의 걸음이 한 발 내디뎌지면서 대낫이 천천히 들어 올려졌다.

"어디 막아봐라!"

혈도위의 대낫이 직각으로 바닥에 엄청난 기세로 내려꽂 혔다.

"마(魔)! 광(光)! 참(斬)! 파(波)!"

콰콰콰콰콰콰!

대낫이 박힌 부분의 마룻바닥이 터져 나가면서 반월형 흑 빛 강기의 물결이 객잔의 바닥을 스치며 사방으로 퍼져 나가 기 시작했다.

"제, 제기랄! 뛰어랏! 꼬맹아!"

적환과 금마연은 강기의 물결을 피해 천장을 향해 뛰었고, 남궁가휘는 미처 강기의 물결이 다가오는 것을 바라만 볼 뿐 도저히 피할 수 없어 보였다.

'치잇~!'

금마연이 강기에 휘말리기 전에 남궁가휘를 튕겨내기 위 해 공중에 뜬 채로 자신의 검 하나를 거꾸로 남궁가휘를 향해 던지는 순간.

혈도위의 두 번째 공격이 시작되었다.

남궁가휘는 자신이 가진 모든 공력을 검에 쏟아 붓고는 바 닥에 꽂아 넣었다. 휘몰아친 강기에 창궁검이 터져 나가면서 튕긴 강기 조각이 몸을 파고들려는 찰나 금마연이 던진 검에 맞고 다행하게도 강기의 여파에서 벗어날 수 있었다.

"크크크… 멍청한 놈들! 혈광반(血光盤)!"

혈도위는 거대한 대낫을 양손으로 잡고 휘두르면서 그대로 던졌다. 대낫이 회전하면서 엄청난 소용돌이를 만들며 허공으로 튀어 오른 금마연과 적환을 향해 날아갔고, 혈도위는 바닥을 박차면서 화살처럼 날아올랐다.

파카카카캉!

적환은 날아오는 대낫의 회전을 자신의 단봉을 교차해 막으며 뒤로 튕겨졌고, 미처 완전히 방어하지 못한 금마연은 좌측 허리 쪽이 터져 나가면서 벽에 처박혀 바닥으로 떨어졌다.

막아내긴 했지만 대낫에 실린 무지막지한 힘에 자세를 바로잡지도 못한 적환은 등 뒤로 엄청난 기가 느껴지면서 그대로 얼굴과 복부를 얻어맞고 떠오른 속도보다 더 빠르게 바닥으로 떨어졌다.

투퉁―

"큭!"

바닥으로 떨어진 적환이 애써 몸을 일으키며 핏물을 토해내었다.

"하아… 하아!"

금마연은 하늘이 노래졌다. 바닥에 처박히자마자 지혈을 했지만, 옆구리가 터져 나가면서 흘린 피의 양이 엄청났기 때문이다.

혈도위에 의해 객잔 안은 완전히 난장판이 되었고, 나무로 만들어진 벽은 수십 군데나 부서져 내렸다.

성세를 구가하던 객잔은 다시 지어야 할 정도로 폐허가 되었다.

혈도위는 자신이 만든 광경을 만족스럽게 둘러보다가 이윽고 핏물을 울컥 울컥거리며 토해내는 남궁가휘를 바라보더니 말했다.

"저놈… 어설프게 창궁검법을 쓰는 꼬맹이……. 너희들이 지켜야 할 대상이었던가? 멸마단 둘이 지키는 걸 보니 아마도 이번 혈사와 관계가 있거나 아니면 니들에게 중요한 인물인 모양이지?"

제멋대로 오해를 한 혈도위는 예상치 못한 수확에 기분 좋은 웃음을 흘리면서 남궁가휘를 향해서 걸음을 옮겼다.

졸지에 또다시 오해를 받게 된 남궁가휘는 자신을 향해 다가오는 혈도위를 두려운 눈으로 쳐다보면서 주위에 떨어져 있는 나무 조각들을 힘없이 던졌다.

"오지… 마! 저리… 가란 말이다!"

히죽대면서 마기를 풀풀 풍기는 혈도위의 모습은 마치 흉신악살 같았다.

"크크크, 꼬맹이를 괴롭히는 것도 무척이나 오랜만이군."

혈도위는 남궁가휘를 향해서 지풍을 날렸다.

팍!

"윽!"

남궁가휘는 두려움에 떨면서 뒷걸음치다가 혈도위가 날린 지풍에 몸이 그대로 굳어버렸다.

남궁가휘를 향해서 한 발 한 발 다가서던 혈도위는 문득 무언가가 자신의 옆구리를 파고든다는 생각에 대낫으로 막았다.

파캉!

엄청난 충격으로 인해 옆으로 밀려나자마자 몸을 곧추세우면서 홱하고 고개를 돌리는 순간 반대편에서 느껴지는 기운.

퍼억—

"억!"

첫 번째를 막고, 두 번째에 복부를 맞으면서 뒤로 물러서려던 혈도위.

갑자기 보이지도 않는 인영의 기운이 엄청나게 빠른 속도로 변하면서 순식간에 좌우로 파고들었다.

혈도위는 느껴지는 기운을 향해서 대낫으로 팔자를 그리면서 휘둘렀다.

파파파파팡!

한 방 한 방에서 엄청난 파괴력이 느껴졌다.

뒤로 주르륵 밀려난 혈도위는 전방에서 알아챌 수도 없게 나타나는 기운에 인상을 찡그렸고, 그 기운은 더 이상 자신을 공격해 오지 않고 멈추었다.

"보이지도 않는 속도의 공격. 네놈은 전귀(戰鬼)?"

혈도위의 시선이 닿은 곳, 남궁가휘의 앞을 막아서서 여느 때의 게슴츠레한 눈을 쓰고는 잠 오는 듯한 표정으로 대충 허리를 구부린 인영.

그는 멸마단(滅魔團)의 이대주(二隊主) 장영(張映)이었다.

여전히 게슴츠레하고 귀찮은 듯한 모습의…….

2

"야! 인마, 그게 아니라고……. 잘 보란 말이야! 자식이 몇 번을 보여줘도 똑같냐. 머리가 나쁜 거냐, 아님, 배우기 싫은 거냐?"

적환은 오늘도 남궁가휘를 붙잡고는 머리를 쥐어박으며 격공보를 가르치고 있었다.

왼쪽 눈 위로 이마에 피가 살짝 배어 나온 붕대를 친친 감고, 눈이 빠져라 적환이 가르쳐 주는 움직임을 쳐다보는 남궁 가휘는 꿀밤을 얻어맞고도 별달리 기분 나쁜 표정을 짓지 않았다.

얼마 전의 남궁가휘라면 생각도 못할 일이었다. 아마도 적환의 멱살이라도 부여잡고 '이… 한판 붙자, 이 비천한 놈!'

이라고 고래고래 소리를 지르며 칼을 꺼내 들고 난리를 쳤을 테지만, 지금은 왠지 열의에 불타는 얼굴로 자신의 고귀한 머리를 때린 꿀밤을 매우 수긍하는 태도였다.

"적 선배! 너무 어렵다구요. 거기서 한쪽의 용천혈(湧泉穴)에만 어떻게 번갈아가면서 기를 뿜어요!"

"으이구… 야, 꼬맹아. 너 암기술 정도는 할 줄 알지?"

적환은 지끈거리는 관자놀이를 누르면서 남궁가휘를 향해 말했다.

"네? 네… 어느 정도는 합니다."

"그래? 좋아. 그럼 저기 나무에 니가 던질 수 있는 최대 속도로 한번 던져 봐라."

적환이 담벼락에 붙어 서 있는 아름드리나무를 손짓하면서 말했다.

"하지만…… 던질 만할 암기가 없는데요."

"이 자식이 진짜로… 인마! 니 발밑에 있는 돌멩이는 장난감이냐?"

"예? 아, 네… 그럼."

남궁가휘는 발밑의 돌멩이 하나를 집어 들었다.

"그럼!"

남궁가휘는 손에 쥔 돌멩이를 있는 힘껏 나무를 향해서 던졌다.

피유욱—

빛살처럼 빠른 속도로 돌멩이가 날았다.

순간적으로 적환의 발아래로 작은 파문이 일더니 기가 사라져 버렸고, 날아가던 돌멩이를 쳐냈다.

남궁가휘는 깜짝 놀랐다. 순식간에 사라지더니 나무 앞에서 나타난 적환!

"대, 대단… 하다!"

불과 삼 장 정도의 거리였지만, 눈 깜빡할 찰나의 순간에 공간을 이동해 버린 듯한 적환의 신형에 남궁가휘는 턱이 떨어져 나갈 듯 벌리며 감탄성을 터뜨렸다.

"휴우… 뭐, 대주처럼 움직이는 것은 아직 불가능하지만, 멸마단의 대부분은 이 정도 이상은 다들 움직일 수 있다고. 이 정도는 해야 합격진을 익힐 수 있으니까 너도 빨리 배워두는 게 좋아. 며칠 전처럼 짐이 되지 않으려면."

남궁가휘는 슬쩍 마루 위에서 졸고 있는 대주를 보았다. 대주는 그날의 모습과는 너무도 다르게 마루에 있는 기둥에 기대 침을 흘리면서 졸고 있었다. 옆구리를 다친 금마연은 지금 지부의 의방에서 요양 중에 있었다.

'어떻게 저 평소의 모습과 그렇게 다를 수 있지?

＊　　　＊　　　＊

시간을 거슬러 며칠 전 그 객잔!

“보이지도 않는 속도의 공격. 네놈은 전귀(戰鬼)?”

혈도위의 시선이 닿은 곳, 남궁가휘의 앞을 막아서서 여느 때의 게슴츠레한 눈을 뜨고는 잠 오는 듯한 표정으로 대충 허리를 구부린 인영.

멸마단 이대주 장영은 게슴츠레한 눈을 대충 앞머리로 가린 채 슬쩍 웃었다.

“크크, 마교 놈이었군.”

빠직─

혈도위는 무척이나 장영의 무례한 말투가 여전하게 신경이 거슬렸지만, 애써 어색한 미소를 지으면서 말했다.

“네놈, 말투는 여전하군. 뭐, 오늘은 너랑 싸우러 온 게 아니니까.”

“그다지 싸우러 오지 않았다고 할 만한 상황은 아니군.”

말이 끝나기 무섭게 구부정한 채로 서 있던 장영의 신형이 사라졌다.

퍼억!

“억!”

혈도위는 눈알이 튀어나올 뻔했다.

장영의 신형이 분명히 흐릿하게나마 앞쪽에 남아 있는 데도 불구하고 복부에 전해져 오는 엄청난 충격! 아까처럼 짓쳐 들어오는 기세도 느껴지지 않았다.

“크윽……”

혈도위는 창자가 끊어져 버릴 것 같았다.

"격공보(格空步) 광속(光速) 일점혈(一点血)!"

장영은 나지막하게 말하고는 배를 부여잡고 얼굴을 찡그린 혈도위를 지나 바닥에 대충 엎질러진 의자 하나를 일으켜 세우고는 앉았다.

"그래, 무슨 일이지?"

장영의 공격이 혈도위를 향하자 혈광살귀들이 자신들의 대낫을 고쳐 잡고 기를 끌어올렸지만, 혈도위는 그들을 제지하면서 아직까지도 복부를 강타한 충격이 가시지 않은 듯 인상을 찡그리면서 장영의 앞쪽으로 걸어와 바닥에 털썩 주저앉았다.

혈도위는 알고 있었다. 만약 장영이 진심으로 자신을 공격해 왔다면 이미 자신은 이승에 남아 있지 못했을 것임을. 십 년 전 그때 이미 장영과 자신과의 수준 차이는 느끼고 있었다. 아무리 노력해도 닿지 않는 벽.

장영은 그런 혈도위를 쳐다보지도 않고 적환과 금마연에게 말했다.

"적환! 마연이 다쳤군. 지부로 데려가라."

적환은 더 이상 혈도위에게서 마기가 풍기지 않자 무릎을 짚으며 일어나 금마연에게로 다가갔다.

"끄응… 대주! 저도 많이 다쳤다구요. 아주 속이 뒤집어지는 것 같구먼……."

적환은 궁시렁대면서도 금마연의 어깨를 부축해 객잔 밖으로 걸어나갔다. 남궁가휘는 혈도가 풀린 것을 그제야 느끼고는 쭈뼛쭈뼛 혈도위를 경계하면서 조심스럽게 장영의 뒤로 다가왔다.

"다시 묻지. 무슨 일로 정파의 영역까지 들어온 거지?"

장영은 게슴츠레한 눈으로 무릎을 의자에 슬쩍 걸치고 턱을 괴고는 물었다.

"휴… 이번 혈사, 뭔가 좀 건진 게 있겠지? 너라면 말이야. 그거 나한테 좀 가르쳐 줘라."

장영은 혈도위의 말에 물끄러미 그의 얼굴을 바라보더니 말했다.

"싫다!"

너무도 단호한 대답. 일말의 고민도 없이 대답했다.

"그러지 말고… 응?"

조금 전만 해도 죽음의 기세를 풀풀 풍기더니 이제는 동네 옆집 아저씨 같은 모습으로 장영에게 애원하는 듯한 눈빛으로 말하는 혈도위를 보면서 남궁가휘는 정말 어이가 없었다.

"절대 싫다."

빠직—

"이, 이, 이런 쌍! 좀 달란 말이다! 이쪽은 필사적이라고!"

혈도위는 장영의 단호한 대답에 갑작스레 이장로의 목소

리가 머리에 들려오는 듯했다.

"무조건 알아봐! 무슨 짓을 해서라도! 안 그럼 너나 나나 다 죽는다!"

미친 듯이 광분하면서 고래고래 소리를 질렀던 이장로 구양수의 모습이 지금도 눈에 선하다.

그런 회상을 하면서 오한이 든 듯한 혈도위의 모습을 말없이 보고 있던 장영은 '피식' 웃었다.

"후후… 그 교주는 여전한가?"

"쳇! 그래… 아직 여전하시지……."

"그렇군."

장영은 문득 교주를 떠올리면서 호승심이 가득한 눈빛을 띠었다.

"그건 그렇고, 저 꼬맹이는 뭐냐? 집안 잘 만나서 가진바 내공은 수준 이상인데 아직 식(式)에서도 벗어나지 못한 듯한데……."

혈도위는 문득 장영의 뒤에 서 있는 남궁가휘를 힐끗 보더니 물었다.

"이번에 받은 칠칠치 못한 꼬맹이다."

"뭐? 쳇! 뭔가 하나 얻은 줄 알았더니… 아무것도 아니었나? 그나저나 남궁 영감의 계보를 이은 것 같더군."

“그래…….”

장영은 남궁무를 생각하면서 머리를 긁적거렸다.

“뭐, 그렇다면. 웃싸! 우린 이만 돌아가도록 하지. 우리끼리 알아봐야겠군.”

“배웅은 하지 않겠다.”

혈도위는 엉덩이를 털며 일어나서는 몸을 돌려 객잔 밖으로 걸어나가다가 잠시 몸을 멈추었다.

“참! 교로 올 생각 없냐? 교주님께서도 네가 온다면 아마 좋아하실 텐데…….”

혈도위의 말에 남궁가휘는 흠칫하고 놀라서는 장영의 얼굴과 혈도위의 얼굴을 번갈아 쳐다보았다.

“큭큭, 나야 어디서든지 상관없지. 재미있는 일만 계속 있어준다면. 하지만 그 교주가 있는 한 마교는 나의 적이다.”

정파의 인물이 들으면 당장에 칼부림이 날 만한 소리를 아무 생각조차 없이 내뱉는 장영을 보면서 남궁가휘는 고개를 획—획— 돌려 누구 듣는 사람이 없는지 보았다.

‘휴…….’

“그럼 전쟁터에서 보도록 하지. 그때는 진정한 너를 볼 수 있겠지. 가자!”

혈도위는 멈추었던 걸음을 옮기면서 밖으로 나갔다. 장영은 그런 혈도위의 등을 보면서 크지도 작지도 않게 큭큭대면서 말했다.

"크큭큭, 다음에 만나면 그 입과 함께 널 갈가리 찢어주도
록 하지."

*   *   *

잠시 회상을 하던 남궁가휘는 누군가 때린 뒤통수의 충격
에 상념에서 깨어났다.

"야! 이 자식이! 장난하나? 무슨 생각하는 거야? 열심히 말
하는 거 하나도 못 들었지, 어?"

적환은 아까부터 멍하니 무언가를 생각하고 있는 남궁가
휘의 뒤통수를 때리고는 또다시 고래고래 잔소리를 해대었
다.

문득 남궁가휘는 어떠한 임무도 하지 않는 그들이 어떻게
이런 강한 무공을 지니고 있는지가 궁금해졌다. 알려진바 없
는 '격공보' 라는 엄청난 무공. 더구나 아직 다른 대원들은 어
떤지 모르지만 적환과 금마연이 보여주었던 무공 수준은 세
가의 창궁검수들을 한참 뛰어넘는 수준의 것이었다.

"저, 저기… 적 선배님. 도대체 멸마단의 임무가 뭡니까?
이런 조사단 임무를 수행하기에는 가지신 무공 성격이 좀 다
른 것 같은데……."

남궁가휘는 조심스럽게 적환에게 물었다.

"어? 너 몰랐냐? 이 꼬맹이는 도대체 생각이 없네."

빠직—

'아무도 말 안 해준 걸 눈치로 어찌 압니까? 더욱이 그런 어벙한 모습만 보이는데……'

"잘 들어라, 꼬맹아. 통상 우리 멸마단은 마교나 사파, 아니면 세외 등 수많은 귀순 무인에 대한 경호 임무를 극비에 수행하거나 사절단이나 협상단, 그리고 구출 임무, 암살, 위험한 지역에 대한 정보 수집… 뭐, 그런 걸 하지. 그래서 몰래 십만대산에 갔다 오기도 하고."

처음 들어본 이야기였다. 무림맹에 그런 일을 하는 단체가 있었다니…….

"그럼 무척이나 위험할 텐데 어찌 소문이 하나도 안 났습니까?"

적환은 갑자기 열의에 차 있는 남궁의 얼굴을 슬쩍 쳐다보더니 또다시 꿀밤을 때렸다.

꽁—

"인마, 그럼 무림맹이 몰래 꼼수 쓴다고 온 세상 천지에 소문낼래? 멍청하기는……. 정도(正道)가 왜 정도냐? 협의와 정의를 표방하는 게 정도라구. 도대체 이 자식은 잘난 세가에서 뭘 배운 거야? 그럼 다시 시작하자!"

第五章
유일한 증인 이충

戰鬼
전귀

1

늦은 오후. 땅거미가 지면서 슬슬 어둠이 깔리기 시작했고, 허창의 밤거리에는 하나둘씩 불들이 켜지기 시작했다.

무림맹 지부는 수십 개의 횃불을 밝혀 어둠을 몰아내었다.

어둠이 깔려 온통 조용하기만 한 무림맹 허창 지부의 후원. 밤이라서 그런지 작은 소리도 크게 들렸다.

파팡!

짧게 주먹을 쳐내자 소맷자락이 공기를 때리면서 터져 나가는 소리를 내었다.

남궁가휘는 생전처음으로 제대로 된 수련(修練)과 무공에 대한 고찰(考察)이라는 것을 하게 되었다.

그는 태어날 때부터 온몸에 내공이 충만했다. 나중에 안 것이지만 그의 아버지인 남궁창천과 할아버지 남궁무가 벌모세수는 기본이고, 좋다는 약이나 영초는 죄다 먹였다고 한다.

여하튼 나이가 조금 들고 나서 열 살 때 생일날 모여준 수많은 축하객들 앞에서 검기(劍氣)를 줄줄 뽑아 써댔으니 신동이라고 다들 놀랄 만했다. 사실 그때 검기를 뽑아낸 것도 그의 아버지 남궁창천이 방법을 다 가르쳐 주었기 때문이었다.

무공이라고는 가문의 대표적인 검법인 창궁무애검법과 명옥장, 낙화보법(落花步法) 정도를 배웠었는데 그 또한 가문의 어른들이 하나하나 구결을 아주 친절하게 해설까지 해주면서 부족한 부분을 족집게식으로 가르쳐 주었다. 원체 내공이 충만했기 때문에 창궁검법은 웬만한 검수들과는 차원이 다른 검기의 향연이 펼쳤고, 명옥장은 금강석 정도는 두부처럼 으깰 수 있었다. 더욱이 낙화보를 펼치면 정말로 떨어지는 꽃잎에 하나도 맞지 않고 걸을 수 있었던 남궁가휘였는데 천재에겐 칭찬이 독이 된다고 했던가? 결국 자만심과 허영에 차게 되어 틀에 박힌 무공의 형(形) 이외에는 펼칠 수 없게 되었다.

멸마단에서 본 장영의 무공과 마교의 혈광살귀대주가 보여준 무공은 자신의 생각과 너무도 달랐다.

느낄 새도 없이 짓쳐들어오는 광속의 빠름. 엄청난 기세로 모든 걸 파괴하는 힘.

남궁가휘는 서서히 그 힘과 빠름에 매료되어 가기 시작했고, 자신이 익힌 무공에 대해서 사색을 하는 계기가 되었다.

파팡!

또다시 내질러진 주먹이 공기와 마찰을 일으키면서 터져 나갔다.

천천히 내디뎌진 발에서는 낮게 흐르는 바람이 회오리처럼 모여들었고, 말아 쥔 주먹에는 기세가 느껴졌다.

남궁가휘의 발이 내디뎌지면서 순간 약한 풍압이 지면을 파헤치듯이 일어났다.

파파팍!

짧은 거리였다. 채 일 장도 안 되는 거리.

"어? 내가 뭘 한 거지? 공간이 접혀?"

바라보고 있던 공간이 마치 왜곡되어지는 것처럼 접혔다가 펴졌고, 자신의 몸이 이동해 있었다.

"뭐지, 이건? 어떻게? 도대체 어떻게 된 거지?"

영문을 알 수 없었다. 벌써 적환으로 배운 이 단순한 동작을 수백 번이나 연습했다. 입고 있던 흑의 무복은 이미 땀에 젖은 지 오래여서 찝찝함이 느껴질 만도 했는데, 방금 전에 공간을 도약하는 순간 무척이나 상쾌했다는 느낌이 들었다.

"갑자기 공력이 쭉 빠져나간 느낌이었는데⋯⋯. 공간이 접혔다고?"

어리둥절한 기분이 서서히 희열로 벅차오르기 시작했다.

"한 거야? 드디어? 내가? 공간이 접혔어. 이게 격공보!"

주체할 수가 없었다. 처음 검기를 뽑아 올렸던 순간, 수많은 여인들의 환호 속에 있던 순간들보다 수백 배는 될 듯한 기쁨이 한순간에 느껴졌다.

마치 처음으로 칼을 쥐었을 때 느껴졌던 찌르르한 기분이었다.

"해냈다! 내가 진짜로 해냈어! 으하하하하하하! 격공보다, 격공보!"

이 순간만큼은 세상을 다 가진 듯한 행복감에 빠져 버린 모습으로 춤이라도 추고 싶었다.

남궁가휘가 격공보의 첫발을 내딛으면서 기쁨에 젖는 순간 멀리서 남궁가휘의 모습을 지켜보던 적환의 입에도 자그마한 미소가 걸렸다.

처음에 남궁가휘를 보았을때…….

잘난 집의 자식이었고, 싸가지 없는 녀석이었다. 그래서 골려주고 싶었던 적이 한두 번이 아니었고, 모자라다는 것을 인식시켜 주고 싶었다.

하지만 이번 혈사를 조사하는 기간 동안 보아온, 아니, 얼마 전 객잔의 사건 이후로 남궁가휘는 마치 바닥부터 시작하는 듯한 열성을 보여주었다.

가진 자가 아니라 못 가진 자의 발악처럼 느껴지듯이 열심히 연습하고, 또 연습했다. 남몰래 밤마다 연습하는 모습을 항상 지켜보았던 적환이었다.

'어디, 잘난 니가 할 수 있나 보자' 라는 비아냥거림으로 지켜보았었다.

그래서 더욱 어렵게 말하면서 배배 꼬았다. 자세한 설명도 해주지도 않았다.

그런데 오늘 그의 첫 보는 마치 내 것인 양 기쁨이 느껴졌던 것이다.

"짜식! 놀고 있네. 고작 일 보 가지고……."

혼자서 조용히 비웃는 듯 내뱉는 말이었지만 그의 입에는 여전히 미소가 걸려 있었다. 그리곤 흐뭇하게 하늘을 올려다보았다.

그때, 무언가 어두운 밤하늘을 스쳐 지나갔다.

"어? 뭐지?"

어둠의 일부인 듯한 무언가가 분명히 지나갔다.

"뭐지? 침입자?"

허창 지부를 방문하는 정상적인 무림인이라면 분명히 저런 야행복을 입고 밤하늘을 스쳐서 지나가진 않을 테니까. 무언가 불순한 의도를 가졌거나 아니면 은밀한 일을 진행하는 인영일 것이 분명했다. 적환은 본래의 자신으로 돌아가 그 인영이 움직인 방향을 따라서 은밀하게 움직이기 시작했다.

잠행인을 은밀하게 따라 움직인 적환은 몇 개의 전각 지붕을 지나 한곳에 멈춘 인영이 지붕 위에 붙어 주위를 살피는 것을 보고 어둠 속에 자신을 숨겼다.

'저놈, 분명히 침입자군. 그런데 어째서 허창 지부에 잠입한 것이지? 혹, 일전의 미친 빨갱이 놈의 부하? 저곳은 이번 혈사의 유일한 증인인 이충이 있는 곳. 일단 대주님께 알리는 게 우선이다.'

적환의 머리는 냉정하게 움직이기 시작했다. 여러 가지 사고와 계산을 통해 올바른 방향을 찾아내는 데 걸리는 시간은 불과 촌각이 걸리지 않았다. 그는 그렇게 훈련되고 연마된 무인이었기 때문이다.

어둠의 그림자처럼 잠입해 온 인영이 들어간 곳은 무림맹 허창 지부의 약환전 전각. 그곳에는 이번 혈사의 실마리가 될지도 모르는 이충이 치료를 받고 있는 곳이었다.

적환은 생각의 결정을 내림과 동시에 신속하게 몸을 움직였다.

2

어둠이 깔려 마치 흑색의 먹물[墨]을 온 세상에 뿌려놓은 듯한 느낌의 세계.

환자들의 치료를 위해 피워놓은 향의 연기가 검은 어둠을 갈라놓으며 뿌려졌다.

수없이 많은 병실들이 복도를 사이에 두고 줄지어져 있었고, 그중 세 번째 방의 병실 앞에 붙어 있는 작은 패.

'절대 안정. 관계자 외 출입 금지' 라고 쓰여진 이곳, 약환전에서 천룡단 이대의 유일한 생존자인 이충은 평소 받아보지 못한 추궁과혈이나 다름없는 건강식 안마와 상처에 좋다는 약을 바르고, 먹어대면서 기력을 회복하기 위해 노력하고 있었다.

이충만이 누워 있어야 할 그곳에 어둠을 가장한 누군가가 부복한 채로 말없이 엎드려 있었고, 누워서 요양해야 할 이충은 침상에 걸터앉은 채 부복한 인영을 싱긋 웃으면서 바라보고 있었다.

"그렇군. 물건은 잘 보내졌나 보군."

원래의 이충의 목소리와는 다른 무언가 탁함이 끼어 있는 듯한 느낌.

그런 그의 목소리를 듣고 부복한 인영은 어떠한 감정조차 느껴지지 않는 말투로 나직하게 대답했다.

"예. 주인께서 만족하고 계십니다. 더불어 음마님의 이번 임무 수행에 무척이나 만족하고 계시며, 이걸 전하라 하셨습니다."

부복한 인영은 품속에서 작은 패를 꺼내서 이충에게 내밀었다.

내밀어진 패를 받아 들고는 약간 놀란 듯한 표정으로 이충이 말했다.

"호오, 이런 것까지? 너희들의 주인이라는 자는 나를 너무 신용하는군."

"더불어 이번 일에 대한 말씀이 계셨습니다. 여기 주인의 전갈입니다."

이충은 복면인이 내민 작은 종이를 받아 들고는 읽는 둥 마는 둥하더니 삼매진화를 일으켜 불태워 버렸다.

"그래, 그리하란 말이지. 네놈 주인에게 '알겠다' 전하라."

"존명!"

복면인은 말을 마치고 마치 땅이 꺼져 사라진 듯이 바닥으로 스며들었고, 이충의 병실은 이내 처음과 같은 상태로 돌아갔다.

방 안은 다시 적막이 흘렀고, 은은한 약초 향이 피어올랐다. 달라진 것이라면 병실의 문 옆으로 어두운 벽에서 마치 미소처럼 보여지는 듯한 하얀 웃음이 살짝 지어졌다는 것뿐이었다.

3

무림맹 허창 지부.

인근 금사촌에서 일어난 혈사로 인해 수많은 무림인들이

찾아들어 지부의 소속 무사들은 죽을 맛이었다. 명문세가의 무사들이나 무림맹에서 온(멸마 이대를 제외한) 무인들은 알아서 질서를 지키면서 자제해 주었지만, 일반 무사들과 낭인 무사들이 구경꾼으로 몰려들면서 크고 작은 다툼들이 빈번하게 일어났다.

관에서는 무림인들의 싸움에 끼어들어 봐야 손해를 보는 것이 대부분이니 그냥 모른 척 방치하며 은근히 무림맹에 압력을 넣었다.

결국 지부의 무인들이 나설 수밖에 없었다. 무림맹의 지부 경비만 해도 인원수가 빠듯한데 사건 처리에 순찰대까지 편성되니 추가 근무를 서야 하는 무사들이 대부분이었다.

"어서 오십시오, 모용 장로님. 너무 바빠 마중도 못 나갔습니다."

혈사에서 죽어나간 이들의 시신을 연고지에 양도하고, 그렇지 못한 이들의 시체를 화장시키는 일. 더불어 이들에 대한 보상 문제에 관한 보고서를 작성하면서 바쁜 일과를 보내던 패력도 마차진은 막 지부에 도착하여 본청 접객실로 들어오는 모용단천을 보면서 말했다.

"허허, 마 지부장. 오랜만일세그려. 맹의 일 때문에 요즘 바쁘다는 소리 들었네. 하여 내 거들 수 있는 게 없을까 해서 왔네."

웃고 있는 모습이지만 왠지 수척해지고 수심이 가득한 웃음이었다.

말은 웃으며 해도 지금 가장 혼란스럽고 마음이 아픈 것이 바로 모용단천일 것이다. 어릴 때부터 얼마나 금이야 옥이야 키워온 모용천황이 아니던가.

어찌나 아껴왔던가? 처음 천룡단의 대주 직에 올랐을 때 자식을 어찌나 자랑스러워했던가? 자신과 친분이 있는 자들을 전부 초대해 잔치를 열고 술에 취해 춤을 추면서 웃던 그다. 자식을 위해서 심장이라고 빼어줄 듯했던 그의 모습이 기억이 나면서 마차진은 측은한 마음이 들었다.

"장로님, 뭐라 드릴 말씀이 없습니다. 천황이 그 녀석, 그 녀석이 그리 되다니. 제가 힘 닿는 데까지 돕겠습니다. 힘내십시오."

마차진은 모용단천을 향해 왠지 모를 미안함에 마주 보면서 웃을 수가 없었다.

"괜찮네, 괜찮아. 걱정 마시게나. 한번 오면 가야 하는 것이 사람의 순리인 것인데… 더욱이 무인이 무인으로서 죽는 것이 가장 행복한 게 아니겠나. 너무 마음 쓰지 마시게."

슬픔이 가득한 표정 속에서도 모용단천은 미안해하는 마차진의 어깨를 가볍게 두드리면서 웃어주었다.

"아! 내 정신 좀 보게나. 강 장로도 왔네. 자네는 이번에 처음 보지? 아마?"

모용단천의 뒤로 또 한 사람의 인영이 살짝 고개를 굽히면
서 인사했다.

마차진은 울컥 넘어오려는 마음을 추스르기 위해 침을 삼
키면서 강유홍에게 포권을 했다.

"칠절검 장로님의 위명은 익히 들었습니다. 허창 지부를
맡고 있는 패력도 마차진입니다."

"하하, 나야말로 자네의 거대한 참마도에 대한 소문을 익
히 들었네. 맹의 다음 대를 이어가는 무인이라는 칭찬이 자자
하더구먼."

강유홍은 마차진의 절도있는 모습에 미소가 어리면서 마
주 포권을 했다.

"아, 이렇게 서 있지들 마시고 이리 앉으십시오. 게 있는
가? 가서 용정차 세 잔만 내어오게나."

"아닐세, 차를 마시면서 한담을 나눌 때는 아니지 않는
가?"

마차진은 두 장로에게 자리를 내어주고는 이어 이번 혈사
에 대한 이야기를 주고받았다.

"그래, 이번 사건에서 더 밝혀진 내용은 없었는가?"

나지막하게 물어오는 모용단천의 말에 마차진은 대답했다.

"아쉽지만 그렇습니다. 하지만 일단 그 녀석이 지금 조사
를 시작했으니, 곧 조금씩 실마리가 잡히겠지요. 그나저나 강
장로님은 마교의 조사단으로 가신다는 전서를 받았는데 어찌

된 일인지?"

마차진은 무림맹의 이번 조사 작전에 관련된 극비 전서를 이미 받아보았기 때문에 강유홍 장로가 마교를 조사하기 위해 파견된다는 사실 정도는 알고 있었다.

"그 독고 놈이 거부했네. 그래서 우린 신강은커녕 청해성 중간도 못 가고 돌아와 버렸다네."

짐짓 조금은 화난 듯한 목소리로 강유홍이 말했다.

"음. 하긴, 그 교주니까요."

모용단천과 마차진은 현 마교 교주라면 충분히 그럴 수도 있다는 생각을 하면서 고개를 끄덕였다.

"그래, 그건 그렇고. 지금 멸마단은 어느 객잔에 있나?"

"아닙니다. 무슨 바람이 불어서인지 객잔에 투숙하지 않고, 지부의 후원 전각에 있습니다. 가보시렵니까?"

모용단천은 멸마단의 게으른 대주를 생각하면서 굳은 얼굴을 펴면서 말했다.

"그래? 별일이구먼 그래. 일단은 가봐야지. 이번 혈사는 그들이 해결할 가능성이 높질 않은가."

"아무렴요. 다른 놈도 아니고 장 동생이니까요."

"그럼 일어나세나. 그놈 얼굴을 맹에서도 자주 보지 못했는데."

모용단천과 마차진, 그리고 강유홍, 이 세 사람은 멸마단 이대가 묵고 있는 전각을 향해서 걸음을 옮겼다.

4

허창 지부는 허창의 중심부에 있었고 지역을 담당하고 있어 규모가 제법 크게 만들어져 있었다.

본청을 비롯하여 약환전, 연무장, 무사전, 접객전, 총 다섯 개의 건물로 이루어져 있었는데, 며칠 전에 도착해서 사건 현장을 조사하고 있는 멸마단은 접객전의 후원에서 생활하고 있었다

파팡!

한 번도 앉아서 쉬지 않고 계속되어지는 수련.

누가 시켜서 강제로 하는 것이 아니었다.

남궁가휘는 벌써 며칠째 격공보를 잠도 자지 않은 채로 수련하고 있었다.

더구나 어제 맛보았던 그 상쾌한 기분의 실마리를 혹여 놓쳐 버릴까 식사도 걸렀다.

"저놈, 보기보다 꽤나 집착하는 구석이 있네. 뭐, 좀 소심하다는 생각은 했는데."

"어? 무슨 소리야?"

어느새 지부에 도착해 장영의 일행과 합류한 멸마단 이대의 다른 대원인 북궁우천과 태성욱은 적환의 찌푸린 표정을 보면서 물었다.

"글쎄, 저 꼬맹이가 벌써 삼 일 동안 밥도 안 먹고 저것만 했다고."

"뭐? 진짜야? 미친 거 아냐? 저거?"

"그래? 의외로 열심히 하는 구석이 있네. 뺀질이인 줄만 알았는데."

북궁우천과 태성욱은 조금 감탄했다는 표정으로 말을 했다.

"마연이 녀석도 봤을걸? 어제 그거. 저 녀석, 진짜로 격공보를 펼쳤다고. 아직 일 장 정도 움직인 것에 불과했지만 그래도 아직 배운 지 열흘도 채 안 되었는데 말이지."

적환은 슬쩍 마연을 쳐다보면서 동의를 구했다.

북궁우천의 적환의 말에 설마 하는 표정으로 고개를 돌려 기둥에 기대서서 여느 때처럼 히죽대는 금마연을 바라보았다.

금마연은 살짝 고개를 끄덕였다. 그것을 본 북궁우천은 믿을 수 없다는 듯이 말했다.

"히익! 정말이야? 격공보를 열흘도 안 돼서 했다고? 진짜?"

"정말 놀라운 꼬맹이긴 하네."

북궁우천과 태성욱은 '뜨악' 하는 표정을 지으면서 어이없다는 듯이 고개를 흔들었다. 그러다가 태성욱은 금마연이 복부에 감은 붕대를 보고는 적환에게 물었다.

"근데 저 자식은 왜 저러냐? 누구랑 싸운 거냐?"

"아! 저거? 그래, 싸웠어."

"누구랑?"

"얼마 전에 객잔에서 꼬맹이랑 밥 먹다가… 거 왜 있잖아, 마교의 그 미친놈들."

"아! 그놈들? 그놈들하고 싸워서 다친 거야?"

태성욱과 북궁우천은 '에이, 설마. 니들이 그놈들 따위한테?' 하는 표정과 어투로 물었다.

"왜 저 꼬맹이 지키다가 실수라도 한 거냐?"

태성욱이 금마연의 다친 부위를 보면서 남궁가휘를 슬쩍 쳐다보고는 얼굴을 찡그렸다.

"아니야, 그런 게 아니라 그놈들 윗선이 왔거든."

"윗선이라면… 뭐? 그놈이? 하긴 그놈이 왔었다면야. 근데 용케 넌 안 다쳤다. 저 마연이 녀석도 다쳤는데."

태성욱의 수긍하는 듯한 말투에 대답하려다가 문득 어감이 이상하게 들린 적환이 슬쩍 실눈을 뜨고 태성욱을 째려보면서 말했다.

"근데 말이다. 성욱아, '용케 넌 안 다쳤네' 라는 말의 의미는 뭐냐?"

적환의 말에 멋쩍은 웃음을 지으면서 태성욱이 넉살 좋게 웃었다.

"뭐, 어쨌든 넘어가자고. 하여간 그놈까지 왔는데 니들 살아남은 게 용하다."

"아냐. 그때 대주가 오지 않았다면 아마도……."

'이 세상 하직했을지도…….' 라고 말하려 할 때, 전각 내실 쪽 문이 열리면서 이대에서 가장 연장자인 사마수동이 나왔다.

"야! 다들 들어와라. 저 꼬맹이도 들어오고."

"아, 보고는 마치셨습니까?"

북궁우천이 사마수동의 말에 일어나면서 웃었다. 밖에서 남궁가휘의 모습을 보면서 이런저런 이야기를 하던 네 명은 전각 안으로 들어갔다.

남궁가휘는 여전히 수련에 빠져 있었고, 자신이 불렀는데도 반응이 없는 남궁가휘를 보면서 사마수동은 눈살을 찌푸리면서 말했다.

"야! 꼬맹이, 안 들려? 들어오란 말이야!"

사마수동이 다시 외쳤다.

하지만 수련 재미에 푹 빠진 남궁가휘의 귀에 들릴 리가 없었다.

빠직―

"이런 썅, 저 자식이!"

사마수동은 이마에 내 천 자가 그려지면서 자신이 신고 있던 신발을 멍하니 쳐다보는 남궁가휘를 향해서 던졌다.

퍽!

지저분하기 짝이 없는 신발을 얼굴에 정통으로 맞은 남궁가휘는 '우씨' 하는 표정으로 고개를 돌렸으나 돌아온 건 짜증 섞인 욕설.

"어쭈, 째려봐? 눈을 확 파버릴까 보다. 언능 안 기어들어와? 죽을라고 아주 용을 쓰는구나. 요즘 것들은 개념이 없어, 개념이."

까칠하기로 소문난 사마수동의 말을 들으면서 나머지는 내실로 조용히 들어갔고, 남궁가휘는 그 욕설에 움찔하면서 대답했다.

"아! 네. 갑니다."

남궁가휘는 그제야 허겁지겁 내실로 걸어갔다. 내실 문을 쾅하고 짜증나게 닫아버리면서 사마수동이 말했다.

"신발 주워와, 인마!"

"네……."

신발을 주워 삐질삐질 들어간 후원의 내실에는 턱을 괴고 비스듬하게 앉아 있는 장영을 비롯한 멸마단 이대 소속의 무인 여덟 명이 아무렇게나 둥글게 줄지어 앉아 있었다.

'어? 다들 돌아왔네? 아니구나. 아직 네 명이 안 왔네.'

남궁가휘는 사마수동에게 신발을 공손하게(?) 전해주고는 무거운 분위기 때문에 말없이 적환의 옆으로 살짝 쪼그려 앉았다.

"야! 니가 기집애냐? 똑바로 안 앉아?"

역시나 까칠하기 짝이 없는 사마수동.

"내참! 저런 꼬맹이에 기집애 같은 자식을 멸마단에 왜 보낸 거야?"

순간 또다시 울컥했지만 벌게진 얼굴로 참아내는 남궁가휘.

사마수동은 무림맹에서도 까칠하기로 소문난 무인이었다. 후배들에게 쉬지 않고 잔소리를 해대는 것을 비롯해서 '벼락 맞은 박달나무'라고 명명한 정신봉을 만들어서는 군기를 잡는답시고 이대의 후배들을 매일같이 두들기는 그런 사람이었다.

지난번 환룡단과의 시비 때도 거의 주도적인 역할을 했다는 후문이 있다.

물론 그런 사실을 알 리 없는 남궁가휘는 사마수동이 자신을 엄청나게 싫어한다고 판단했다.

'제기랄, 꼬맹이에, 남색주의자, 찌질이에 이어서 이젠 기집애라니……'

"그만, 수동! 이제 다들 온 듯하니까 시작해라, 성욱!"

"옛! 대주."

장영의 짧게 끊은 말에 사마수동이 씩씩대면서 앉았고, 성욱은 자신의 품에서 작은 지도를 꺼내 펴고는 설명하기 시작했다.

"현재 상황부터 다시 설명하겠습니다. 현재 파악된 상황으로 보면…(중략)……. 이러한 내용을 전부 종합해 보면 이충이 살아난 것은 거의 기적이라고 볼 수 있습니다."

태성욱의 제법 긴 설명이 끝나고, 사마수동이 그에 이어서 말했다.

"제가 이번에 빙궁에 들어가서 본 결과 특별히 이상은 없었고, 이번에 빙궁주의 셋째 딸이 조만간 몰래 중원 나들이를 할 생각인 모양입니다."

사마수동은 별로 대수롭지 않게 말했지만 빙궁이라고 칭해질 수 있는 곳은 무림을 통틀어서 단언컨대 한 군데뿐이었다.

북해빙궁(北海氷宮).

사시사철이 얼음으로 뒤덮인 혹한의 대지, 북방에서 최고의 강자로 군림하는 세력.

단일 세력으로는 마교와 맞먹으며, 중원인에게는 잘 알려지지 않은 신비의 문파.

그런 곳을 잠입했다는 사마수동.

"그렇군. 얼음 같은 그 영감은 잘 있나 모르겠군."

사마수동의 말을 들은 장영이 누군가를 떠올리면서 슬쩍 미소를 지었다.

"네. 직접 뵙진 못했지만 아마도 별탈은 없어 보였습니다. 뭐, 제가 갔던 걸 눈치 챈 것 같기도 했구요."

무슨 놀러 가서 안부를 묻고 온 것처럼 대답하는 사마수동과 대수롭지 않게 생각하는 장영을 보면서 남궁가휘는 '뜨악' 하는 표정으로 바라보았다.

'무슨 북해빙궁이 옆집 개 이름도 아니고⋯ 근데 얼음 같
은 영감은 또 누구지?'

아마도 그 영감의 정체를 알았다면 남궁가휘는 뻥치지 말
라고 따졌을지도 모른다.

북해빙궁주(北海氷宮主) 설한빙(雪寒氷).

"그렇군. 흠, 조금 보고 싶군. 우천."

이름이 불린 북궁우천이 말했다.

"네. 독곡은 이번 혈사와는 전혀 무관해 보입니다. 그쪽은
아주 조용하더군요."

장영은 고개를 끄덕였다.

"그렇겠지. 그들이야 무림이 뒤엎어지든 나라가 바뀌든 상
관없는 일일 테니까."

이야기가 진행될수록 남궁가휘는 턱이 점점 벌어졌다.

'이건 도대체가 빙궁에 독곡, 마교, 흑룡성까지⋯ 어쩐지
안 보인다 했더니 그런 곳들을 돌아다닌 건가? 얼마 전에 혈
광살귀들이 허창에 나타난 건 이들에 비하면 장난이구먼. 도
대체 당신들 뭐야? 정체가 뭐냐구!'

모든 보고가 끝나고 마무리될 때 즈음 적환은 미심쩍은 표
정으로 장영에게 말했다.

"그러고 보니 어제 침입자가 있었습니다. 무척 재빠른 놈
이더군요. 아마도 그 빨갱이 놈들 중 하나가 아닐까 해서 대
주님께 가보았더니 안 계셔서⋯⋯."

적환이 말을 끝내기가 무섭게 남궁가휘의 목이 옆에 앉아 있던 적환을 향해 홱— 하고 돌아갔다.

"침입이요? 무림맹 지부에요?"

갑자기 옆에서 두 눈을 부릅뜨고는 자신을 향해 소리를 지르자 적환은 깜짝 놀라면서 남궁가휘의 머리를 쥐어박았다.

"이 자식이! 놀랐잖아, 인마!"

남궁가휘는 적환에게 머리를 쥐어박히면서도 목에 핏대를 세우면서 적환에게 말했다.

"지금 놀라고 말고가 문제가 아니라 얼른 지부에 보고해야죠. 큰일 아닙니까?"

"이 자식이 미쳤나? 또 대드네. 이건 명백한 하극상인 거 아냐?"

빠직—

적환과 남궁가휘가 언성을 높이면서 말다툼을 하는 중에 무언가 끊어지는 소리가 들렸다.

심상치 않은 분위기를 느낀 떨마 이대원들은 슬금슬금 그들의 주위에서 떨어지기 시작했고, 그 분위기를 느끼지 못한 적환과 남궁가휘는 계속 티격태격대었다.

"하극상? 무슨 선배가 선배 같아야지! 얼른 금자나 갚아요."

"야! 내가 도박장에서 빌린 돈이잖아. 배 째, 이 자식아!"

점점 더 유치해져만 가는 말싸움.

심상치 않은 분위기는 서서히 극에 달했고, 드디어 앉아 있던 사마수동이 폭발했다.

피웅—

전광석화와 같은 빠름.

무언가 날아오는 듯한 소리에 적환과 남궁가휘는 고개를 돌렸고, 둔탁한 무언가에 얼굴을 맞고 넘어갔다. 사마수동의 신발 두 개.

"이런 개 호래자식들이! 여기가 니들 안방이야! 어?"

사마수동은 어느새 '벼락맞은 박달나무'라고 명명되어진 정신봉을 꺼내 들고는 허공을 표홀하게 날아올랐다.

빠박!

"이것들이 개념을 어디 팔아먹었나? 지금 그런 말이 오갈 만한 분위기로 보였더냐? 니들은 오늘 한번 죽어봐라!"

빡! 빠박! 퍽! 퍽! 퍽!

"꾸에엑!"

적환과 남궁가휘는 무지막지하게 날아오는 몽둥이의 세례를 받고 비명을 질러댔다.

"결국… 터지셨네. 이럴 땐 빨리 사라지는 게 상책이겠지?"

북궁우천은 나머지 대원들을 보면서 동의를 구했고, 모두들 친절하게 고개를 끄덕여 주었다.

모두가 자신에게 불똥이 튈까 펼쳐 낼 수 있는 최고의 기량

으로 은잠술을 펼쳐 내실에서 빠져나갔고, 혼자 남은 장영만
이 머리가 아프다는 듯한 표정을 짓고는 손으로 양쪽 관자놀
이를 누르면서 인상을 찌푸렸다.

5

그때 접객실의 후원으로 모용단천 일행이 들어왔다.

"엉? 이게 무슨 소리지? 어디서 개를 잡는 건가?"

모용단천이 고개를 갸웃거리면서 묻자 마차진은 그럴 리
가 하는 표정으로 말했다.

"이쪽에 개방에서 온 무인은 없습니다만⋯⋯."

그들이 고개를 갸웃대면서 내실 문 쪽을 바라볼 때 강유홍
은 누군가가 다가선다는 느낌에 고개를 돌리다가 심장이 튀
어나올 듯 놀랐다.

"허억!"

허공에서 갑자기 나타난 북궁우천.

"저기, 강 장로님 아니십니까? 어? 모용 장로님에 지부장님
까지? 다들 어쩐 일이세요?"

북궁우천의 신형이 갑자기 나타난 것과 동시에 세 명의 인
영이 더 나타나자 모용단천과 마차진 역시 움찔거리면서 놀
랐다.

"우천! 제발 그렇게 나타나서 놀래키지 좀 말게! 여기가 무

슨 적진도 아닌데……."

만약 긴장하고 있던 순간이었다면 멸마단원들의 은잠술을 쉽게 알아챘을 테지만, 별생각 없이 들어왔기 때문에 갑자기 나타난 그들을 보고 엄청나게 놀란 강유홍이었다.

놀란 가슴을 쓸어내리면서 북궁우천에게 물었다.

"그런데 갑자기 이곳에서 은잠술이라니, 수련이라도 하는 겐가?"

북궁우천은 조용한 목소리로 말했다.

"그게 아니라, 사마 형님이 또 폭발하셔서… 저희는 빨리 나가봐야 하거든요. 혹여 물으시더라도 못 봤다고 해주시기 바랍니다. 그럼!"

북궁우천은 그 말을 남기고는 다른 대원들과 함께 쏜살같이 후원의 담을 넘어서 도망갔다.

"아니. 이보게, 우천! 장 대주는 어디 있는지 말해주고 가야 할 것 아닌가."

모용단천은 급히 사라지는 북궁우천을 향해서 외쳤다.

"대주님은 내실 안에 계시니까 일단 상황이 종료되면 들어가십시오. 눈 돌아간 사마 형님에게 맞으실지도 모르니까요."

전음성을 남긴 채 사라진 북궁우천의 모습은 벌써 보이지도 않았다.

"휴… 하여간 저들은 항상 시끌시끌하구먼. 허허허."

"그렇죠? 맹의 무사들과는 다른 것이 멸마단 녀석들의 매력 아닙니까? 하하."

쩝, 하고 입맛을 다시는 모용단천을 보면서 강유홍과 마차진이 웃었다.

쾅!

잠시 후 내실의 문짝이 통째로 뜯겨지듯이 튕겨 나가면서 핏발이 가득 오른 사마수동이 한 손에 정신봉을 들고 후원의 뜰로 나왔다.

"이 자식들, 어디 간 거냐! 오늘 멸마단의 군기가 무언지 가르쳐… 어? 장로님들이 어쩐 일이십니까?"

여전히 씩씩대면서 주위를 두리번거리다가 멀뚱히 서 있는 세 명을 보면서 사마수동이 물었다.

"여~ 수동, 오랜만이네!"

"어? 차진이군. 혹시 우리 애새끼들 못 봤냐?"

마차진이 마흔, 사마수동이 서른아홉의 한 살 차이였으나 이 둘은 서로의 호기에 감복해서 몇 년 전부터 친구로 지내는 친한 사이였다.

"아니, 못 봤네. 우리도 방금 들어왔거든."

마차진은 고개를 저으면서 한 손으로 검지손가락을 뻗어서 후원의 담 너머를 가리켰다.

"그래! 그렇구먼! 고맙네. 내 술 한잔 사지! 아, 그리고 장로님들, 다음에 정식으로 인사드리지요. 대주님은 저 안에 계십니다.”

사마수동은 말을 마치자마자 번개 같은 속도로 담을 넘어 사라졌다.

“거, 사람 참!”

모용단천은 일개 무사대의 대원인 사마수동의 예의없음에 대해 장로로서 화가 날 만도 했지만, 그들에 대해서 매우 잘 알고 있었기에, 그리고 그중에서 가장 어른에게 예의 바른 이가 사마수동임을 알기에 혀끝만 찼다.

6

무림맹 허창 지부의 유일한 의방 약환전 삼호 병실.

그곳은 얼마 전부터 ‘관계자 외 출입 금지’ 라는 팻말이 걸렸고, 치료를 위해 들어가는 의생들을 제외하고는 개미 새끼 한 마리 얼씬거리지 않았다.

“혹여 그들의 특징 같은 것이 조금이라도 기억에 남는 것은 없는가?”

모용단천이 몸에 붕대를 감고 누워 있는 이충을 향해 물었다.

그 전날까지 개방에서 파견된 오결개 급 조사단과 비웅단이 다녀갔지만 전혀 소득이 없었기에 모용단천은 직접 이충을 만나보기 위해 장영을 찾아가 함께 약환전에 온 것이었다.

누워 있던 이충은 힘들게 일어나 앉고는 모용단천을 향해
서 힘없는 목소리와 죄송한 표정으로 말했다.

"죄송합니다. 속하는……."

무언가 얻는 것이 있을까 하여 오게 된 모용단천 일행은 이
내 이충의 말에 허탈해졌다.

"기억이 나지 않습니다."

벌써 똑같은 대답만 세 번째. 아무것도 못 보고, 아무것도
기억이 안 난다는 대답에 모용단천의 옆에 있던 강유홍은 불
같이 화를 냈다.

"이놈이! 그 자리에 있었고, 살아 오기까지 한 사람이 아무
것도 기억이 안 난다는 것이 말이 되느냐!"

몇 번을 물어봐도 죄송하다는 말만 해댄 터라 강유홍은 짜
증이 밀려왔다.

"무언가 숨기는 것이 있더냐! 어서 대답해라! 머리를 쥐어
짜서라도 떠올리란 말이다."

답답한 마음에 불같이 화를 내면서 이충을 다그쳤다. 그런
강유홍의 어깨를 잡으면서 참으라는 듯이 고개를 가로저으면
서 모용단천이 말렸다.

"어허, 이 사람 유홍이, 자네 왜 이러는가? 저 사람이 무슨
잘못이 있다고……."

왠지 힘없는 목소리와 붕대를 친친 동여매고 있는 모습에
서 훤칠했던 자신의 아들의 죽음이 생각난 모용단천은 왠지

측은한 눈빛으로 이충을 바라보며 강유홍을 말렸다.

이충은 강유홍의 불같은 기세에 경직된 표정으로 아픈 몸을 벌떡 일으켜서는 재빨리 바닥에 엎드리며 말했다. 아플 만도 한데 묵묵히 참아내는 이충이었다.

"속하 이충! 무엇을 숨기겠습니까? 하지만 그들의 모습도, 얼굴도 보이지 않았습니다. 마치 귀신처럼 대원들의 목숨을 앗아갔습니다. 흑흑."

강유홍은 화를 참지 못해 씩씩대면서 아픈 몸으로 부복까지 해가며 답하는 이충을 노려보았고, 모용단천은 그런 이충을 보고는 강유홍에게 조금 심하지 않느냐는 눈초리를 보냈다.

그러나 그들의 뒤에서 벽에 기대서서 눈을 감고 있던 장영은 이충과 강유홍의 행동을 보면서 살짝 입꼬리가 말려 올라갔다.

모용단천은 강유홍을 말리고는 부복한 이충의 어깨를 잡고 조심조심 일으키면서 말했다.

"일어나시게나. 아직 회복도 안 된 자네도 힘들 것인데… 강 장로가 원체 성격이 불같아서 그러니 자네가 이해해 주시게."

"아닙니다. 속하 이충, 어찌 감히… 저도 그때 함께 죽고 싶었으나 대주님이 속히 맹에 알리라 하여……."

대주의 명령에 어쩔 수 없이 죽지 못하고 돌아온 것을 분개

하며 닭똥 같은 눈물을 흘리는 이충.

그런 이충을 보면서 더욱 자식에 대한 그리움에 측은한 마음이 드는 모용단천은 강유홍을 질책하듯 살짝 째려보고는 말했다.

"미안허이. 자식을 잃은 마음이 커 이리도 자네에게 폐를 끼치는구먼 그래. 우린 이만 나가보겠네. 곧 맹으로 복귀하여 자네를 맹의 의방에서 치료받도록 해주겠네."

모용단천은 아직도 이충을 노려보는 강유홍을 끌며 나가려고 문을 열었다. 하지만 장영은 벽에 기댄 채 나갈 생각이 없는 듯 보였기에 그런 장영에게 모용단천이 말했다.

"이보게, 이대주. 자네도 그만 가세. 우리 때문에 타인까지 힘들게 해서는 아니 되는……."

모용단천의 말은 눈을 감고 스산한 미소를 지으며 말하는 장영에 의해 가로막혔다.

"큭큭. 대단해, 정말. 어찌 그리 똑같을 수 있지? 큭큭큭."

갑자기 아닌 밤중에 홍두깨도 아니고, 알 수 없는 장영의 말에 어리둥절한 표정을 지으면서 강유홍과 모용단천은 걸음을 멈추었다.

움찔!

순간 미세하게나마 이충의 몸이 움찔거렸으나 이내 자신의 침상에 눕기 위해서 몸을 돌렸다. 그러나 장영은 그것을 놓치지 않았다.

“이보게, 갑자기 무슨 말인가? 무엇이 그리 똑같단 말인가? 원, 사람 참…….”

모용단천이 장영을 이상하다는 듯이 쳐다보면서 말했다.

그때 장영이 웃음을 멈추고 벽에 기댔던 몸을 일으키더니 싸늘한 표정으로 이충을 노려보며 말했다.

“자! 이제 말해봐. 넌… 누구지?”

이충은 장영의 물음에 무슨 소리인지 전혀 모르겠다는 표정으로 침대에 누우려고 몸을 구부정하게 굽힌 채로 고개를 돌리며 말했다.

“예? 그게 무슨?”

모용단천과 강유홍은 갑작스런 장영의 말에 도통 이해가 되지 않는 듯한 표정으로 둘을 번갈아 보았다.

“말 그대로다. 다시 한 번 묻지. 제룡검(制龍劍) 이충의 모습을 하고 있는 넌 누구지?”

천천히 장영의 기세가 퍼져 나가면서 스산한 기운이 삼호 병실 안을 가득 채우기 시작했고, 이충을 압박하기 시작했다. 이충은 그의 기세에 몸을 움츠리면서 말했다.

“무슨 말씀이신지… 저는…….”

갑자기 장영의 기세가 살기를 띠어가자 모용단천이 그를 말렸다.

“이보게, 사고로 몸도, 마음도 심약해진 사람에게 이 무슨 짓인가?”

"그래. 저런 무지렁이 놈은 그냥 놔두고 나가세!"

모용단천은 장영의 기세가 제법 심각해지자 살짝 찌푸린 듯한 얼굴로 장영에게 나직하게 호통을 쳤고, 강유홍은 이충을 무슨 죽일 놈 보듯 하면서 장영에게 말했다.

하지만 장영은 모용단천과 강유홍을 전혀 신경 쓰지 않는 듯 이충에게서 시선을 고정한 채 말을 이었다.

"어제 이곳에 침입자가 있었지……."

"예?"

"그런데 네가 치료받는 삼호실로 들어오더군. 재미있는 소리를 들었지, 그 문밖에서 말이야."

"예?"

장영의 건조한 듯한 음성에 이충의 표정이 살짝 변했다.

"무슨 말씀이신지 잘 모르겠습니다만……."

모용단천과 강유홍 역시 조금 표정을 굳힌 채로 둘을 지켜볼 뿐 더 이상 장영의 말을 가로막지 않았다.

"그래? 모르겠다라……. 그럼 설명해 주지. 금사촌에서 일어난 혈사의 흔적을 봤을 때 이충은 절대 살아날 수 없었다. 더구나 원래의 그는 이대의 팔조였고, 위치는 대열의 뒤쪽이었겠지. 대열이 이동하는 방향을 봤을 때 그는 허창과는 정반대 방향에 있었을 것이다. 그리고 적들은 대열의 뒤쪽에서부터 공격해서 옆쪽과 앞쪽을 공격했고, 시체들이 쓰러진 방향으로 봤을 때 대열에서 벗어날 수 있는 방법은 전무했다. 그런데 이충이 살아남았다. 절대 살아날 수 없는 곳인데도 말이지. 그것도 가장 먼저 변을 당했을 위치에서……. 그리고 현장에는 홍수의 흔적도 남아 있지 않을 정도로 치밀하게 계획된 사건. 그래서 난 처음부터 널 의심했고, 너를 지켜보았지. 자, 이제 말해봐라. 이충이 아닌 네가 누군지……."

장영의 기세가 자신을 점점 더 압박해 오자 이충의 표정은 눈에 띄게 경직되어 갔다.

그런 이충을 보면서 모용단천은 여러 가지 생각이 떠오르면서 천천히 의심이 머릿속을 채워갔다.

"그… 그럼? 이런 죽일 놈!"

모용단천의 옆에서 눈만 멀뚱멀뚱 뜨고 있다가 장영의 말이 끝나자마자 원체 성격이 불같은 강유홍이 엄청난 기세를 오른손에 끌어올려 이충을 향해서 뻗었다.

펑! 퍼벅!

갑작스럽게 뻗어낸 강유홍의 일장이었지만 무림맹의 장로답게 무척이나 강맹했다.

미처 방비조차 하지 못한 이충은 복부에 일장을 맞고는 병실 벽으로 날아가 부딪쳤다.

"크윽!"

이충은 울컥하고 피를 토해내면서 소매로 흐르는 피를 스윽 닦아내면서 웃었다.

"쿨럭! 후후후, 대단하군. 그런 실수가 있을지는 생각도 못했지. 하지만 쉽지 않았을 텐데? 인피면구를 쓰지도 않고 몸까지 완벽하게 맞춘 건데 말이야.”

강유홍에게 일장을 맞아 내장이 뒤틀릴 만한 고통이 느껴질 텐데도 이충은 고개를 갸웃거리면서 장영에게 물었다.

“그래. 혹시나 해서 지문의 본을 떠서 맹에 보냈지만 일치한다고 했을 때만 해도 아닐 수도 있다는 가능성을 배제하지 않았지. 하지만 축골공(蹙骨功)이나 역용술(易容術)을 익힌 자라면 다르지.”

강유홍은 자신의 일장을 맞고도 일어나는 이충을 보면서 다시 내공을 끌어올리면서 재공격을 준비했다.

모용단천은 장영의 입을 통해 밝혀지는 사실에 이충을 믿었던 마음이 서서히 금이 가면서 분노가 차오르기 시작했다. 저자는 자신의 아들을 죽인 놈들 중에 하나였다.

“인피면구가 없이도 역용이 가능한 술법은 수없이 많지. 더 있을지는 모르지만 조사해 본 결과 현존하는 것이 두 개, 기록상에 남은 것이 다섯 개 정도 되더군. 큭큭, 다시 한 번 더 묻지. 넌 누구냐?”

장영은 스산한 기운을 더욱 끌어올리면서 재차 물었다.

“이 기운, 끈적끈적하군. 일개 대주인데 이 정도 기운이라니… 그렇군. 자네가 전귀라고 불리는 꼬맹이군. 흘흘.”

이충의 모습은 장영보다 조금 어려 보이는 모습을 하고 있었지만, 노인의 그것처럼 마치 쇠를 긁는 듯이 칼칼한 음성과 말투로 말했다.

"노괴였나? 더욱 궁금해지는군. 니놈의 정체가……. 하지만 나에게 기회가 올 것 같지는 않군. 조심해라."

장영의 이죽거리는 말이 끝나기 무섭게 엄청난 기세가 터져 나오면서 방 안의 공기가 회오리쳤고, 모용단천의 몸이 비호처럼 튀어 나갔다.

"이런 개자식! 죽어랏!"

모용단천의 분노는 상상을 초월했다. 그의 손에서 뻗어 나간 해일 같은 기운이 이충을 덮쳤다.

콰드드득!

이충은 가공할 기세에 경악하면서 몸을 팅기듯 벽 쪽에서 떨어졌고, 모용단천의 손이 파고든 병실의 벽은 찢어 발겨지듯 터져 나가면서 석벽의 잔해가 비산했다.

"대단하구나. 모용의 장법이 이리 강했던가?"

이충은 석벽 옆으로 피하면서 말했다.

"이노옴! 감히 우리 천황이를……!"

어느새 모용단천의 눈에서는 핏발이 섰고, 꽉 다문 어금니에서는 실핏줄이 흘렀다.

"아! 그 어린 대주 놈 말인가? 그렇군. 자네 아들이었군. 꽤나 즐거운 꼬마였지. 죽이기에는 말이야… 흘흘."

모용단천의 손에서 또다시 강맹한 일장이 휘몰아쳐 이충을 향해 쏘아졌다.

퍼펑!

그러나 모용단천의 일장은 미처 이충의 몸 근처에도 가지 못하고 중간에서 막히며 터져 나갔다. 자신의 장법이 막히자 더욱 분노가 끓어오른 모용단천은 연거푸 장법을 뿜었다.

이충은 가소롭다는 듯한 미소를 띠며 말했다.

"우습군…… 흘흘, 앞뒤 구분 못하는 공격으로 나를 잡을 수 있을 거라 생각한 것이냐? 흘흘."

콰콰콰쾅!

"응?"

강유홍은 순간 이충의 움직임에 깜짝 놀랐다. 이충의 신형이 스르륵 하고 흔들리더니 모용단천의 공격을 피해 버린 것이다.

"저건! 귀영보(鬼影步)!"

모용단천의 장이 석벽을 또다시 파고들었고, 이충의 신형이 잔영을 일으키더니 일순간 흔적도 없이 사라졌다.

그 순간, 가만히 상황을 지켜보고 있던 장영이 빛살처럼 움직였다.

티잉!

짧게 울리는 쇳소리!

어느새 모용단천의 곁으로 다가와서 짧은 대침으로 그의 완골혈(腕骨穴)을 공격해 가던 이충은 누군가 자신의 침을 막으면서 공격해 온다는 사실을 느끼고 공격할 때와 마찬가지로 기세도 없이 물러났다.

"혈혼침(血魂針)이라? 너는 음마였군."

장영은 이충의 공격을 막아내고는 게슴츠레한 눈으로 웃었다.

"음… 음마!"

함께 있던 강유홍 역시 깜짝 놀랐다.

음마! 음마라니. 벌써 수십 년 전에 사라진 인물이 어째서 이곳에 있단 말인가? 더구나 다른 인물도 아닌 음마가.

음마(陰魔) 주세기(周世技).

엄청난 거물이었다. 그냥 첩자 노릇을 하기에는 그는 너무 거물이었다.

팔십 년 전, 무림 전역을 공포로 몰아넣었던 그다.

그는 음마라는 이름보다 살수로서 더 유명했는데, 살수이면서도 살수 같지 않은 자.

숨어서 기회만 엿보면서 상대의 허점을 파고드는 살수가 아니라 상대와 정면으로 맞붙어서도 살행을 성공시키는 자.

본신 무공만으로도 당시 마교의 이장로였던 구양노를 죽였고, 그로 인해서 마교의 추적을 받았지만 흔적도 없이 사라져 버린 그.

그런 그가 지금 이충의 모습으로 허창 지부에 나타난 것이다.

"어째서… 어째서 음마가 나타난 거냐!"

모용단천은 발악하듯이 외쳤다.

자신의 혈혼침을 손에서 장난하듯이 만지작거리면서 음마가 말했다.

"왜! 그러면 안 되는 건가? 나 정도로 놀라다니… 흘흘. 원래 대가 없이는 죽이는 성격이 아니지만, 나도 임무를 수행하는 중이니 셋 다 죽여주마. 흘흘흘."

또다시 음마의 신형이 흔들거리면서 여러 개의 잔영을 일으키면서 사라졌다.

강유홍은 무언가가 좌측으로 파고든다는 느낌을 받자 거세게 팔꿈치로 찍었다.

피웃!

"윽!"

자신의 호신공을 파고드는 비침이 팔꿈치를 스치면서 튕겨져 나갔다.

그리고는 스르륵 사라지는 기운을 향해서 자신의 검을 휘둘렀고, 검의 궤적을 따라서 흐릿하게 매화 문양이 일어났다.

피핑! 핑! 팅!

나타난 매화 문양은 다 피어나지도 못한 채 사라졌다.

강유홍이 공격받는가 싶더니 어느새 모용단천은 자신의 뒤로 느껴지는 섬뜩한 느낌에 서 있던 자세 그대로 몸을 띄우면서 삼첩장(三疊掌)을 내질렀다.

티팅!

바늘이 튕겨 나가는 소리.

어디서 공격하는지 어떻게 움직였는지, 공격해 오는 순간까지 기세를 알아챌 수가 없었다.

'제길, 생각보다 까다롭군. 찾아내기가 쉽지 않겠어.'

빠르기라면 자신도 중원의 어느 누구에 못지않는 장영이었지만, 자신이 볼 수 있는 범위, 느낄 수 있는 기세에서만 공격이 가능했다.

그런데 음마의 공격은 달랐다. 함께 있으면서도 기세를 전혀 느낄 수 없었고, 어떤 은신술을 쓰는지는 모르겠지만 흔적을 찾을 수 없었다.

그 모습을 유심히 살피던 장영의 이마에서 어느샌가 식은땀이 흘렀다.

'빠르진 않다. 그런데 보이지도 느껴지지도 않아. 그렇다면 결국 공격하는 순간을 노려야 하는 건가? 하지만… 어쩔수 없군. 이대로라면 놓쳐 버린다.'

"치— 잇!"

장영은 여느 때처럼 웃지도, 스산한 미소를 띠지도 않았다. 긴장감으로 인해 목젖으로 침이 넘어왔다. 어떻게 공격할 것인가, 어떻게 찾아낼 것인가.

벌써 강유홍과 모용단천의 의복은 날아온 침(針)에 의해서 군데군데 찢겨졌고, 살짝 피가 배어 나왔다. 무공 고수의 피부가 그리 약하진 않지만 혈혼침은 전문적으로 상대의 외공과 호신기를 파괴하는 무기.

그때 강유홍의 뒤를 공격하는 기운이 흐릿하게 잡혔다.

"거기냐!"

순간 장영이 신형이 픽, 하고 꺼지듯이 사라졌다. 그의 발에서 생긴 풍압이 미처 땅을 박차기도 전에 최대의 속도로 펼쳐진 격공보.

그의 신형을 따라서 엄청난 풍압이 회오리치듯이 일었다.

뿌가가각!

강유홍을 공격하던 음마는 엄청난 속도의 무언가가 자신의 옆으로 쏘아져 오자 양팔을 교차하여 막고는 뒤로 쭈욱―밀려났다. 그리고는 그의 은신술이 깨져 버렸다.

"큭!"

재차 공격이 이어질 것으로 알고 전방을 노려보면서 방어세를 취한 음마의 눈에 들어온 것은 강유홍의 뒤를 막아선 장영이었다.

"의외군, 그걸 막아내다니. 조금 아까운걸?"

장영은 게슴츠레하게 눈을 뜨고 음마를 비웃듯이 바라보았다. 음마의 은신술이 무척이나 찾아내기가 힘들었기에 노렸던 일격이 막혀 버리자 조금 아쉽다는 표정을 지으면서 자신의 손목을 돌렸다.

음마는 방금 전 공격으로 인해 너무 놀라서인지 쉽사리 다가서지를 못했고, 막았던 팔이 저려옴을 느꼈다.

'크윽… 이런 무식한! 부러진 건가?'

장영의 공격에 막아낸 팔이 부러져 버렸다. 손가락에 힘이 들어가지 않았다.

"놀랍구나. 네놈! 엄청난 공격이군. 웬만한 무인은 손도 못 쓰고 뚫려 버리겠군."

음마는 진정으로 놀라웠다. 자신이 무림을 주유하는 동안 이런 속도와 파괴력을 가진 권법이 있다고는 들어보지도 못했다.

더구나 모용단천과 강유홍 역시 방금의 공격에 엄청나게 놀라 버려서 멈칫하는 음마를 공격할 생각조차 없는 듯이 장영을 바라보았다. 처음 보았다. 장영이 강하다는 것은 알고 있었지만, 들은 것과 실제로 보는 것은 무척이나 달랐다. 더구나 천하의 누가 있어 정면 승부가 아닌 은신 중의 음마를 찾아내어 공격을 성공시킨단 말인가. 무림맹에서 장로를 맡고 있는 모용단천과 강유홍은 음마의 기세조차도 잡아내지 못했는데 말이다.

음마는 이제껏 조롱하는 듯한 표정을 지우고 음침한 눈을 떠 장영을 보면서 물었다.

"이건 무슨 초식이지?"

장영은 자세를 구부정하게 낮추면서 음마를 노려보았다.

"격공보(格空步) 광속(光速) 일점혈(一点血)."

또다시 장영의 기세가 그의 구부정한 몸을 타고 피어오르기 시작해 방 안을 가득 메웠다. 마치 그 안의 공간이 장영의 범위 안에 있는 듯했다.

자신의 은신을 염려한 듯 공력을 사용해 삼호 병실 안을 끈적끈적한 살기로 가득 채워 버린 장영의 기세에 음마는 침음성을 흘렸다.

아마도 장영의 공격이 시작되면 음마는 막지 못할 것임을 느낄 수 있었다.

"대단한 공격이었다. 정말 놀랍군. 팔십 년 만에 이런 느낌은 처음이다. 네놈, 기억해 두지… 흘흘. 그리고 오늘의 나의 실패는 꼭 되갚아주마. 기대하거라, 아이야. 흘흘흘……."

음마의 신형이 그 말을 끝으로 허공중에 흩어지려 할 때 장영이 빛살처럼 움직였다.

슈아아아악! 파팡!

장영이 지른 일격이 사라져 버린 음마의 흔적을 때리면서 대기를 터뜨렸다.

"아깝군. 한발만 빠르게 질렀다면 잡았을 텐데……."

7

칠흑같이 어두운 밤.

세상은 온통 어둠에 깔려 그 모습마저 숨겨 버렸고, 간간이 초옥에 피워 올린 호롱불만이 주위를 약하게 비추었다.

허물어지듯 쓰러져 가는 초가집. 어둠이 깔려 더욱 스산하게만 느껴지는데다가 스치면서 지나가는 바람에 을씨년스러운 분위기를 풍겼다.

그곳의 작은 마당에 한 남자가 서 있다.

어두웠지만 그의 등은 거대해 보였고, 곧게 편 허리와 어깨는 절대자의 기도를 풍겼다. 남자는 말없이 무언가를 응시하고 있었다.

조용한 정적 속에서 마치 땅이 스르륵 솟아오르는 듯하더니 하나의 형체를 만들기 시작했고, 그 형체는 어둠을 가르면서 검은색 사람의 모양이 되었다.

"주인님, 음마에게서 연락이 왔습니다."

주인이라고 불린 사내가 뒤에서 들려온 말을 들었는지 그러지 못했는지 말이 없자 검은색의 인영이 잠시 뜸을 들이고는 재차 말했다.

"무림맹 잠입은 실패했다고 합니다."

검은 인영의 말이 끝나기 무섭게 앞에 서 있던 남자의 몸에서 폭풍과도 같은 살기가 폭사해 나오면서 주위의 초옥과 나무로 대충 만든 담이 쓰러질 듯 휘청대었다.

"크윽!"

갑작스럽게 온 사방을 억누르는 살기에 검은 인영은 신음성을 내뱉었다.

정신을 잃어버릴 듯 질식할 것 같은 살기.

"흑호… 어째서 실패한 거지?"

검은 인영은 흑호라 불리는 듯했고, 사내에게서 뻗어 나온 살기에 숨이 턱턱 막혀 들어간 듯 힘겹게 대답했다.

"컥컥… 이상한 기술을 쓰는 애송이에게 당했다고 합니다. 컥! 돌아온 그의 팔이 아작이 나 있었습니다. 컥컥… 제발 이 살기를… 거두어주시길……."

"응? 애송이?"

흑호라 불린 인영은 주인이라 불린 남자에게 살기를 거두어주길 거듭 간청했다.

"아! 조금 화가 났었군. 미안하다, 흑호."

남자의 살기는 순간 씻어낸 듯이 사라졌고, 이내 아무 일도 없었다는 듯이 고요함이 되찾아왔다.

"그런데 애송이라……. 흑호!"

"예, 주인님!"

"음마의 무공 수준이 어느 정도라고 생각하지?"

뒤로 돌아선 채로 흑호에게 고개를 살짝 기울이면서 나직한 음성으로 물었다.

"그건… 아마도 저희들 중에서 따지자면 열 손가락 안에 들어가겠지요."

흑호는 주인의 물음에 잠시 생각을 하더니 이내 정리된 듯이 확신에 찬 어조로 담담하게 말했다.

"잘못 알고 있군. 음마는 적어도 자네보다 강하네. 아마 나의 휘하 중에 가장 강한 무인일 걸세.”

“예? 그런?”

“흑호, 만약 지금의 나와 네가 싸운다면 너는 몇 초식까지 받아낼 수 있겠나?”

흑호는 자신의 주인의 물음에 눈을 살며시 감고 곰곰이 생각해 보았다.

머릿속으로 주인의 무공과 자신의 무공을 대입해서 가상의 전투를 해보는 것일 터. 이윽고 흑호가 말했다.

“아마도 주인님과 싸운다면 이십 초 정도겠습니다.”

“훗! 겸손인가? 좋아. 하나 음마는 다르다. 물론 음마 역시 지금의 나에게 있어서는 이십 초 정도의 무인일 뿐이다. 하지만 만일 그가 은신을 한다면 내가 조금 앞설 뿐이겠지.”

“무슨! 말도 안 됩니다.”

흑호는 주인의 말을 믿을 수가 없었다. 한낱 살수 따위가 자신의 주인과 비등하다는 사실이 마음에 들지 않았다.

“아니, 음마가 나의 휘하에 있는 이유는 나를 죽이기 위해서다. 그것을 대가로 나를 위해 일하는 자다. 더욱이 정말로 죽을 뻔한 적도 있었지.”

이런 말도 안 되는 일이 있단 말인가? 자신의 목숨을 담보로 수하를 부리는 방법은 세상 어느 누구도 하지 않는다. 더욱이 믿어야 할 수하가 항상 자신의 목줄을 노리는 자라니, 정말 알 수 없는 의미의 말이었다.

"그런……? 이런 찢어 죽일 놈이! 감히 비천한 자가!"

흑호는 마치 자신의 주인에게 누가 욕이라도 한 것을 들은 양 불같이 화를 냈다.

"후후… 음마는 그런 자다. 내 목숨을 노릴 수 있는 것을 인정한 강자. 특히 은신술을 사용하는 것에 있어서는 무림 최고라고 해도 과언이 아니다. 예전에 마교의 독고 영감이 그를 잡으려 했을 때도 실패했다. 아마도 련 내에서도 그가 마음먹고 죽이지 못할 자는 몇 되지 않을 것이다."

"그런… 말도 안 되는……."

주인의 말을 쉽게 인정하지 못하는 흑호였다.

"믿어라. 내가 인정한 자다. 그런 음마가 실패했다라, 만변공까지 지원을 했는데 말이지……. 흑호! 음마와 싸웠던 자에 대해서 조사해 봐라."

"존명!"

흑호는 이내 평정을 되찾고는 주인의 명령에 답했다.

얼굴을 알 수 없는 절대자의 기도를 가졌으며, 음마라고 하는 초절정의 고수에게 목숨을 담보로 수하를 부리는 남자.

그리고 련이라고 불리는 단체.

어둠이 내린 어느 산자락에 위치한 작은 초옥에서의 일이었다.

8

"뭐? 음마라고?!"

"그가 나타났단 말인가?"

금사촌의 혈사를 조사한 이후 올라온 정식 보고서로 인해서 맹주는 장로 회의를 소집했다.

멸마단주의 보고가 끝나고 앉아 있던 장로들은 안색이 나빠졌다.

더구나 현장에 있었던 철절검 장로와 모용단천의 이야기는 좌중을 술렁이게 만들기에 충분한 위력을 가지고 있었다.

금사촌 혈사가 있은 지 십여 일이 지난 지금, 사망자들의 장례가 치러지면서 그 넋을 기리기 위해 모두들 검은색 조의를 입었다. 며칠째 몰려든 인파로 인해 무림맹은 시장통과 다를 바가 없었고, 군사인 제갈선우와 맹의 물자를 담당하고 있는 공동파의 지천명 장로는 사망자에 대한 보상 문제와 연고가 없는 이들의 시체 안장 문제를 고민하느라 며칠째 밤을 샌 터라 초췌해 보이기까지 했다.

맹주는 침음성을 내뱉으면서 좌중을 정리했다.

그는 지난번 장로 회의 때와는 달리 많이 안정을 찾고 후덕한 인상을 하고 있었다.

"이상이 이번 조사 간 밝혀진 일입니다. 이대주의 보고에 따르면 아마도 모종의 세력이 개입된 듯하답니다. 더구나 맹에 잠입하는 것이 목적인 것으로 추측됩니다.”

군사가 보고서의 내용을 모두 읽고 나서 맹주를 보면서 말했다.

“음… 음마가 나타났단 말이오? 어째서 음마인 것인가? 지난 팔십 년간 그의 종적조차 묘연했거늘……. 그 외에 밝혀진 사실은 없소?”

맹주가 제갈선우를 보면서 묻자 제갈선우는 조사해 온 다른 보고서를 뒤적이더니 말했다.

“장 대주의 보고서에서 보면 음마는 역용술을 사용했다고 합니다.”

“역용술을? 하긴 원래 살수였으니 기본적인 역용술을 할 수 있는 것 아닙니까?”

제갈선우의 말에 해남파의 곡현 장로가 물었다.

“그렇습니다. 일반적인 역용술을 했다면 말이죠. 그런데 이번에 이충이란 무인으로 변했을 때는 좀 더 상위의 역용술을 쓴 것이 문제입니다.”

“응? 상위의 역용술이라 하면…….”

의문의 가지면서 제갈선우에게 묻는 맹주에게 비응단주가 말했다.

“아마도 내공으로 뼈를 움직이는 축골공이나 안면 근육과 피부색을 조절하는 방법을 썼겠지요.”

“음…….”

“그런…….”

비웅단주의 말에 제갈선우는 동의를 표하며 고개를 끄덕였고, 좌중의 모든 장로들은 심각한 표정을 지었다. 잠시 뜸을 들이던 제갈선우가 말을 이었다.

“그런 방법의 역용술은 현재 마교의 비전인 환마변혼공(換魔變混功)과 포달랍궁의 유가비전(柔可秘傳)이 남아 있고, 배교의 화신술(化神術), 모산파의 강신대법(降神代法), 전진파의 일월변환(日月變換), 혈교의 만변공(萬變功)과 동영에도 그런 술법이 전해진다고 합니다.”

“그럼 혹 마교에서 술수를 부린 게 아닌지요?”

소림에서 파견되어 현재는 맹에서 큰어른으로 불리는 해공 대사가 물었다.

이에 강유홍이 고개를 저으면서 해공에게 말했다.

“아마도 아닐 것입니다. 얼마 전에 혈광살귀대가 허창에 들어왔었답니다. 더구나 목적은 정보를 얻기 위해서였다고 하더군요.”

“혹여 그들이 우리를 혼란스럽게 하기 위한 술책이 아닙니까?”

곡현 장로의 물음에 가만히 듣고 있던 맹주는 고개를 저으면서 장로들에게 말했다.

“아마도 아니겠지. 음마가 누군가. 현 마교의 이장로인 구양수의 아비이자 마교주인 독고진악의 사부와 같은 구양노를 살해한 인물일세. 지금도 독고진악이 현상 수배를 내려놓은 상태이네. 더구나 혈광살귀대주는 대대로 이장로 집안의 가신이었지. 현재 대주인 혈도위 역시 그렇고……."

"하긴, 그건 그렇군요."

곡현에게 설명을 해준 맹주는 군사를 바라보면서 물었다.

"군사, 혹여 그 무공들과 연계된 문파나 전해진 문파는 없는가?"

"예. 그래서 저도 문헌을 살펴본 결과 지금까지 남은 기록으로는 마교의 환마변환공을 오십 년 전 환마가 사용했다는 기록만 있을 뿐 그 외에는 모습을 드러낸 바가 없습니다."

결국 이번에 금사촌을 조사하면서 얻어낸 사실이라고는 어떠한 모종의 세력이 '그 물건'이라는 것을 노렸고, 음마가 무림맹에 잠입하려 했다는 사실뿐이었다.

"음마를 포섭할 수 있는 세력이라… 참 난해하구먼. 다른 인물이라면 예측이라도 가능할 것을, 그 누가 음마를 포섭할 것이라고 생각했단 말인가? 그나저나 교주가 알면 뒤집어지겠구먼. 여하튼 골치 아픈 일일세. 그 교주가 알면 또 한 번 사단이 나겠구먼. 군사, 이번 사건에 음마가 개입되어 있다는 사실은 극비로 하시게. 그리고 소취개 단주는 방주님을 일간에 한번 뵙자고 전해주시게. 아무래도 음마의 과거 행적을 조사해 보아야겠네."

"예! 맹주."

맹주의 말을 끝으로 회의는 종료되었다.

모두들 회의의 내용을 두런두런 이야기하면서 정무회실을 빠져나갈 때 무언가 생각이 난 듯 모용단천이 맹주에게 물었다.

"저기, 맹주님."

"응? 무슨 일인가, 모용 장로?"

"이번에 허창 지부에서 음마와 싸운 일을 들어 아실 것입니다."

"그렇네만."

정무회실을 빠져나가려던 맹주는 어찌하여 그것에 대해 묻는지 의문이 가득한 표정으로 모용단천을 바라보았다.

"멸마단 이대주의 무공 때문입니다. 혹여 아시는가 해서요. 제가 보기에는……."

모용단천은 '맹주님보다 조금 더 강할지도…….' 라는 말을 삼키면서 화무군을 바라보았다. 하지만 화무군은 무척이나 당연한 얼굴로 말했다.

"아! 격공보를 보신 게로구먼. 허허, 나도 이대주의 격공보를 직접 보았을 때는 정말 말이 안 나오더군."

"격공보요?"

"하하. 자네, 처음 보았나 보구먼. 장 대주의 격공보를."

"예, 장 대주의 무공은 다수의 싸움에서만 보았지 일 대 일 대결에서는 처음인지라."

“허허, 보는 것은 그 정도지만 직접 경험해 보면 더 충격적이라네.”

“예? 그럼 경험해 보신……?”

맹주는 괜스레 히죽대면서 모용단천의 물음에는 대답해 주지 않고 말했다.

“아마도 무림에서 장 대주의 격공보를 막아낼 수 있는 사람은 몇 안 될 거요. 마교 교주도 꽤나 고생했지 그때.”

아련한 기억이라도 더듬 듯이 미소 지으면서 고개를 돌리는 맹주.

“아니! 그럼 마교 교주와도 싸운 겁니까?”

“아, 그건 비밀인가? 하여간 차차 알게 될 걸세. 허허.”

모용단천은 설마 그 마교 교주와 싸웠다는 말에 급히 교주를 따라서 걸어갔다.

9

그날 마교의 어두운 대전은 광포한 기운이 몰아치고 있었다.

“그래? 알아내지 못했다?”

이장로 구양수는 목이라도 달아날까 봐서 고개를 처박고 교주에게 용서를 빌었다.

급히 보낸 혈광살귀대는 아무런 소득도 없이 돌아왔다.

　　미친 듯이 혈도위와 혈광살귀대원들을 두들겨 패서 결국 전치 십 주의 부상을 입혀 의방에 보내 버렸다.

　　교주에게는 차일피일 미루어대면서 넘어가고 있었는데, 결국 이장로는 어느 날 갑자기 자신이 내린 명령이 생각난 교주에게 불려오게 된 것이다.

　　구양수는 교주의 살기 어린 눈빛과 광포한 기운에 살이 떨리고 식은땀이 절로 났다.

　　"이장로……."

　　나지막한 음성이었지만, 교주의 기세가 몸을 뚫고 지나가듯 전해져 왔다.

　　"속하 구양수! 죽을죄를 지었습니다. 하지만 혈도위가 도착한 곳에는 그 전귀 놈이 있었다고 합니다. 전귀 놈이 '이런 마교 놈이 감히 허창에 발을 들여놓다니. 내 용서하지 않으리라' 라고 말하면서 정도무림인 수백과 함께 달려들어 공격하는 관계로 열 명 남짓 갔던 혈광살귀대는 수십 명의 정파 놈들을 베고는 가까스로 탈출해 와 현재 의방에서 요양 중입니다. 교주님도 아시다시피 전귀 놈이 어떤 놈입니까? 그 전쟁의 악귀 같은, 정파이면서도 정파 같지 않은 놈이지 않습니까? 그놈과 인면 몰수의 정파 놈들에게서 살아 돌아온 것만 해도 기적과도 같은 일이었습니다. 제발 용서를……."

　　교주의 기세로 인해 목숨을 위협받게 된 구양수는 수많은 거짓말을 속사포처럼 쏟아내고는 머리를 바닥에 처박았다.

그런 구양수를 물끄러미 바라보던 교주는 한숨을 내쉬면서 피식 웃었다. 그리곤 무언가 생각하듯이 눈을 감고 말했다.

"그래? 전귀, 그놈이 왔었나? 하긴, 그놈이라면 혈도위로는 힘들었겠지. 크크크. 정파면서 피를 즐기는 녀석이었지. 그놈의 격공보 일점혈이었던가? 그것 참 대단했었지. 보고 싶군. 아니, 보러 가야겠군."

"예?"

이내 고민도 없이 결정해 버리는 교주의 말에 고개를 처박고 식은땀을 흘리던 구양수는 교주의 기세가 풀어졌음을 느끼고는 멍한 얼굴로 교주를 바라봤다. 교주는 무엇이 그리 슬거운 듯 미소를 짓고 있었다.

10

"응? 귀가 왜 이렇게 가렵지?"

여전히 눈곱이 낀 얼굴과 부스스한 머리로 멸마단 전각의 연무장 기둥에 기대 잠이 든 장영은 갑자기 귀가 가려워졌다. 귀찮은 듯이 귀를 후벼파고는 기지개를 폈다.

"으아함… 쩝쩝."

기지개를 펴면서 게슴츠레한 눈으로 앞을 잠시 응시했다.

"저 꼬맹이, 꽤나 열성이군."

연무장에는 남궁가휘 혼자서 격공보와 자신이 알고 있는

모든 무공을 수련하고 있었다.

 멸마단의 다른 대원들은 근 이십여 일 동안 임무를 수행하느라 하지 못했던 일들을 하기 위해 출근했다가 소리 소문 없이 사라져 버렸다. 적환과 금마연은 도박장으로, 북궁우천은 어딘가 숨어서 자고 있을 것이고, 한백은 대낮부터 술을 먹고 다른 대원과 나가 버렸고, 사마수동은 그런 대원들을 잡으러 다녔다.

 결국 혼자 남은 남궁가휘는 요즘 부쩍 빠져든 격공보 수련을 하게 된 것이다.

 한동안 남궁가휘가 수련하는 모습을 잠이 덜 깬 눈으로 쳐다보던 장영은 피식 웃으면서 나직하게 말했다.

 "격공보를 빨리 익혔군. 꼬맹이 녀석……. 달리 할 일도 없는데 조금 가르쳐 볼까?"

第六章
수련 진(眞)격공보

戰鬼
전귀

1

작열하는 태양이 대지를 내리쬐면서 시작된 여름.

금사촌의 혈사가 있은 지도 벌써 두 달이라는 시간이 흘렀다.

거의 두 달 동안 무림맹은 사고 처리를 위해서 시간을 보냈고, 죽은 자를 애도하는 발걸음은 시간이 흘러도 계속되었다. 정도무림 산하의 수많은 문파가 사절단을 보내 조의를 표했고, 정도와 제법 관계가 있는 상인들이나 문인들의 발걸음도 끊이지 않았다.

물론 적대 관계에 있는 마교나 흑룡성 산하의 무림 단체와 크게 왕래가 없던 세외 무림은 사절단을 보내지 않았지만 말이다.

무림맹은 겉으로는 이들을 맞이하는 한편, 멸마단이 복귀한 다음부터 금사촌 혈사에서 밝혀진 음마의 행적을 쫓기 위해 비밀리에 비응단 일 개 대를 보냈고, 개방의 거지들에 하오문에게까지 협조를 구하는 등 바쁘게 움직였다.

금사촌 혈사를 거의 이십여 일간 조사를 하고 돌아온 멸마단은 현재 할 일 없이 빈둥거리거나 여느 때처럼 전각 앞의 연무장에 삼삼오오 모여 앉아 주사위 놀음을 하던 평소의 생활로 돌아갔다.

남궁가휘 역시 이제는 제법 멸마단에 익숙해진 듯 그런 분위기가 낯설지 않았다. 처음 입단할 때와 달라진 것이 있다면 더 이상 천룡단이나 철혈기마대의 전각을 기웃대지 않는다는 것이고, 제법 다른 대원들과 안면을 트고 농담을 주고받는다는 사실이다. 물론 여전히 꼬맹이 취급에 짐짝 취급을 당하고 무시당하기 일쑤였지만, 은근히 그런 사실이 점점 즐거워지는 남궁가휘였다.

그런데 오늘 아침 평소 항상 애송이 취급만 해대던 대주가 남궁가휘를 불렀다.

"예? 무공 수련이오?"

"그래. 격공보(格空步)의 겉모습이 아닌 진의(眞意)!"

여전히 잠 오는 모습의 대주였지만, 지난 혈광살귀대주와의 일 이후에 남궁가휘에게는 존경의 대상이자 닮고 싶은 무인이 되어버린 장영의 말에 남궁가휘는 믿을 수가 없었다.

통상 어떤 무술의 진의라고 하면 자신의 자식이나 사부가 전수자에게만 전하는 비기인 것이다. 남궁세가를 대표하는 창궁무애검법 역시도 남궁세가의 가솔들이 배우고 익히는 창궁무애검법과 세가의 차기 가주에게만 전해지는 진(眞)창궁검법으로 나누어져 있다.

결국 처음 무공을 창시한 사람의 뜻이 세월이 지나도록 대대손손 수직적으로 전수되어지는 것이다. 그렇기 때문에 어떠한 무림세가나 무인들도 무공의 형은 가끔 가르쳐 주지만 그 무공에 담겨진 진의, 즉 진정한 흐름이나 뜻, 쓰임새 등은 목숨처럼 소중히 여기고 가문의 심처에 보관하는 것이다.

그런데 지금 대주가 자신에게 격공보의 진의를 가르쳐 주려 한다. 적환이나 금마연을 통해서 배운 격공보가 아니라 무림 전체에서 대주만 사용하는 진(眞)격공보를.

남궁가휘는 감격에 겨워 절이라도 하고 싶었다. 눈물이라도 흘리면서 감사하다고 구배지례를 올리고 사부로 평생 모시고 싶다고 말하고 싶었다.

따악!

초롱초롱한 눈망울로 감격에 겨워하는 남궁가휘의 머리에 장영이 꿀밤을 때렸다.

"요상한 표정 짓지 마라. 배우기 싫다면 그러지 않아도 좋다."

장영은 게슴츠레하게 뜬 두 눈을 꿈벅이면서 남궁가휘를
보고 있다가 다시 잠들기 위해 기둥으로 몸을 옮기려 했다.

"아닙니다! 절대! 배우고 싶습니다. 가르쳐 주십시오, 대주
님!"

남궁가휘는 소리를 지르듯 대답했고, 그 소리에 연무장에
있던 대원들이 남궁가휘와 장영을 쳐다보았다.

"저거, 아침부터 왜 저래? 날씨가 더워서 미쳤나? 뭘 배우
고 싶다는 거야?"

주사위 노름을 하던 적환과 금마연은 안타깝다는 얼굴로
남궁가휘를 쳐다보았다.

"야! 신경 쓰지 마. 원래 저런 꼬맹이니까, 언능 패나 돌려!"

북궁우천과 한백은 어제 마신 술이 아직 덜 깨 잠시 눈을
떴다가 몸을 뒤척이면서 다시 잠들었다.

남궁가휘야 기뻐서 날아가든 말든 전혀 신경 쓰지 않는 멸
마단원들이었다.

장영은 남궁가휘의 대답에 머리를 긁적이면서 피식 웃었
다.

"좋아. 따라와라."

어기적대면서 기둥을 잡고 몸을 일으킨 장영은 천천히 내
실로 들어갔다.

남궁가휘는 '연무장에서 가르치는 게 아닌가?' 하는 마음
으로 장영을 따라 들어갔다.

장영은 전각 안쪽에 있는 자신의 책상 뒤쪽에 있는 마룻바닥의 작은 문을 열었다.

"아니, 대주님. 바닥은 왜?"

갑자기 마룻바닥의 문을 여는 이유가 궁금해진 남궁가휘가 물었다. 그러자 잠시 남궁가휘를 본 장영이 한숨을 내쉬었다.

"적환이 말 안 해줬나? 벌써 입단한 지 꽤 된 거 같은데?"

"예? 무슨 말씀이신지?"

"우리 임무."

"그건 들었습니다만……."

잠시 작은 문을 열어둔 채로 남궁가휘의 얼굴을 쳐다보며 또 한숨을 내쉬었다.

"말하기 귀찮다. 멍청한 꼬맹이."

장영은 남궁가휘의 앞에서 대놓고 핀잔을 주었다.

'그런 말은 안 들리게 하시라구요.'

"잘 들어라. 우린 임무 때문에 잠입을 하기도 하고 신분 위장을 하기도 하는데, 그러려면 마공에 사파의 무공, 그리고 절전된 무공까지 익힌다. 더구나 합격진 역시도 그렇고. 그래서 우리가 익히는 무공이나 기술 자체가 극비다. 대놓고 무림맹 중앙에서 마공을 익힐 수 있겠냐? 그래서 이런 지하 연무장을 이용한다고 조금만 생각하면 될 텐데 멍청하긴."

그렇게 말하고는 장영은 작은 문을 열어 지하로 내려가는 계단을 걸어가 사라져 버렸다.

'그런 걸 아무도 말 안 해주는데 제가 어찌 압니까!'

남궁가휘는 입을 삐죽거리면서 속으로 투덜댔다.

장영을 따라서 검은색 계단으로 한참을 내려가자 거대한 대공동이 나왔다. 거의 이층 정도의 높이로 지어진 기둥과 엄청난 너비의 연무장.

기둥과 벽마다 횃불이 밝혀져 있고, 가지런히 진열되어 있는 수많은 병장기들.

자신이 처음 멸마단의 연무장을 상상했던 그 이상의 모습이었다.

정도무림의 한 축이라고 불리는 자신의 세가에도 이런 규모의 연무장은 없었다. 그동안 수많은 세가를 돌아다녀 봤지만 이 정도 규모라면 거의 구대문파의 대연무장 수준이었다.

"으헉! 대단하다."

그 규모와 분위기에 놀라며 남궁가휘는 천천히 걸어 들어왔다.

그때 장영을 향해 누군가가 걸어와 인사했다.

"대주님! 오셨습니까? 오랜만에 수련이라도 하시려구요?"

사마수동이었다.

"어? 사마 선배님?"

남궁가휘는 '어째서 당신이 여기에' 라는 표정을 지으면서 물었다.

물론 군기 반장으로 통하는 사마수동이 그런 표정을 읽지 못할 리가 없었다.

"이런 찌질이가! 왜? 내가 있으면 안 되냐? 내가 니 허락받고 수련해야 해? 이걸 그냥 확!"

상대의 의사나 의도와는 상관없이 항상 후배를 대할 때는 변함없는 모습의 사마수동.

"그게 아니라… 저는 그저……."

남궁가휘에게는 무척이나 대하기 어려운 선배였다. 자신이 무슨 말을 하든지 간에 일단 때려놓고 이해하는 사마수동의 성격 정도를 지난 두어 달간 파악하지 못할 정도로 신경이 굵은 남궁가휘가 아니었다. 그래서 더욱 말 한 마디 한 마디가 힘들었다.

'다음 말을 어떻게 해야 안 맞을까' 하는 고민을 해결해 준 것은 장영이었다.

"무공 좀 가르쳐 볼까 하고……."

"아, 그렇습니까? 그럼 저기 있는 놈팽이 녀석들도 오랜만에 좀 가르쳐 주십시오. 이거 원, 말귀를 못 알아듣는 녀석들이 많아서 말이죠. 하하하."

장영과 남궁가휘는 사마수동이 피가 덕지덕지 붙은 정신봉으로 가리킨 방향을 보았다. 그곳에는 평소 잘 보이지 않았던 멸마 이대원인 태성욱을 비롯하여 여덟 명이 이미 곤죽이 되어 있었다.

남궁가휘는 그들의 처절한 모습을 보면서 오한이 밀려왔다.

"됐어. 꼬맹아, 이리 와. 정신 건강에 해로우니까."

장영은 남궁가휘를 데리고 연무장의 구석진 곳으로 걸어갔다. 사마수동은 알겠다는 듯이 작게 미소 지으며 고개를 끄덕이고는 다시 쓰러진 여덟 명의 곁으로 다가갔다.

"이런 후레자식들! 안 일어나? 아직 덜 맞았지, 엉?"

사마수동의 말이 떨이지기 무섭게 언제 엎어져 있었냐는 모습으로 번개 같은 속도로 일어나 오와 열을 맞추어대는 나머지 대원들을 보면서 남궁가휘는 너무도 다행스럽게 생각했다.

장영이 대충 자리를 잡고 걸터앉고는 턱을 괴면서 남궁가휘를 쳐다봤다.

"해봐!"

밑도 끝도 없는 말.

"에? 무얼 해보라는?"

남궁가휘의 어리둥절한 대답에 장영이 말했다.

"니가 할 수 있는 것들, 알고 있는 무공들. 일단 네 수준을 알아야 하니까."

"아! 네!"

남궁가휘는 장영의 말에 이번에 새로 구입한 자신의 검을 꺼내 들고 천천히 호흡하면서 공력을 운기했다.

유려하면서도 강맹한 기운, 휘두르고 찌르기를 반복하여 하나의 춤이 되고, 하늘을 비상하는 듯한 움직임으로 창궁무 애검법을 남궁가휘는 자신의 검에 일 초식 일 초식을 담아서 시전했다.

부드럽게 움직이다가 빠르게 몰아치고, 빛살처럼 찌르는 그의 모습은 일 초 일 초를 최대의 기량으로 신경 써서 했기에 자신이 생각해도 최고라고 할 만큼 뛰어났다.

거의 한 시진 이상을 펼친 남궁가휘는 '저 잘했죠?' 하는 표정으로 해맑게 웃으면서 장영의 얼굴을 바라보았다. 하지만 장영의 얼굴에는 어떠한 놀람이나 감탄도 나타나지 않은 채 무표정하게 남궁가휘를 쳐다보다가 머리가 아픈 듯이 관자놀이를 눌렀다.

"흠. 별 볼일 없는 춤사위에 불과하군."

"에?"

자신이 그토록 심혈을 기울여 펼쳤지만 돌아온 건 장영의 푸념뿐이었다. 그런 장영을 보면서 남궁가휘는 금세 시무룩한 표정이 되어 연무장 바닥에 쭈그리고 앉았다.

"꼬맹이, 넌 무공이 뭐라고 생각하나?"

"네? 그건……."

갑자기 물어온 질문에 남궁가휘는 언뜻 무어라 대답할 수가 없었다. 사실 한 번도 생각해 본 적이 없었다. 무림에서 칼밥을 먹는 사람들은 대부분이 배워야 하는 것이 당연하다고 여겨진 사실이었기 때문이다.

　"무공은 그 말의 뜻만 보자면 무술(武術), 즉 무도(武道)에 관한 기술을 말하고, 무도(武道)라는 것은 무인이 마땅히 지켜야 하는 도리를 말한다. 무인이 마땅히 지켜야 하는 도리는 무엇인가? 칼을 들고 서 있는 무인에게 무슨 도(道)라는 것이 필요하겠냐. 그건 그저 소림의 땡중이나 화산, 무당의 도사들이나 하는 말이지. 그저 어떻게 하면 쉽게 죽일 수 있을까 하는 것을 연구해서 만들어진 것이 무술이요, 무공이다. 뭐, 소림 땡중이나 화산, 무당의 도사 나부랭이들은 무공을 통해서 득도라도 할 것마냥 말하지만, 결국 무공은 자신을 보호하고 남을 해치는 기술을 정립시켜서 만들어진 것이지. 그런 기술을 좀 더 강하게 쓰기 위해서 내공이란 걸 익히는 거고."

　틀린 말은 아니었다. 원래 무공이라는 것은 태초에 짐승과 싸우기 위해서, 살아남기 위해서 만들어진 몸짓이 전쟁이 생기고 무기라는 것이 생겨서 그것을 사용해 싸우기 위해 체계화되고 만들어진 것이다. 그래서 무공이라는 것은 반드시 상대가 있어야만 쓰임새가 있는 것이다.

　"들어봐라. 이놈의 이런 공격엔 이렇게 방어하고 이렇게 공격하고, 이딴 걸 연구하다 보니까 초식이라는 게 생기게 되고, 그걸 좀 더 발전시키다 보니까 강한 초식, 강한 무공이 나오게 된 거지. 그래서 실초니 허초니 해서 상대를 현혹시키는 거란 말이다. 사실 정확한 한 방, 정확히 급소에 칼을 찔러 넣으면 되는 것인데 말이지. 무공이란 걸 누구한테 보여주기 위해서 멋들어지게 해봐야 결국 한 방이면 죽는 것이다. 결국 그 한 방이 승패를 좌우하는 것이고… 이런 사실은 칼밥 먹는 세 살짜리 꼬마도 아는 것이다. 지금 네가 보여준 건 춤사위다. 단지 넘쳐 나는 공력으로 기를 일으켜 화려하게 치장한 춤사위. 그것에 실전적인 기세는 전혀 실리지 않았다. 아마도 전쟁터의 일개 병사가 가진 기세에도 못한 수준인 것이지. 기세가 실리지 않은 무공은 단지 부러지기 쉬운 나뭇가지에 불과하다.”

“아!”

어느 누구도 무공을 가르치면서 자신에게 해주지 않았던 이야기이다. 세가에서도 이 초식은 이런 식으로 움직여야 한다, 이 초식의 내공 흐름은 이렇다라고만 말해주었지 무공이 무엇이다라고 정의해 준 사람은 없었다.

그다지 멋있거나 조리있는 말은 아니지만 남궁가휘는 점차 그의 말에 매료되기 시작했다.

“진정으로 중요한 것은 자신이 익힌 무공을 가장 시기적절하게 사용하는 것이다. 지금 네가 하는 것은 진정한 창궁무애검법이 아니다. 그저 춤사위일 뿐이지. 창궁무애검법을 창안해서 만든 너의 조사쯤 되시는 영감은 그것이 어떤 때 어떻게 쓰여질까를 고심하면서 만들었을 것이다. 그것이 그 무공의 실체이고 진의다. 무인에게 있어서 가장 중요한 것은 강한 무공을 익힐 수 있는 능력이 아니다. 진정으로 중요한 것은 상대의 공격을 보는 눈[目], 그리고 기세를 느끼는 감각(感覺)이다. 흔히 동네 꼬마도 아는 삼재검법도 상대의 허점을 보는 눈이 있다면 최고의 기예로 둔갑하게 되는 것이다. 검에 어떤 살의를 싣는가, 초식에 어떤 힘을 담는가가 제일 중요하다. 검이란 힘이고, 곧 속도다. 누가 더 강한 의지와 기세를 가지고 누구보다 빠르게 움직이는가, 그 움직임이 얼마나 실효성이 있는가가 승부를 결정짓는다.”

남궁가휘는 아무런 말도 못했다. 그동안 자신이 무공을 익힌 이유는 멋있기 위해서, 잘나 보이기 위해서였다. 한 번도 장영의 말처럼 고민해 본 적은 없었다.

“지금부터 내가 가르칠 격공보는 육체의 한계를 넘는 속도로 상대의 보는 눈과 감각을 뛰어넘는 기술이다. 아무리 상대의 간격 안에 있더라도, 상대의 공격이 먼저 시작되었다 해도 상대보다 더 빨리 공격하는 공격법이자 방어법이다.”

일전에 자신에게 했던 초신속의 움직임. 그리고 혈도위를 공격할 때 썼던 그 막강함과 속도. 남궁가휘도 그에 반해 격공보를 수련해 왔지 않은가.

“격공보는 달리 초식이나 방법이 없다. 단 두 가지, 광속(光速)과 난보(亂步)만이 존재한다. 그 두 가지를 가지고 쓰임새에 맞게 만들어 쓰면 된다. 단, 자신이 낼 수 있는 최대의 속도를 내기 위해서는 모든 내력을 뽑아내서 공격해야 하니까

적절히 공력을 활용할 수 있는 방법을 배워야 한다. 격공보는 너의 내력이 허용하는 범위 내에서는 어떠한 거리도 순간적으로 이동하여 쓸 수 있다. 때로는 짧게 움직여서, 때로는 길게 움직여서 쓰기도 하지.”

한참을 듣고 있던 남궁가휘는 문득 의문이 들었다.

“저기, 대주님. 지난번에 저를 구타(?)하신 기술이나 혈광살귀대주를 눕혀 버린 기술은 격공보에 권법을 합한 것입니까?”

남궁가휘의 물음에 장영은 피식 웃으면서 말했다.

“잔영난타와 일점혈 말인가?”

“아! 그게 잔영난타와 일점혈이군요. 역시 멋진 초식명입니다.”

남궁가휘는 눈을 초롱초롱 빛내면서 장영의 말을 되새겼고, 장영은 무덤덤하게 대답했다.

“난 권법가가 아니다. 내가 쓰는 무기는 창(槍)이지.”

“예에? 창이요? 그럼 그 무지막지한 권법은……?”

“창술이지.”

“네에? 창술이요?”

남궁가휘는 장영의 말에 놀라움을 금치 못했다. 엄청나게 강했던 대주의 권법. 그래서 그가 권을 쓰는 무인이라고 생각했다. 하긴, 이번 임무를 수행하면서 창을 든 모습을 한 번도 본 적이 없었으니까.

“난 원래 권법이니 검법이니 보법이니 하는 건 익힌 적이 없다. 오로지 격공보와 창술만 익혔지. 그리고 흐름 끊어지니까 그만 물어라.”

살짝 짜증난 듯한 목소리로 장영이 말하자 남궁가휘는 찔끔하면서 입을 다물었다.

“격공보는 단전의 내기를 용천으로 뿜어내면서 움직임을 가속한다. 이때 발목과 무릎의 움직임을 사용해서 용수철처럼 튀어 오르듯이 뻗어 움직인다. 잘 봐라, 천천히 보여줄 테니까.”

장영은 내기를 일으키지 않은 채 천천히 몸을 움직이면서 한 발 한 발을 걸었다. 내기를 쓰지 않으면서도 남궁가휘는 안력을 돋우어야 그의 움직임을 잡아낼 수 있을 정도로 빠른 움직임이었다.

몇 번을 보여주던 장영은 멈추어 서서 남궁가휘를 보면서 말했다.

“해봐.”

두 번이나 그 뜻을 눈치 채지 못할 정도로 어리석지 않은 남궁가휘는 방금 전 장영이 보여준 발의 움직임, 다리의 움직임을 따라 하기 시작했다.

“그만! 멍청한 꼬맹이. 모든 움직임은 흐름이 중요하다. 보법의 기본은 발목에서 무릎의 회전, 허리의 회전을 이용한 상체의 움직임까지 모두가 하나처럼 움직여야 한다. 일단 자세부터 연습해야겠군.”

　“다시! 거기서 발목은 비틀고, 무릎은 구부렸다가 비틀 듯 뻗어 올리고!”
　장영의 지적과 가르침대로 남궁가휘는 천천히 격공보의 한 발 한 발을 내걷기 시작했다.
　“안 되겠군. 아직 자세만을 익혀야겠군.”
　그렇게 한참의 시간이 지나고, 장영은 피곤하다는 듯이 기지개를 켜면서 말했다.
　“으하함, 지루하다. 꼬맹아, 그 자세가 몸에 익을 때까지 반복해라.”
　장영은 졸리운 눈으로 땀을 뻘뻘 흘리면서 한 발 한 발을 걸어 수련을 하는 남궁가휘를 향해 말하고는 연무장의 계단으로 올라가 버렸다.
　그렇게 남궁가휘는 조금씩 조금씩 수련을 하는 것에 재미를 붙혀가고 있었다.

　며칠 후 남궁가휘는 드디어 장영이 보여주었던 움직임을 조금이나마 따라 할 수 있게 되었다. 사실 그날 이후로 아예 잠자리를 지하 연무장으로 옮겨 버렸다. 아침에 멸마단 이대의 조회가 끝남과 동시에 남궁가휘는 지하 연무장에 들어와 밤을 새가면서 오로지 그 동작만을 연습했고, 이제야 비슷하게나마 흉내를 낼 수 있게 된 것이다.

그런 남궁가휘의 끈기는 누구도 흉내 낼 수 없는 것이었고 역시 명가의 핏줄은 다르다고 여겨질 법도 했지만, 멸마단 이대의 그 누구도 그를 칭찬하지 않았다.

"꼬맹이 저거, 어지간히 할 일도 없나 보다. 만날 이상한 동작으로 걷기만 하고. 저거, 사실은 좀 모자란 거 아냐? 그냥 내력을 써서 움직이면 되는데 말이지."

그런 이야기를 들으면서 한숨을 쉬기도 했지만, 의외로 끈질긴 집념의 사나이 남궁가휘였다. 물론 그런 대원들을 향해서 '이런 싸가지 없는 자식들이! 감히 대주님의 가르침을 이상한 동작이라니! 죽어라! 이 예의없는 것들아!' 하고 외치면서 뛰어다니는 사마수동도 있었지만 말이다.

사실 장영이 나머지 대원들에게 격공보를 가르칠 때도 이런 동작을 가르쳐 주었지만, 워낙 자유분방한 놈들이라 적환을 제외하고는 금세 포기하고 내력으로 움직이는 격공보의 형(形)만을 배우는 데 그쳤다.

남궁가휘가 비슷하게나마 장영의 움직임을 흉내 낼 수 있게 되었을 때 장영이 말했다.

"대충 자세는 잡힌 것 같군. 이젠 내력을 용천혈에 실어라."

장영의 말에 남궁가휘는 천천히 그동안 묵혀놓았던 자신의 공력을 운기했다.

그의 내기가 용천을 통해서 시원하게 뽑어져 나왔고, 순간 남궁가휘는 처음 격공보의 일보를 내디뎠던 기분을 느꼈다.

쑤아아악!

'헉! 또다시 공간이……!'

접어진 공간을 마치 한 발을 내디더서 건너 버린 것 같았다.

그리고는 갑자기 내력이 반이나 쑥 하고 빠져나가 버린 듯한 공허감.

"허억, 허억, 대… 대단하다. 이게 진(眞)격공보?"

놀랄 수도 없었다. 기쁨이 밀려오지도 않았다. 지하 연무장의 구석에서 반대편 구석까지 근 십 장여를 순간적으로 움직여 버린 자신에게 어리둥절하기만 했다.

따악!

불이 번쩍하듯 남궁가휘의 이마에 장영의 꿀밤이 때려졌다.

"아야야!"

"멍청한! 누가 그렇게 내력을 무리하게 쓰라고 했나. 대책 없이 내공만 강한 놈 같으니."

사실 장영도 방금 전의 남궁가휘의 움직임에 깜짝 놀랐다. 진의를 가르쳐 주기 시작한 지 이제 고작 열흘 정도였다. 이제껏 가르침이라고는 멸마단에게만 해보았지만, 그들 중 어느 누구도 남궁가휘와 같은 진전을 보이지 않았다. 단지 격공보의 형(形)만을 배우는데도… 엄청난 속도에 엄청난 거리를 순간적으로 도약해 버린 남궁가휘!

어릴 때부터 먹어온 수많은 영초며 보약이 증진시켜 놓은 무지막지한 내공을 반이나 뿜어냈기 때문에 가능한 일이었다.

장영은 자신의 가르침을 제대로 이해하는 남궁가휘의 모습에 슬며시 기분이 좋아졌다.

"멍청한 꼬맹이 자식! 첨부터 다시 한다. 조금씩 짧게 움직이는 것부터 다시 해! 멍청한 꼬맹이 자식!"

2

파! 파팍! 팍! 팍! 팍!

마치 번갯불이 번쩍이는 것처럼 이곳저곳에서 순식간에 나타나 잔영을 남기고는 금세 새로운 곳에서 나타나는 움직임.

남궁가휘는 일 보 간격으로 무려 스무 개의 잔영을 남겼다.

장영의 지도를 받은 지도 벌써 한 달여의 시간이 흘렀다. 그동안 남궁가휘는 지하 연무장에서 숙식을 하며 격공보를 수련했고, 드디어 그 성과가 보이기 시작했다. 순간적으로 남궁가휘의 잔영이 부챗살을 갑자기 폈다가 접은 것마냥 여러 명이 되었다가 하나로 다시 합쳐지는 것처럼 보였다.

눈에 보이지 않을 정도의 빠름.

거의 모든 시간을 투자하여 격공보를 익힌 남궁가휘는 이
제 자신이 필요한 움직임과 내력만을 사용할 수 있을 정도로
격공보에 익숙해져 갔다.

그런 남궁가휘의 옆에는 지난 한 달간 수없이 꿀밤을 때려
가며 가르친 장영이 연무장 벽에 대충 기대서 졸고 있었다.
잠시 멈추어서는 장영이 자는 것을 확인한 남궁가휘는 살금
살금 움직여서 장영의 앞쪽에 놓여 있는 자신의 검을 소리가
나지 않게 들어 올렸다.

지난 한 달여 동안 다른 무술을 격공보와 절대 함께 사용하
지 못하게 한 장영이었기 때문에 남궁가휘는 격공보가 익숙
해지자 한번 검을 들고 초식을 펼치면서 격공보를 쓰고 싶었
다.

검을 몰래 들어 올리고 살금살금 장영의 곁에서 멀어지려
는 순간 그의 눈이 번쩍 뜨여지며 남궁가휘의 머리에 묵직한
장영의 주먹이 와 닿았다.

퍽!

“꼬맹아! 아직 이르다.”

“아갸갸갸갹! 아프다구요. 대주님! 그리고 이제 격공보는
눈감고도 펼칠 수 있단 말입니다.”

주먹에 맞은 부위를 두 손으로 감싸 쥐고 아픔을 호소하는
남궁가휘를 보면서 장영은 피식 웃었다.

“음… 그래? 그럼 오늘부터는 대련을 해보도록 하지.”

"예? 대련이오? 대주님이랑요? 아자!"

남궁가휘는 대련을 해준다는 말에 또 금세 기분이 좋아졌다. 멸마단 이대주 장영. 어쩌면 자신이 알고 있는, 그리고 만나본 무인 중에 가장 강할지도 모르는 인물. 더구나 혈도위라는 무시무시한 마인을 한 방에 제압하는 인물이자 자신이 배운 격공보의 주인.

격공보를 배우면서 남궁가휘는 자신이 얼마만큼 장영을 따라잡을 수 있는지 실험해 보고 싶었다.

은근히 내력만은 낭인 출신인 장영보다 앞서지 않을까 생각했기 때문에 서서히 흥분이 차오르는 남궁가휘였다.

퍽!

즐거운 상상을 하는 남궁가휘에게 돌아온 건 장영의 주먹.

"누가? 내가? 멍청한 놈."

또다시 얻어맞은 곳이 아프긴 했지만 기분이 좋아져서 그냥 무시해 버리는 남궁가휘였다.

"꼬맹아, 오늘부터는 각기 다른 대상을 찾아서 대련한다. 일단은 권법을 쓰는 사마수동부터다."

"헉!"

갑자기 사마수동을 지목한 장영의 말에 남궁가휘는 숨이 턱 막혔다. 하필 멸마단에서 가장 무서운 선배로 통하는 사마수동이라니.

남궁가휘가 움찔대는 동안 장영은 옆에서 다른 대원을 쥐어 패가면서 가르치고 있는 사마수동을 불렀다.

"수동!"

"네!"

장영의 부름에 언제나 최고의 예의를 갖추어서 다가오는 사마수동.

"대련을 부탁하지."

"예, 대주님. 근데 이 찌질이랑 대련을 하라구요? 대주님 지시니까 하기는 하겠지만… 찌질이랑 대련이라니."

별로 내키지 않는 듯한 사마수동은 남궁가휘를 위아래로 쳐다보면서 무시하는 눈빛으로 비웃었다.

'이런 진짜… 선배는 왜 그렇게 절 무시하느냐구요.'

사마수동의 무시하는 듯한 모습에 남궁가휘는 벌써 전의를 다졌다.

"어쭈! 꼬나보네. 이게 미쳤나. 대주님, 이 자식 패도 됩니까?"

장영은 사마수동의 말에 고개를 끄덕여 주었다.

"응. 실전처럼."

"크크크크크, 알겠습니다. 대주님의 지시니까 모처럼 만에 타작 한번 해보죠. 크크크크."

너 오늘 잘 걸렸다는 모습으로 음산하게 사마수동이 웃었고, 남궁가휘는 '이 아저씨 본때를 보여주마' 라는 표정으로 사마수동을 바라봤다.

처음에만 해도 적환과 금마연의 무공 실력에 엄청나게 놀랐고, 더욱이 그런 선배들을 개 잡듯이(?) 때려잡는 사마수동에게 은근히 두려움과 공포심이 있었지만 격공보를 어느 정도 사용할 수 있게 되자 서서히 간이 커지기 시작한 남궁가휘였다.

"자, 그럼 시작!"

퍼억!

장영의 대련 시작이란 말과 동시에 남궁가휘의 턱이 사마수동의 주먹에 반쯤 돌아가며 몸이 뒤로 튕겨져 나갔다.

"컥!"

미처 보지도 못한 움직임.

턱이 뜯겨져 나갈 정도의 충격을 느끼면서 남궁가휘는 몸을 일으켰다.

"이게 뭡니까? 반칙입니다, 반칙! 준비도 안 된……."

턱을 만지면서 인상을 찡그린 남궁가휘는 사마수동을 향해 따지려는 순간, 사마수동은 어느새 그의 코앞까지 다가와 작게 한마디 해주면서 싱긋 웃었다.

"선수필승(先手必勝)!"

그리고는 무지막지한 주먹이 날아왔다. 수십 개의 권격이 남궁가휘의 온몸으로 쏟아져 오자 남궁가휘는 미처 격공보를 사용하지도 못하고 막아내기에 급급했다.

팍! 팍! 퍽! 빠악!

순식간에 무려 다섯 번의 타격을 허용한 남궁가휘의 무릎이 꺾였다.

"아직 꼬맹이한텐 무리인가?"

사마수동의 공격에 제대로 공격다운 공격조차 못해보고 막아내기 급급한 남궁가휘의 모습을 보면서 장영은 고개를 저었다. 그때 지하 연무장으로 누군가가 다가왔다.

제법 깔끔하게 차려입은 흑의 무복에 쌍검을 등에 멘 무인. 금마연이었다.

"대주님! 단주님이 찾으시는데요. 정무회실로 급히 오라는 전갈… 어? 꼬맹이가 수동이 형님이랑 대련하는군요. 흠, 오랜만에 보는군요. 수동이 형님의 권은."

금마연은 모처럼만에 보게 된 사마수동의 권법을 보면서 남궁가휘를 측은한 눈으로 쳐다보았다.

사마수동은 멸마단에서도 권으로는 대주인 장영보다 강한 무인이다. 물론 격공보를 제외한 장영이지만 말이다.

더구나 그의 이름을 모르는 사람도 많지만, 사파나 마교에서는 절혼권(絶魂拳)이라 해서 웬만한 고수들은 다 알아먹는 사람이 바로 사마수동이었다.

"단주님이? 그래, 알았다. 수동, 다녀올 테니까 수고해라."

장영은 무지막지하게 맞아서 벌써 얼굴에 멍이 들기 시작한 남궁가휘에게 친히 손까지 흔들어주면서 지하 연무장을 빠져나갔다.

3

무림맹 정무회실.

장례를 치르고 나서 침울해졌던 분위기는 모처럼 만에 활기를 띠었다.

맹주 화무군은 여느 때의 웃는 얼굴로 돌아왔고, 탁자 주위로 앉은 장로들 역시도 꽤 밝은 얼굴이었다. 금사촌 혈사와 관련된 무언가의 실마리가 풀린 모양이었다.

게슴츠레한 눈으로 대충 정리한 듯한 머리를 한 채 장영은 단주가 부른다는 말에 정무회실로 들어왔고, 그곳에 맹주 이하의 모든 사람들이 모여 앉아 있었지만 그다지 놀라거나 새로울 것이 없어 보이는 얼굴로 포권을 했다.

"어서 오게, 이대주. 지난번에는 고생 많았다 들었네."

맹주는 온화하게 웃으면서 장영을 맞이했다.

장영은 자신을 위해 놓여진 의자에 대충 구부정하게 앉았다. 각 문파의 존장뻘이 되는 사람들 앞에서 하는 행동치고는 무척이나 예의없는 모습이었지만 장영을 여전히 싫어하는 환룡단주인 제갈현성만이 눈살을 찌푸렸고, 그곳에 앉은 그 누구도 장영을 탓하지 않았다.

"허허, 이대주는 여전하구먼."

평소 장영을 좋아해서 술친구를 많이 하는 백귀단주 황보편승이 너털웃음을 터뜨렸다.

자신을 향해 웃는 황보편승을 향해 살짝 미소를 지으며 고개를 숙이고는 맹주를 바라보며 장영이 말했다.

"단주님이 부르신 건 아닌 듯하군요. 맹주님, 어쩐 일로 부르셨습니까?"

높낮이 없는 무뚝뚝한 음성으로 맹주를 바라보면서 말했다.

"아, 이번에 음마의 행적이 밝혀졌다네. 비응단에서 면밀히 조사를 한 결과지. 안 그런가, 소취개 단주."

맹주의 말에 장영은 잠시 소취개를 바라보았다.

"어딥니까?"

소취개는 장영의 하대하는 듯한 말투에 약간 빈정이 상했다.

"청해성 근처라고 하더구먼."

빙정이 상하자 자세한 설명을 전부 빼먹어 버린 소취개의 말에 장영은 피식 웃었고, 소취개는 더욱 기분이 나빠졌다. 장영보다도 무림에 이십 년이나 더 활동했는데, 선배에게 하는 투가 점점 마음에 안 들었지만 맹주가 있는 자리에서 함부로 언성을 높일 수 없어서 헛기침으로 기분이 나쁨을 표현했다.

"크흠!"

그런 소취개와 장영을 보면서 지난 일로 아직 앙금이 덜 풀린 제갈현성이 날카로운 목소리로 말했다.

"네놈! 얄량한 무공 실력으로 기고만장하는구나. 무림맹의 장로 회의다. 예의를 갖춰라!"

조금 분위기가 나쁘게 흐르자 맹주는 인상을 살짝 찡그리면서 장영에게 말했다.

"크험! 진정들 하시게나. 이대주 성격이야 원래 저런 것 아닌가. 허허허, 이해들 하시게."

사람 좋은 웃음으로 좌중을 정리하는 맹주를 보면서 제갈현성은 독이 한껏 올라 맹주를 향해 쏘아대었다.

"맹주님이 매일 그리 살갑게 대하시니 저 버릇없는 놈이 저 모양이지 않습니까? 속하 된 자가 어찌 저리 예의가 없단 말입니까?"

오히려 자신이 더 예의가 없어진 제갈현성이 이제는 맹주까지 야단을 쳐댔다.

그런 제갈현성을 힐끗 쳐다보면서 장영이 말을 이었다.

"예의없는 것은 그쪽도 마찬가지군. 오히려 쫌생이 단주가 더 목소리가 큰 거 아닌가?"

"뭐! 뭐라? 쫌생이! 이런 개……."

제갈현성은 나지막하지만 신경을 있는 대로 긁어놓는 듯한 장영의 비웃음 섞인 목소리에 그만 이성을 끈을 놓아버리고는 당장이라도 장영의 면상을 발로 차버릴 듯 일어서며 알아듣지도 못할 욕을 고래고래 내뱉어댔다.

그런 제갈현성을 황보편승과 멸마단주가 붙잡아 말렸다.

"이보게, 그만 하시게나. 맹주님 친전에서 이 무슨 짓들인 가!"

그러나 이미 이성의 끈이 끊어져 저 멀리 날아가 버린 제갈현성에게 들릴 리 만무했다.

그런 그들의 모습을 보면서 실실거리며 웃던 장영은 맹주를 향해 물었다.

"어디로 가면 됩니까?"

담담해진 장영의 어투.

"청해성일세. 음마의 지난 행적이 그곳에 있을 것으로 판단되는구먼."

맹주의 말에 장영이 고개를 끄덕였다.

"이번에도 무기한이겠지요. 무엇을 하면 됩니까?"

임무가 떨어지자 자신이 해야 할 일들을 챙기는 장영.

"알아오게. 음마가 왜 그랬는지, 음마를 포섭한 인물이 누구인지도 알아오게."

"존명!"

맹주를 향해 임무를 받아들고, 구부정한 몸을 일으켜 정무회실 밖으로 걸어나가던 장영이 잠시 걸음을 멈추고 뒤돌아선 채로 물었다.

"아, 천룡단이 호위하던 그 물건의 정체. 제가 알아봐도 될런지요?"

"그건……."

천룡단 이대를 전멸시키면서까지 가져갔던, 그리고 그것을 위해 음마가 동원되었고 무림맹의 잠입까지 시도했던 '그 물건' 의 정체.

"그렇군요. 그 물건은 이번 임무에서 배제하겠습니다. 출발은 내일 하도록 하죠."

장영의 말에 맹주는 굳은 얼굴로 고개를 끄덕여 주었다. 만일 장영이 하겠다고 한다면 분명히 그 물건의 정체를 밝혀낼 것이다. 하지만 배제하겠다는 말을 했으니 행여나 자신이 찾게 되더라도 보지 않겠다는 뜻. 맹주가 아는 장영은 그런 인물이었기 때문에 안심하는 표정을 지었다.

장영은 그 말을 끝으로 정무회실을 빠져나갔다.

정무회실의 문이 닫히고, 제갈현성의 욕설만이 간간이 세어 나왔다.

4

장영이 장로 회의에서 맹주를 만나고 있을 그 무렵.

남궁가휘는 조금씩 움직임에 격공보를 싣고 있었다.

어느새 멸마단의 지하 연무장에는 오랜만에 자신의 권격을 쓰며 남궁가휘와 대련하고 있는 사마수동의 모습을 보기 위해 멸마단의 전원이 모여 있었다.

"호오, 점점 수동이 형님이랑 호각이 되어가는 거 같지 않냐?"

"그러게. 저 녀석, 간간이 위험한 순간은 격공보로 피하는
데?"

북궁우천과 한백은 조금씩 남궁가휘가 격공보를 쓰는 모
습에 제법 감탄을 했다.

"하지만 아직 실전이 부족해. 중간 중간에 어디로 갈지 몰
라서 움직임이 끊어지는군."

제법 남궁가휘의 모습을 분석하면서 태성욱이 말했다.

"그래도… 사마수동이라고, 사마수동! 그 빨갱이 놈들 대
가리 놈과 맞먹는 실력에 강호 오대권사 중 하나라고. 그런데
그런 수동이 형님의 권을 조금씩 막아내잖아."

모두들 감탄이 섞인 목소리로 남궁가휘를 향해서 칭찬했
다.

한 수 한 수의 권격을 가까스로 피하며 막고 있는 남궁가휘
는 정신이 없어서 듣지를 못하고 있었지만, 여유가 있었던 사
마수동은 모두의 말이 다 들렸다.

'이 자식들… 왠지 감탄이 아니라 내가 졌으면 하는 바람
이 섞여 있구먼.'

사실 그동안 사마수동에게 갖은 탄압과 억압을 받아왔던
멸마단 이대의 대원들은 혹시 남궁가휘가 이번 대련에서 이
기면 친남궁 세력으로 붙어서 살아볼까 하는 생각이 대부분
강했기 때문에 은연중에 남궁가휘를 마음속으로나마 응원했

다. 그러나 사마수동은 그들의 말에서 눈치 빠르게도 그런 느낌을 느껴 버렸다.

'이 자식들, 그렇다 이거지? 아무래도 정신 개조가 한동안 약했어. 좀 다잡을 필요가 있겠군.'

남궁가휘를 상대하면서도 매우 여유가 넘치는 사마수동은 벌써 대주를 제외한 나머지 대원들의 정신 개조 일정을 머릿속에 잡아가고 있었다.

"차앗!"

한순간 그런 생각을 하면서 살짝 방심하는 모습을 보이자 남궁가휘가 순식간에 움직였고, 사마수동의 손등에 살짝 생채기가 났다.

"오오오오!"

구경하고 있던 대원들은 남궁가휘의 검이 미약한 양이지만 처음으로 사마수동의 피를 흘려내자 기대감에 한껏 부풀어 올랐다.

"크크크, 역시 내 생각이 맞았군. 이 자식들, 오늘 죽었어!"

사마수동은 대원들이 내뱉은 감탄성을 들으면서 또다시 음산하게 웃고는 엄청난 속도로 주먹을 내질렀다. 주먹에 모인 엄청난 풍압이 회오리치면서 공격해 들어오는 남궁가휘의 신형을 밀어버렸다.

퍼억!

그리고는 순신간에 남궁가휘의 밀려난 곳까지 쇄도해 가

서는 그의 턱에 일권을 박아 넣었다.

휘유유유유―

마치 끊어진 연처럼 남궁가휘의 신형이 날아서 바닥에 떨어졌고, 눈은 흰자위를 내보이며 '현재 전투 불능! 정신을 잃었음'을 여실히 표현해 주었다.

감탄성을 질렀던 대원들의 안색은 거무죽죽하게 죽어가기 시작했고, 방금 전의 모습이 아주 느리게 보였다.

"절혼권(絶魂拳) 일진광풍(一進狂風)! 흐흐흐, 꼬맹이 놈! 아직 멀었다."

날아가는 남궁가휘를 보며 득의양양한 미소를 지은 사마수동은 허리춤에 걸어둔 '벼락 맞은 박달나무' 정신봉을 천천히 꺼내 들고 대원들을 향해 싸늘하게 외쳤다.

"이 새끼들! 빠져 가지고! 오늘부터 특훈이다. 특훈! 집합!"

그의 말이 끝나기 무섭게 친남궁 세력으로 넘어가려던 정신을 바로잡고, 순식간에 오와 열을 맞추면서 사마수동의 앞으로 정열하는 대원들의 얼굴에는 벌써부터 눈 아래로 검은색 기미가 끼기 시작했다.

"하낫! 둘! 좌우로 정열!"

방금 전까지도 남궁가휘를 마음속으로나마 응원하던 멸마이대원들이지만, 쓰러진 남궁가휘를 힐끗이라도 쳐다봐 주는 사람은 아무도 없었다.

그 시간 이후 정신을 잃고 널브러진 남궁가휘의 신형 너머로 멸마단의 비명 소리만 지하 연무장의 구석구석을 울렸다.
“이 자식이 빨리 안 뛰어!”
퍽! 퍼벅! 뿌각!
“끄아악! 살려줘…….”

第七章
사천혈사의 진실과 노호광창(怒虎狂槍)

戰鬼
전귀

1

　무림 불야성이라 불리며 수많은 유흥 거리가 지천으로 널려 있는 장안.

　장안에서 가장 비싼 주루라고 한다면 모두들 천향루를 손에 꼽는다. 일정 수준 이상의 기녀를 선발해서 술 시중을 들게 하고, 갖가지 비싼 요리들만으로 차려지는 주안상까지.

　하룻밤 술값으로 은자 열 냥 정도가 주머니에 없는 자들은 일층에도 못 들어간다.

　그러나 가장 맛있는 집이라고 한다면, 장안 뒷골목에 아는 사람만 단골로 찾는다는 간판도 없는 선술집이 있는데, 그곳에는 싸구려 백주와 약간 질긴 고기 종류의 안주를 판매하고 있었다.

"자자, 어서들 와라."

선술집의 뚱뚱한 주인인 왕삼 노인은 넉살좋은 웃음을 지으면서 문을 열고는 멸마단의 대원들을 맞이했다.

"엥? 니들 수동이한테 또 맞았냐?"

멸마단의 대원들을 맞이하면서 왕삼은 그들의 얻어터지고 푸르게 멍이 든 얼굴을 보며 물었다.

왕삼은 벌써 이 장안의 뒷골목에서 삼십 년이나 장사를 해 오면서 현재의 멸마단뿐 아니라, 그 이전의 멸마단 시절부터 인연을 맺어 그들을 아들이자 손자처럼 보살펴 주는 노인이었다.

그래서 멸마단은 힘든 일이 있거나 임무에서 돌아오면 반드시 왕삼의 선술집을 찾아서 인사를 드리곤 했다. 사실 매일 술만 먹으면 싸우는 멸마단 대원들이라 다른 술집에서는 '멸마단! 절대 금지!' 라는 팻말이 쓰여진 곳도 있지만.

하여간 왕삼 노인은 사마수동의 성격을 잘 알고 있었고, 멸마단의 모든 무인들을 가장 인간적으로나마 알고 있는 사람 중의 하나였다.

"예, 제길. 어째 갈수록 악독해지신다구요. 어르신이 말씀 좀 해주세요."

문턱을 넘으면서 푸념 섞인 듯한 목소리로 태성욱이 말했다.

"오냐! 수동이 놈이 오면 내가 혼쭐을 내놓으마. 암!"

사실 사마수동에게 무공으로는 일초지적은커녕 기세 정도에도 넘어가 버릴 노인이었지만, 왕삼에게만큼은 자신의 친할아버지 대하듯이 했기에 가끔 야단을 치기도 했다.

"정말이죠? 어르신, 진짜로 해주셔야 합니다. 꼭이요. 더 이상 맞다가는 뼈가 없어져 버릴 것 같다구요."

적환이 짐짓 약속이라도 하듯이 왕삼에게 되물었다.

"알았다. 이놈아! 원, 속고만 살았나. 헐헐."

그런 적환에게 퓌잔을 주면서 왕삼이 싱긋이 웃었다.

"에이, 지난번에도 그렇게 말씀하시고는 수동이 형을 이해한다며 술까지 내주셔서 저희 그날 수동이 형한테 죽을 뻔했다구요."

적환의 뒤를 따라오던 북궁우천이 입을 삐죽대면서 왕삼에게 투정을 부렸다.

"누가 뭐 어떻다고? 누구를 혼내? 어르신, 안녕하셨습니까?"

그들이 왕삼에게 투정을 부리는 동안 문을 열고 인상을 찡그린 사마수동이 들어왔다.

"헉!"

이제껏 사마수동의 흉을 보던 대원들의 얼굴에서 핏기가 싹― 하고 가셨다.

"이것들이 아직 덜 맞았지. 엉! 들어가서 더 맞아볼래?"

멸마 이대원들이 앉은 탁자에 대충 걸터앉으면서 사마수
동이 말했다.

"형님… 사실은… 그게 아니라… 그게…….."

"이것들이 확 그냥! 됐어, 술이나 먹자!"

"네? 네, 형님! 어르신, 얼른 술 주세요."

위기를 모면하기 위해 적환은 왕삼 노인에게 재빨리 술과
안주를 주문했고, 왕삼은 화덕에 불을 지핀 후 술과 안주를
내오기 위해 주방으로 들어갔다.

잠시 후 왕삼 노인은 소반에 음식과 백주를 가져와 상에 차
려놓았다.

"그럼 많이들 먹거라. 헐헐. 수동아, 애들 꼴을 봐라. 이젠
그만 할 때도 안 되었냐? 적환이도 벌써 서른이 다 되었지 않
느냐."

"네, 어르신. 그래도 이 녀석들은 아직 철이 덜 들어서요.
하하."

왕삼을 향해 가볍게 웃고는 사마수동은 긴장해서 술도 못
따르고 있는 대원들을 향해 술을 권했다.

"자! 한잔들 해라. 그래야 또 험담하지. 안 그러냐, 마연
아?"

"컥컥, 그게……."

금마연이 술을 넘기다 사마수동의 말에 사레가 들렸다.

사마수동이 따라 준 술을 조심스레 마시기 시작했고, 한

동안의 시간이 지나 모두의 얼굴에 불그레하게 취기가 올랐다.

한참을 사마수동의 눈치를 보던 남궁가휘가 적환을 향해서 물었다.

"저기, 적환 선배. 근데 지난번에 마교의 혈광살귀대장이 대주님을 '전귀'라고 불렀던 것 같은데, 그게 대주님의 무림명입니까? 처음 들어본 것 같은데……. 어째서 전귀죠? 쓰시는 무공을 보면 '신속의 무인'이나 광속 같은 무림명이 어울리던데, 혹시 무슨 '돈귀신[錢鬼]' 같은 뜻은 아니겠죠?"

술이 조금 취해서 붉어진 모습에 푸르스름한 멍까지 곁들여져서 약간은 귀기스런 얼굴이었지만, 적환은 그런 남궁가휘를 보면서 웃어주었다.

"아, 그거? 글쎄, 그건 아마도 수동이 형님이 제일 잘 아실 거야. 우리도 수동이 형님한테 들어서 알지만 직접 보진 못했거든."

적환은 잠시 술잔을 들고 사마수동을 보았고, 다른 대원들도 그의 얼굴을 쳐다보았다. 잠시 머뭇대던 사마수동은 들고 있던 술잔을 내려놓고 말했다.

"흠. 뭐, 그와 관련된 이야기는 극비인데……. 뭐, 다들 대충은 알고 있을 거고, 꼬맹이도 이제 멸마단의 일원이니 말해 주도록 하지. 전귀(戰鬼), 속칭 '전장의 악귀', '전쟁의 귀신'으로 불리지. 하지만 그런 무림명은 실제로 중원무림에서는 거의 알려지지 않았지. 아마도 마교 녀석들이나 북해, 독곡 등에서만 그렇게 불릴걸? 예전에 뭐더라? '미친 듯이 창을 쓰는 성난 호랑이' 던가? 그 비슷하게 불렸는데 말이지. 하긴, 대주가 한번 미치기 시작하면 엄청나긴 했지. 아무도 막을 수가 없었으니까.”

“미치고 성난 호랑이요? 그게… 헉! 노호광창(怒虎狂槍)! 사천혈사의 노호광창이요?”

남궁가휘는 잠시 사마수동의 말을 되씹다가 물고 있던 음식을 내뱉으면서 흥분해 말했다. 물론 그 잔여물이 여러 선배님들의 얼굴에 튀었음은 말할 것도 없었다.

그런 선배들의 화난 듯한 얼굴은 아랑곳하지 않고 놀라 버린 남궁가휘의 눈은 튀어나올 듯 커져 있었다.

노호광창(怒虎狂槍).

십여 년 전 사천혈사의 영웅!

단신의 몸으로 수백의 마도인의 몸을 꿰뚫고 비록 패했지만 마교 교주와 일전을 벌였던 정파 불세출의 영웅.

얼굴도 이름도 알려지지 않고, 단지 그의 싸우는 모습을 보고 붙어버린 별명이자 무림명인 노호광창. 혈사가 끝나고 바람처럼 종적을 감추어 버렸지만 그에 대한 동경은 아직도 수많은 젊은 무인들에게서 이어지고 있었다.

물론 남궁가휘 역시도 어린 시절 수없이 읽었던 '위인전기

집’ 중에서 ‘무림의 기린아, 무당신권 장삼봉’ 이나 ‘달마 일대기’ 같은 유명한 위인집도 읽었지만, ‘노호광창! 바람과 함께 사라지다’ 라는 작자 미상의 책을 읽고 얼마나 흥분하면서 보냈던가.

처음 알았다. 자신의 대주가 그런 유명한 인물일 줄은 상상조차 하지 못했다. 허접스럽게 옷을 입고, 매일 게슴츠레하게 잠이나 퍼질러 자는 그런 무인이었는데, 정말 믿을 수가 없었다. 그런데 어째서 맹 내에서도 멸시를 받는지 알 수가 없었다.

자신의 대주가 그 노호광창이라니, 위인집에 나왔던 인물 중 실존하는 인물과 함께하고 있다니. 남궁가휘의 가슴은 흥분과 격동의 느낌이 차올랐다. 뿐만 아니라 사마수동의 말이 사실인지도 의심스럽기까지 했다.

그런 남궁가휘를 보면서 사마수동은 씁쓸하게 웃었다.

“그 책 말인가? 큭큭, 웃기는 이야기였지. 원래의 이야기를 완전히 각색하고 소문내느라 비응단 녀석들이나 환룡단 녀석들이 땀 좀 흘렸었지.”

“네? 그게 무슨?”

술을 입에 털어 넣으면서 입가를 쓱 닦아낸 사마수동의 비린 웃음에 남궁가휘는 영문을 몰라 고개를 갸웃거렸다.

“다들 들어서 알고 있겠지. ‘마교주의 나들이’ 라는 웃긴 제목의 책이 있었고, 금서(禁書)로까지 지정되었다는 이야기

말이야.”

“네. 그 책으로 인해서 마교주에 대한 광신도까지 생겼다고…….”

“그래. 십 년 전의 사천혈사를 기록했던 그 책. 그건 단지 진정한 사천혈사의 내용을 숨기기 위해 만들어낸 무림맹의 작품일 뿐이지. 그 이면에는 추악하기만 한 이야기만 있었으니까. 물론 그 사실을 아는 건 몇몇 은퇴하신 장로 분들과 멸마단의 선배들만 아는 이야기지. 당시에 당가보는 엄청난 물건을 만들어 버렸었다. 무림의 혈겁을 불러올 정도로…….”.

무림에 ‘사천혈사’ 또는 ‘교주의 나들이’ 라는 내용으로 알려졌던 이야기의 감추어진 부분. 남궁가휘와 다른 대원들은 한 번도 들어보지 못한 이야기에 침을 삼켰다.

또다시 적환이 따라 준 술을 한 잔 들이켠 사마수동은 말을 이었다.

“그때 당시 나와 대주님이 막 무림맹에 입단해서 멸마단이라는 곳에 들어왔을 때였다. 무척이나 어렸었지. 당시에 사천당가는 개파 이래로 최고의 성세를 구가하고 있었다. 그때 당가보의 가주였던 암황(暗皇) 당천악은 실패에 실패를 거듭해서 엄청난 독인을 만들어내는 방법을 찾았다. 하지만 그 과정에서 당천악은 독인(毒人)을 만들어내기 위해 살아 있는 무인이 필요했었지. 결국 적당한 무인을 구하지 못했기 때문에 자신의 몸에 실험을 했지. 하지만 독의 힘이 너무 강해서 광인이 되어버린 당천악은 당가보를 나와 청해성과 신강 일대에서 미친 듯이 살행을 저질렀고, 그 과정에서 스물세 개의 무관과 열두 개의 중소 방파뿐 아니라 수천의 무림인과 양민들이 죽었다. 그때 마교의 세 지부가 멸문을 당했지. 그 결과, 신장에 잠자고 있던 마교주가 나서게 된 것이야. 그 일 이후로 지금의 대주님이 멸마단 이대를 맡게 된 거고.”

숨겨진 비화. 엄청난 이야기. 만약 세상에 퍼진다면 십 년간 알려지고 회자되어진 이야기는 어떻게 된단 말인가? 남궁가휘와 대원들은 그런 알려지지 않은 이야기에 너무 놀라서 눈을 깜빡일 수도 없었다.

“그, 그런… 하지만 어째서 마교주는 그런 소문의 진실을 밝히지 않았을까요?”

문득 의문점이 생긴 남궁가휘가 말했다.

“후후, 마교 교주인 독고진악은 그런 사람이다. 세속의 소문 따위는 신경조차 쓰지 않는다. 만약 그런 소문 따위에 신경 쓸 위인이었다면 십 년 전 그때, 대주와 맞붙을 때 대주는 이미 고혼이 되었겠지. 하여튼 결국 자신의 권위에 도전한 독인과 당가보를 용서할 수 없었던 마교주는 청해성과 신강을 지나 당가보로 직행했지. 당시 교주와 함께 온 것은 세간의 소문처럼 일만의 무사와 삼백의 혈광살귀, 그 미친놈들이었고 당가보는 괴멸 직전까지 갔었다. 그때 우리 멸마단에게 내려진 명령은 '당가 소가주의 구출', 그리고 극비 임무로 '부득시 말살' 이었다. 아마도 무림맹은 당가보다는 독인을 만든 비법이 필요했겠지."

한순간 무림맹을 잔학무도한 무리의 집합으로 만들어 버릴 법한 이야기. 사천혈사의 알려지지 않은 비사는 전 무림을 발칵 뒤집어놓을 만한 내용이었다.

"어찌 그런! 말도 안 됩니다!"

항상 정의니 협의를 신봉하는 무림맹에서 그런 일을 만들다니. 더구나 무인의 생명보다 독인의 비법을 우선시하다니. 남궁가휘는 믿을 수가 없었다.

"큭큭, 꼬맹이 놈. 그게 무림이다. 협사니 정의니 떠들어대는 것도 힘이 있어야 하는 것이지. 당시 독인이 된 당천악의 무위는 무림 자체를 뒤집어놓을 만한 것이었다. 그런 것이 적의 수중에 넘어가게 된다면 당가보의 말살 정도는 귀여운 장난으로 치부될 만했지. 하여간 그때의 대주는 대단했었다. 마치 사람이 아닌 듯했으니까."

*   *   *

파카카카캉!

"허억! 허억! 허억!"

사마수동은 정신이 없었다. 수십 개의 검이 자신의 몸을 노리고 들어왔다. 이미 온몸에 자잘한 상처는 둘째 치더라도 치명적인 것만도 수십여 개. 흘러내리는 피를 지혈하는 데에도 한계가 있었다.

"제기랄!"

고개를 돌려 바라본 곳에는 자신의 뒤를 지키던 대원이 눈도 감지 못한 채 턱 아래쪽에서부터 뚫고 들어간 화살에 시체가 되어 있었다. 벌써 일곱이 죽었다. 그리고 대주마저 죽어 시체가 되어버린 지 한참여.

멸마단 일대를 두 개 조로 여덟 명씩 나누어 당가보의 소가주를 찾기 위해 마교의 방어선을 뚫고 들어왔지만, 검은색 장포를 걸치고 엄청난 크기의 대낫을 든 무인들이 시뻘건 안광을 토해내면서 막아서고 나서부터는 목숨을 생각해야 하는 위기에 직면한 것이다.

"클클! 이제 한 놈 남았군."

음산한 웃음을 내뱉으며 검은 장포의 무인이 거대한 대낫을 들고 다가왔고, 그 주위는 실웃음을 흘리면서 다가온 무수히 많은 마인들에 의해 둘러싸여 버렸다. 질식할 듯한 살기와 마기에 숨조차 쉴 수 없었다.

"재미있어. 얼마 전에는 독에 미친놈이 휘젓고 다니더니 이번엔 정파 놈들 똥이나 치우는 것들이 우리 혈광살귀에게 도전하다니 말이지. 마지막으로 죽여줄 목숨이니 이름이나 가르쳐 주도록 하지. 나는 마교의 혈광살귀대 부대주인 혈도위라고 한다.”

취릿!

자신을 혈도위라 밝힌 무인은 대낮에서 뿜어진 흑색의 기운을 채찍처럼 휘둘렀다. 한줄기의 검기였지만 이미 전투 불능이 되어버린 사마수동은 더 이상 막아낼 힘이 없었다.

혈도위의 흑색 검기가 자신의 목을 베어오는 찰나, 자신의 뒤쪽으로 흡사 짐승의 울음소리 같은 울림이 들렸다.

“크아아앙!”

콰콰콰쾅!

거대한 짐승의 포효가 들리는가 싶더니 사마수동의 중심으로 엄청난 기의 소용돌이가 생겨나면서 반경 오 장여의 대지가 원형을 그리면서 터져 나갔다. 사마수동을 포위하고 있던 마인들의 몸이 거대한 원형의 강기에 휩싸여 조각조각 잘려 나갔다.

순식간에 일어난 광경에 죽음의 순간에서 어안이 벙벙해진 사마수동은 자신의 앞을 가로막고 선 인영을 바라보았다.

검은색의 창을 땅에 꽂아 넣고 구부정하게 몸을 구부린 혈인. 입고 있는 옷에서는 시뻘건 피가 뚝뚝 떨어져 내렸고, 온몸에는 타인의 것으로 보이는 내장의 부스러기며 살점들, 그리고 허연 뇌수가 붙어 있었다. 보기에도 토악질이 나오는 악귀 같은 모습이었다.

자신을 막아선 인영이 얼굴에 묻은 피를 닦아내면서 스산하게 웃었다.

"큭큭큭! 꼬락서니하고는……. 난 이대의 신입 대원 장영이다. 뒤에 있는 당가 꼬맹이를 부탁한다."

올라오는 토사물을 손으로 막고 자신을 쳐다보는 사마수동을 향해서 짧게 말한 장영은 자신의 검은 창을 들고 고개를 돌려 버렸다.

"크윽. 뭐, 뭐냐? 흑! 네놈은?"

혈도위는 마기를 한번에 해소해 버리면서 엄청난 일격으로 사마수동의 주위를 포위하고 있던 십여 명의 마인과 오 장여의 땅을 강기로 날려 버린 인영을 찡그린 인상으로 쳐다보았다. 어제 일차 접전 때 자신의 부하들을 두부 베듯이 베어 버린 그놈이었다. 마치 갑자기 생겨난 듯한 모습으로 위력적인 원형의 강기를 퍼부어대는 공격은 생각해 본 적도 없었다. 순간적으로 위험을 느껴 몸을 뒤로 빼냈음에도 불구하고, 회오리 같은 강기에 휩쓸려 가슴 부분이 짐승의 발톱에 당한 것처럼 한 치 깊이로 잘리며 피가 뿜어졌다.

"큭큭큭. 재미있군, 재미있어. 이건 마치 전쟁터와 똑같군. 오랜만에 피 맛을 보는군."

스윽―

장영은 자신의 손등에 묻은 피를 혀로 핥아내면서 잔인하게 웃곤 혈도위를 향해 한 걸음씩 다가섰다.

으드득!

마치 지옥의 야차와 같은 모습으로 킬킬대는 장영을 보면서 혈도위는 어금니를 부서질 듯 깨물었다. 자신 따위는 안중에도 두지 않고 즐기는 듯한 모습. 조롱이었다.

"이 개자식! 죽어랏! 마(魔)! 광(光)! 참(斬)! 파(波)!"

혈도위는 지혈이고 뭐고 흘러나오는 피는 신경 쓰지도 않고는 내력을 끌어올려 대낫을 바닥에 찍었다. 아직 강기에 미치지 못한 기운이었지만, 거대한 기운이 땅바닥을 물결치듯이 장영을 향해 쏟아져 나갔다.

슈악! 뻐억!

"크억!"

순간적으로 장영의 모습이 사라진다 싶더니 어느새 자신의 복부로 창대가 틀어박혔다.

혈도위는 허리가 끊어지는 고통을 느끼며 뒤로 팅겨져 나갔다.

"크크크, 모조리 쓸어주마."

찰나의 순간 혈도위를 쳐내 버린 장영이 구부정하게 몸을 숙이더니 빛살과도 같은 속도로 마인들의 틈을 헤집기 시작했다.

콰드득! 뻐벅! 쾅! 슈아악!

장영의 신영이 순식간에 이곳저곳에서 번쩍거리면서 나타나더니 흑색의 창을 휘두르고 찔렀다. 마치 창이 소용돌이쳐럼 휘돌려지면서 서너 명의 허리를 잘라 버렸고, 장영이 움직이는 공간 안에서는 거대한 폭풍 같은 피의 회오리가 일어났다.

어떠한 초식도, 순서도 없었다. 적이 공격해 오면 오는 대로 창대를 휘둘렀고, 창극을 박아 넣었다. 다가오는 무인에게 창을 찔러 넣고, 양손으로 배를 잡아 살갗을 찢고 창자를 걸어냈다. 장영은 갑자기 창을 쓰다가도 창을 던져서 두서너 명의 무인을 꿰어버리고, 허리춤의 칼을 빼 마인들의 목을 베었다. 혹여 손에 머리라도 잡히면 잡히는 대로 가죽째로 뜯어내고는 주먹으로 머리를 터뜨려 버렸다.

마치 한 마리 야수와도 같은 모습으로 마인들을 닥치는 대로 짓이겨 버린 장영이 잠시 신형을 멈추자, 그의 머리 위로 잘려 나간 살점이며 피가 후두둑 떨어져 내렸다. 흡사 그의 주위로 혈우(血雨)가 쏟아져 내리는 것처럼. 그 속에서 장영은 앞머리에 의해 가려진 얼굴로 스산하게 웃었다.

"큭큭큭!"

온몸을 난자당한 상처의 아픔조차 잊은 채 사마수동은 경악한 채로 장영을 바라보았다. 자신을 포위했던 수십 명의 마인이 조각난 채 대지에 뿌려졌고, 머리가 터져서 검붉은 피를 울컥울컥 쏟아내는 시체와 가슴뼈가 함몰되어 눈을 뜬 채로 죽어버린 시체에, 팔이며 다리가 잘라져 나간 마인들이 장영의 주위로 쓰러져서 신음성을 토해냈다. 그리고 장영에게서 퍼져 나온 스산한 기운이 그의 주위를 가득 채웠다.

마치 자신이 지옥의 한 문턱에서 있는 듯한 기분이 느껴졌다.

두려움과 공포. 자신과 같은 멸마단원이라고 했다. 하지만 전혀 그렇게 보이지 않았다. 오히려 둘러싼 마인들이 주춤주춤 겁을 내며 물러나고 있었다. 스산한 웃음을 흘리는 장영의 걸음이 그들에게 다가설수록 조금씩 뒷걸음질쳐 어느새 사마수동을 둘러싸고 있던 포위망이 넓어져 갔다.

사마수동의 눈에 비친 장영의 모습은 무인이 아니었다. 피에 굶주린 살인자, 악귀였다.

주위를 바라보며 스산히 웃던 장영이 힐끗 사마수동을 바라보고는 말했다.

"이봐, 그런 눈으로 봐야 변하는 건 없다. 우리가 맡은 임무는 너의 뒤에 있는 꼬맹이를 맹까지 데려가야 하는 것이다. 그 꼬맹이가 당천악의 비법을 알고 있다고 하더군."

장영의 입가로 머리카락에서 흘러내린 피가 스며들어 갔고, 장영은 그런 피를 마시며 이야기하고 있었다. 사마수동은 장영이 주는 지독한 공포감 때문에 무릎이 떨리고, 몸이 마비된 듯 움직일 수 없었다.

"다른 사람들은 다 죽은 거냐?"

사마수동이 이빨을 부딪쳐 대며 장영에게 묻자 장영이 웃음을 지우고 굳은 표정으로 말했다.

"아니! 내가 목을 잘랐다. 그뿐이다. 남은 건 그 꼬맹이 하나다."

목을 잘랐다니… 죽였단 말인가. 어째서 정파인으로서 그런 짓을…….

"뭐! 뭐라고? 어째서냐? 어째서 죽였냐! 네가 보여준 무위라면 충분히 구해오고도 남았을 텐데, 어째서! 당가보의 무인들이 도왔다면 다 살릴 수 있었을 텐데!"

사마수동은 일순간에 공포심이 걷어져 버릴 정도의 분노가 표출되었다. 정의를 구도하기 위해서 무림맹에 들어온 그였다. 그것이 협사의 길을 걷는 정도 무인의 사명이라고 생각했기 때문이다. 그런데 같은 정파인으로서 구해야 하는 것인데 죽였다니.

"큭큭큭. 멍청이! 무언가 잘못 알고 있는 거 아닌가? 내가 대주로부터 받은 명령은 그 꼬맹이의 구출, 그리고 극비 임무 하나를 더 들었을 뿐이다. 어차피 마교인들에 의해 죽을 무인들이었다. 살아 있어봐야 고통만 늘 뿐이지. 그들도 이미 알고 있는 듯하더군."

사마수동은 스산하게 웃으면서 자신을 비웃는 장영의 말에 당가의 소가주를 바라보았다. 이빨을 깨물고, 눈을 감은 어린 소가주는 분노에 몸을 떨 뿐 아무런 말도 하지 않았다.

그런 소가주를 바라보다 사마수동이 장영에게 고개를 돌려 외쳤다.

“궤변이다! 놈! 마땅히 구해야만 했었다! 이 살인자!”

발악하듯이 소리치는 사마수동을 물끄러미 쳐다보던 장영이 표정을 굳혔다.

그때 장영의 신형이 흔들린다고 느낀 순간 사마수동의 턱이 돌아갔다.

퍼억!

“전쟁에서 옳고 그름을 따지다니 아직 덜된 놈이군. 소리칠 힘이 있으면 그 꼬맹이나 잘 지켜라. 또 온다. 이번에 좀 강력한 놈인 듯하군.”

어느새 삼 장여를 이동해 와서 사마수동의 턱을 때려 버린 장영이 자신의 흑색 창을 교차해 잡아 몸을 구부정하게 만들고는 긴장한 표정으로 앞쪽을 노려봤다.

그때 그들의 앞쪽으로 주위를 둘러싸고 있던 마인들의 틈을 헤치고, 누군가가 걸어나왔다. 그의 산책하는 듯한 움직임에 주위에 있던 마인들이 양옆으로 쫙 갈라서면서 무릎을 구부리고 고개를 숙였다.

“천하마도의 종주이신 교주님을 뵈옵니다! 충!”

시뻘건 장포를 휘날리듯이 걸음을 옮기는 남자. 미끈하게 내려온 이마에 굳게 다문 입술이 무척이나 오만한 느낌을 주고 있었다.

“호오, 아직 살아남아 있는 놈이 있었나?”

마교 교주 독고진악은 아직까지도 일만의 마도인의 틈에

서 목숨을 부지한 것이 매우 신기하다는 듯한 표정으로 말했다.

벌써 그의 세수가 백 세에 달했다고 알려져 있지만, 그의 얼굴과 다부진 몸매는 반노환동이라도 한 듯이 잘 연마된 사십대 중년인의 모습이었다.

허허롭게 웃으면서 말하는 모습이었지만, 그에게서 뻗어져 나오는 기세는 수십 걸음이나 떨어진 장영의 피부를 벨 듯했기 때문에 장영은 말없이 눈을 떼지 않고 노려보기만 했다.

"네놈을 멀리서 보니 무척 재미있는 녀석이더군. 정파의 뜨내기들 중에 악귀 같은 모습을 한 자라……."

교주가 마치 신기한 동물을 발견한 듯 눈을 빛냈다.

그런 교주의 뒤에서 검은색 장포를 걸친 무인이 교주의 앞쪽으로 다가오더니 허리를 숙이며 말했다.

"교주님! 저희 애들 수십의 목을 베고, 부대주의 허리를 접은 놈입니다. 제가 목을 베어도 되겠습니까?"

평소 잔악한 성격의 교주였지만, 그는 강자를 사랑하는 마교의 무인.

그런 교주에게 읍을 하면서 말한 자는 이장로인 구양수의 직속 휘하 단체인 혈광살귀대의 대주 혈마(血魔) 천지륜(天志崙)이었다.

"호오, 혈도위까지? 재미있군. 해봐라."

"존명!"

천지륜은 교주의 허락이 떨어지자 천천히 앞으로 나서면서 자신의 대낫을 꺼내 들고 장영에게 말했다.

"물러나라! 본 마는 마교의 혈광살귀대를 책임지고 있는 혈마라 한다! 나의 부대주를 쓰러뜨린 자네의 어설픈 창을 보고 싶군!"

천지륜의 말에 장영의 옆과 뒤를 막고 있던 마인들은 고개를 숙이고는 장영의 주위에서 물러났다. 장영은 그런 천지륜을 보면서 큭큭댔다.

"크크크! 어설프다라……."

장영은 창을 양손으로 잡아 돌리면서 비릿한 웃음을 짓다가 교차로 잡았던 창을 한 손으로 옮겨 창극을 뒤로 빼어 들면서 튀어 나갈 듯한 자세를 취했다. 그의 살기가 급격하게 늘었다.

"흥! 밝힐 이름조차 없는 애송이었나?"

천지륜이 장영의 자세를 보면서 피식 웃는 순간, 천지륜의 뒤로 악마 같은 표정을 지은 장영의 신형이 나타났다.

피웅!

"시체에게 밝힐 이름은 없다."

천지륜의 뒤에 나타나자마자 휘둘러진 창. 천지륜은 헛바람을 집어삼키면서 자신의 대낫을 등 뒤로 돌려 들어 막아냈다. 막아낸 대낫에 엄청난 충격이 느껴지면서 앞으로 세 걸음

이나 밀렸고, 장영을 향해 자신의 낫을 휘두르려는 순간 또다
시 앞쪽에 그의 기세가 느껴졌다.

"엇!"

뻐버버벅!

천지륜은 미처 대낫을 상대에게 휘둘러 보지도 못한 채 막
아내는 데 급급했다. 공격을 하기에는 상대의 신형이 눈으로
쫓을 수 없을 정도로, 아니, 기세를 느낄 새도 없이 자신을 향
해 쇄도해 왔다.

'치잇!'

천지륜은 밀린다는 느낌이 들자 공중으로 일순간 몸을 띄
워 올리면서 거대한 대낫을 바닥을 향해서 후려쳤다.

"혈(血)! 광(光)! 천(天)! 하(下)!"

대낫에서 뿌려진 날카로운 기가 빛살처럼 떨어져 내렸다.
천지륜은 장영의 신형을 찾을 수가 없었기 때문에 무작위로
기의 화살을 쏟아 부었다.

빛살 같은 기의 화살이 장영의 주위를 가득 메우며 떨어져
내리자 장영은 살짝 미소 짓더니 순식간에 여러 개의 신형을
만들어내면서 피하고는 공중으로 솟구쳐 올랐다.

"크크크! 와류선창(渦流僊槍)! 승룡파(乘龍破)!"

흑색의 창에 어린 기운이 벼락처럼 천지륜의 신형을 향해
튀어올랐다.

까강!

한 번의 격돌. 천지륜과 장영은 엄청난 공방을 쏟아 붓고는 바닥으로 내려와 잠시 숨을 골랐다.

"휴우! 놀라운 놈이군. 까딱하다가는 우리 부대주처럼 새우가 될 뻔했어."

천지륜은 너무도 즐거웠다. 그는 마인이었다. 강함을 숭상하고 미친 듯 수련을 해대는 전형적인 마교의 인물. 지금의 천지륜은 너무도 즐거웠다. 이런 강한 무인과의 대결은 정말로 오랜만이었다. 그리고 너무도 기뻤다. 자신의 모든 무공을 써도 상대는 히죽대면서 다 받아내 주었다. 수많은 자신의 부하를 베어버린 놈이었지만 점차 호감이 생겼다. 더구나 눈에도 보이지 않는 빠른 움직임에 이은 소용돌이 같은 창술이라니.

"자, 다시 해볼까? 하하하!"

천지륜은 교주와 수많은 마인들이 지켜보고 있었지만, 그가 느끼기에 이 순간에는 자신과 장영만이 존재하고 있는 듯한 기분을 느꼈다.

"크크크! 좋아, 좋아! 적장의 기세! 나를 즐겁게 해주는군! 너희 같은 적들이 있는 이곳, 무림을 선택하길 잘했어!"

장영은 무엇이 그리 좋은지 즐겁게 웃으면서 창을 고쳐 잡았다.

"웅? 넌 무림의 인물이 아니었나?"

천지륜은 문득 장영의 혼잣말에 의문이 들었다.

그런 천지륜의 말에 대답하지 않은 장영은 자세를 고쳐 잡고 공격을 준비하고 있었다.

"그럼. 내가 할 수 있는 최고의 기술을 보여주지! 격공보(格空步) 초광속(超光速) 일점혈(一点血)!"

순간 장영의 발바닥에 엄청난 양의 기가 모이는 것이 느껴지더니 풍압이 장영의 발을 타고 소용돌이치듯이 솟구쳐 올랐다. 쥐어진 창은 천지륜을 향해 서서히 뻗어졌고, 장영의 발이 땅을 박찬 순간, 마교의 교주가 표정을 굳히며 천지륜의 앞쪽에서 나타났다.

파캉!

천지륜은 미처 기세도 느끼지 못했다. 눈을 감지도 않았고, 장영의 신형이 움직이지도 않았다. 그런데 자신의 앞쪽에서 들린 충돌음은 무어란 말인가? 그리고 교주님이 어째서 서 있단 말인가?

'어?'

천지륜이 의문을 가지며 교주의 얼굴을 바라보았다. 그 잔인한 교주가 즐거운 웃음을 흘리면서 우측을 바라보았다.

"재미있군. 멀리서 계속 보았지만, 가까이서 보니 정말 대단하군. 내가 없었다면, 천 대주가 그대로 뚫릴 뻔했군. 더구나 이 기운은 저주받은 일족의 느낌이군. 이름이 뭐냐?"

자신의 모든 기를 쏟아 부운 일격이었다. 그런데 저 괴물 같은 놈은 한 손으로 막아냈다. 마교 교주라는 저놈. 자신은 말할 기운도 남기지 않고 날린 일격인데, 모처럼 만에 만난 강한 상대라 차후의 일은 생각도 하지 않은 채로 날린 일격이었는데. 장영은 실소가 나왔다.

"장영… 이라고 하지."

쥐어짜는 듯한 음성.

"장영이라, 크하하하하! 아직은 무리다. 그러나 좀 더 자라면 쓸 만하겠구만. 좋아, 좋아!"

한참을 하늘을 향해 웃어대던 독고진악은 미소가 가득한 표정으로 장영을 한번 보고 몸을 돌렸다.

"돌아간다. 이번 나들이는 매우 유쾌하군."

그렇게 말하는 교주를 보고는 모두들 어리둥절해했다.

"교주님! 돌아가다니요! 아직 당가의 핏줄이 살아 있습니다!"

교주를 따라 나왔던 이장로 구양수는 교주를 향해 물었다.

우뚝!

"왜 불만 있냐? 이번 일은 이 정도로 하지. 독인 따위에게 휘둘릴 정도의 무인은 죽어도 싸다. 더구나 재미있는 놈도 만났고, 격공보 일점혈이라. 으하하하하! 기억해 두도록 하지."

"존명!"

그 말을 끝으로 마교주는 사라졌고, 무척이나 아쉬운 얼굴을 하면서 마교주 이하 모든 무인들은 교주를 따라 떠났다.

사마수동은 말조차 나오지 않는 허탈함으로 당가의 소가주를 끌어안고 헛웃음을 흘리며 이 모든 일의 중심에 있었던 장영을 바라보았다.

"독고진악이라, 다음엔……."

그 말을 끝으로 장영은 허물어지듯이 쓰러지며 정신을 잃었고, 그의 입에는 자그마한 미소가 걸려 있었다.

*　　　　*　　　　*

아무도 말을 하지 못했다.

술을 마시기 위해 모였던 멸마단의 대원들은 사마수동이 과거를 회상하면서 들려준 말에 무림맹에 대한 지독한 실망감과 보지는 못했지만 생생하게 그려지는 장영의 무위를 생각하면서 무거운 분위기만 흘렀다.

"후후, 그때 그 일이 있고 난 후 나는 몇 번이고 무림맹에 대주의 치죄를 주장했다. 하지만 결국 난 대주가 이대주로 보직되고 나서 그를 따라다녔지. 그리곤 반해 버렸다. 물론 그 일을 덮어버리기 위해서 무림맹에서는 한동안 난리가 났었지. 이야기를 꾸며서 무림에 퍼뜨리느라고 말이지. 큭큭, 휴… 옛날 일을 생각했더니 갑자기 대주가 보고 싶군. 니들끼리 마셔라. 난 대주님 찾아서 한잔 더 해야겠다."

사마수동은 그렇게 말하고는 자신 앞에 놓인 술을 한 잔 더

들이켜고는 선술집을 나갔다.

아무런 말도 못하고 표정만 굳히고 있는 나머지 대원들을 남겨둔 채로…….

第八章

추격

戰鬼 전귀

1

청해성(靑海省)의 중심부에는 아합랍달합택산(雅合拉達合澤山). 즉, 합택산(合澤山)이라고 불리는 거대한 산이 있었다. 깍아지른 듯한 봉우리가 소의 뿔과 호랑이의 형상을 닮았다고 하여 '우각호봉(牛角虎峰)'이라고도 불리는 이 산은 황적색의 바위산으로 이루어져 있는데, 수풀이 적고 나무가 자라지 않아서 살아 있는 생물이 거의 존재하지 않았기 때문에 사람들로부터 외면받아 온 산이었다.

그 봉우리의 높이만도 천칠백여 장에 달하는 엄청난 높이의 산.

아무도 오를 수 없을 거라고 생각되어지는 합택산의 중턱에는 인위적으로 만들어진 듯한 작은 동굴이 있었다.

유심히 살펴보지 않으면 찾지 못할 그런 동굴이었고, 더욱이 엄청난 높이의 위치에 있었기 때문에 산 아래에서는 그 모습조차 보이지 않았다.

좁은 동굴의 깊숙한 곳은 사람이 살고 있는 듯 작은 침상과 불을 피울 수 있는 돌로 만들어진 화로가 있었다.

화로에는 숯이 마지막 불씨를 피워 올리며 동굴 안을 밝혔다.

조금 앙상하게 마른 손이 장작 하나를 들어 화로 안에 집어넣었다.

"클클. 이제 다 나았군. 어린놈의 자식이 주먹이 꽤 매서웠어. 클클클."

음침한 목소리를 가진 인물. 하얗게 센 머리는 치렁치렁하게 허리까지 내려와 있었고, 얼굴에는 세월의 흔적이 느껴지는 주름이 가득했다.

"전귀라는 놈. 정파의 쓰레기들이 그 정도의 인물을 길러낼 수 있었나? 클클클. 재미있군. 이번 일을 실패한 후, 아직 련에서 내려온 지령도 없으니 전귀라는 그 어린놈의 목을 베어가야겠군. 클클클."

노인은 자신의 팔을 만져 보면서 음산하게 웃었다.

2

"야! 나무 주워와야지, 지금 뭐 하고 있냐?"

"예? 나무요?"

남궁가휘는 일행이 쉬어가려는 듯이 여장을 풀자 남은 시간을 이용해 수련을 하기 위해 자신의 검을 들고 기수식을 취하려다 태성욱의 말에 고개를 돌려 바라보았다.

"나무를 왜 주워옵니까?"

"뭐? 그럼 나무가 없으면 불은 어찌 피우냐?"

"주위에 있는 나무를 잘라서 피우면 안 되는 겁니까?"

태성욱의 말에 남궁가휘는 자신의 옆에 있는 낮게 자란 소나무를 손가락으로 가리키면서 당당하게 말했다.

"야, 넌 노숙도 한번 안 해봤냐?"

"네!"

너무도 당당하게 대답하는 남궁가휘의 모습에 태성욱은 어이가 없었다.

사실 일반 낭인 출신의 무사들이라면 기본적으로 사냥과 노숙하는 방법을 알고 있었겠지만, 남궁가휘는 태어나서 한 번도 노숙이라는 것을 해보지 않았었다. 세가에서 금이야 옥이야 하며 귀하게 자라왔었고, 집을 떠나 여행이라도 할 때는 항상 여비를 두둑하게 챙겨주었기 때문에 최고급 객잔이 아니라면 잠도 자지 않았었다. 그런 남궁가휘의 생활을 알 리가 없는 태성욱은 어이가 없을 수밖에 없었다.

"이 자식이 장난하나? 야! 넌 그 좋은 집안에서 기본적인 생존술(生存術)도 안 배웠냐?"

"예? 생존술 같은 건 안 배웠는데요?"

"그럼 밥 짓는 거, 사냥하는 거, 움막 만드는 거, 비상용 은폐처 만드는 거, 불 피우는 거, 응급처치하는 거 등등 이런 거 하나도 안 배운 거야?"

"그럼요! 그런 걸 뭐 하러 배워요?"

"그럼. 혹시 책에서라도 본 적 없어?"

"누가 그딴 걸 책으로 써요? 말도 안 돼."

당연하듯 당당히 말하는 남궁가휘의 얼굴을 보며 물끄러미 쳐다보던 태성욱은 한숨을 쉬며 고개를 푹 숙였다. 그리고는 마른 나뭇가지를 줍기 위해 걸음을 옮기면서 중얼거렸다.

"하아! 나참, 저런 걸 뭐 하러 데리고 온 거야?"

그 뒤를 고개를 갸웃거리며 남궁가휘가 태성욱의 바로 뒤에 따라가면서 정말로 궁금한 표정으로 말했다.

"근데, 왜 마른 나뭇가지를 주워야 하는 겁니까?"

남궁가휘와 얼굴조차 마주치기 싫은 듯 태성욱은 조금 더 빨리 걸었다.

"시끄럿! 바보, 멍충이 같은 꼬맹이. 쳇!"

음마의 행적을 쫓아 무림맹을 떠나 청해성에 도착한 멸마단 이대는 서녕의 무림맹 지부에 들렀다가 노을이 지는 시간이 되어 합택산 아래에 있는 약고종열(約古宗列) 분지에 도착해서 여장을 풀었다.

서녕의 무림맹 지부에는 개방에서 파견된 오결개 급의 정보조들이 음마와 관련된 수백 가지 정보를 종합해서 합택산으로 도주했을 것이라는 가능성을 유추해 내었고, 멸마단 이대는 그 정보에 따라서 합택산으로 발걸음을 옮겨온 것이다.

저녁이 다 되어서야 작은 모닥불을 피워놓고, 북궁우천과 한백이 잡아온 동물들로 요깃거리를 만들어놓은 후, 사마수동의 주관하에 작전 회의를 시작했다.

장영은 나무에 기대 눈을 감고 구부정하게 앉아 있었고, 사마수동은 대원들에게 앞으로의 작전에 대해서 이야기하기 시작했다.

태성욱은 사마수동의 작전에 관련된 말을 들으면서 적환에게 귓속말로 투덜대기 시작했다.

"저 남궁가휘 꼬맹이를 부려 먹을려고 했더니, 할 줄 아는 게 하나도 없답니다."

"엉?"

"불 피울 줄도 모른대요, 글쎄. 나 참, 어이가 없어서……."

"그럼. 괜히 꼬맹이겠냐?"

"내일부터 조 바꿔요. 형님이 꼬맹이랑 앞으로 식사 당번 하세요. 제가 준강이 형님이랑 할게요."

"싫다. 내가 왜? 니가 꼬맹이랑 하기로 했잖아."

적환과 태성욱이 옥신각신할 때 옆에서 가만히 듣고 있던 남궁가휘는 또다시 자신을 험담하는 듯한 분위기에 소리를 질렀다.

"아씨! 제가 무슨 물건입니까? 무얼 두 분이서 서로 가지고 말고 합니까?"

빠직!

작전 회의를 주관하고 있던 사마수동의 이마에 힘줄이 그려지며 그의 신발이 날아갔다.

퍼억!

"이런 개념없는 자식이! 아직 덜 맞았지! 어? 이 자식은 뻑 하면 소리를 지르네! 넌 위아래도 못 배웠냐? 심각하게 작전 회의하는데 무슨 잡소리야! 너, 이 자식! 저쪽에 대주님 옆에 가서 무릎 꿇고 손 들고 있어, 이 자식아!"

역시 사마수동이 폭발했다.

그런 남궁가휘를 보면서 나머지 열두 명의 대원들이 못 말리겠다는 듯이 고개를 저었다.

"저런 싸가지 없는 놈이… 뭐, 여하튼 잘 들어라. 음마는 아마도 이 합택산에 숨은 것으로 판단된다. 사실 정확하게 음마인지는 모르지만, 거지 새끼들이 조사한 바로는 아마도 이 곳에 있는 것이 확실하겠지. 아마도 조금 늦었다면 합택산을 벗어났을 수도 있겠지만, 벗어나지 않았다면 놈이 이동할 수 있는 도주로는 이곳, 이곳, 그리고 이곳이다.”

사마수동이 불가 근처의 바닥에 그려진 산봉우리들 사이에 금을 그려 넣으면서 설명했다. 대원들은 고개를 끄덕였고, 무릎을 꿇고 벌을 받고 있는 남궁가휘는 입을 삐쭉하게 내민 채로 들었다.

“먼저, 가장 확률이 높은 이쪽 동남쪽 강 아래의 도주로는 대주님, 마연, 이경, 정석, 준강이, 꼬맹이 여섯이 수색하고, 우각봉(牛角峰) 쪽의 두 번째 도주로는 나, 성욱, 학기, 한백, 서문강이, 마지막으로 북측의 초원으로 예상되는 도주로는 적환, 녹산, 우천, 을지마로가 수색한다. 일조는 강 쪽을 거슬러 올라가고, 이조는 산 능성이를 치고 이쪽으로 내려온다. 그리고 삼조는 곤륜산과 합택산이 만나는 부분 쪽으로 이차 도주로를 차단한다.”

사마수동이 나머지 대원들을 향해서 설명했고, 다 이해가 되었는지 둘러보았다. 적환을 비롯한 나머지 인원들이 의미심장하게 고개를 끄덕였지만 무언가 의문점이 남아 있는 듯이 누군가가 말했다.

“그런데 부대주님. 저기, 열다섯 명으로 이 넓은 합택산을 어떻게 수색해서 음마를 잡는다는 거죠? 그리고 음마 같은 거물을 우리 열다섯만으로 잡을 수 있을까요? 음마라면 문헌에도 기록되어 있지만, 마교 교주와 더불어서 위험 대상 열 명 중 한 명이지 않습니까? 더구나 무공 역시도 그 무시무시한 마교주에 필적한다고 하던데……."

모두들 의문점을 제기한 사람을 쳐다보았고, 예상했던 대로 남궁가휘였다.

사마수동이 입술을 씰룩이면서 무어라고 말하려 할 때, 가만히 눈을 감고 있던 장영의 입이 열렸다.

"그래, 꼬맹이 말이 맞다. 열다섯으로 합택산 전역을 뒤지는 건 무리지."

장영이 자신의 의견에 동의해 주자 남궁가휘는 우쭐하는 모습으로 인상이 구겨진 사마수동을 '거 봐요. 내 말이 맞죠?' 하는 표정으로 쳐다보았다.

"하지만, 마교 교주에 필적한다는 건 틀렸다. 그 괴물과 필적하다니… 말도 안 되는 소리지. 큭큭큭. 대충 정리되었으면 이제 그만 하지. 작전은 익일(翌日) 인시(寅時)에 시작한다."

장영이 몸을 일으키면서 마교주를 회상하고는 차갑게 웃으며 자신의 잠자리를 찾아서 누웠고, 나머지 대원들도 장영이 자리에 눕자 자신의 자리를 찾아서 잠을 청했다.

3

"대주님, 왠지 냄새가 나는군요. 이곳 합택산은 사람이 살지 않는데 말이죠. 바위 근처에 사람이 밟은 흔적으로 봤을 때 무공을 익힌 인물입니다."

　강을 거슬러 바위산을 오르던 마연이 여느 때처럼 히죽대
는 얼굴로 바위에 미세하게 남은 발자국 흔적을 보면서 말했
다.

　"흐음……."

　"발자국 흔적이 거의 삼 장에 걸쳐서 발견되었고, 저쪽에
좀 더 눌린 듯한 모양에서 볼 때, 아마도 녀석은 위쪽으로 올
라간 것 같군요. 저 정도 높이면, 대단하군요. 한 번에 뛰어올
랐다면……."

　금마연은 마지막 발자국의 흔적을 보면서 산의 중턱 쪽을
바라보았다.

　마지막 흔적이 남은 곳에서부터 거의 십 장 정도의 높이의
바위 면이 놓여 있었다.

　장영과 그 일행은 금마연의 시선을 따라 산의 위쪽을 바라
보았고, 남궁가휘는 금마연이 잡아놓은 발자국이 있다는 흔
적을 유심히 살펴보았다.

　'도대체 무슨 흔적이 있다는 거지? 내가 보기엔 아무것도
없는데…….'

　남궁가휘는 도대체가 이해가 가지 않는다는 표정으로 바
위의 냄새도 맡고, 기를 느껴보기도 하고, 세심히 만져 보기
까지 했지만 알 수가 없었다.

　산의 위쪽을 쳐다보고 있는 대원들을 보면서 남궁가휘는
고개를 절레절레 흔들었다.

"하여간 대단한 사람들이야."

위쪽을 바라보던 장영이 위쪽으로 시선을 고정한 채로 나지막하게 말했다.

"준강! 이조가 출발한 지 얼마나 됐지?"

상준강은 멸마단 이대에서 가장 말이 없고 과묵한 무인이었으며 덩치가 가장 컸다. 적환에게 처음 듣기로는 멸마단 이대가 임무 수행시 독자적으로 필요한 장비들을 모두 상준강이 만든다고 했다.

상준강은 무뚝뚝한 얼굴로 장영을 보면서 말했다.

"아마도 두 시진 정도 지난 듯하군요."

상준강의 말에 잠시 생각하던 장영이 약간 눈썹을 찡그렸다.

"이조로 편성된 이들이 능선을 타고 갔다면… 그들의 속도로 봤을 때 지금쯤 정상 근처까지 갔겠군요."

검은색의 단창을 들고 있는 무인, 정석이 말했다.

정석의 말에 잠시 고개를 끄덕인 장영이 무언가 결심한 듯이 말했다.

"흐음. 정석! 지금부터 제일조는 네가 이끈다. 난 이곳으로 올라가서 부대주와 합류하겠다. 너희는 적환의 조와 합류해서 반대쪽 능선을 타고 올라와라."

장영은 정석에게 명령을 내리자마자 바위산을 박차고 비호처럼 뛰어올랐다.

“허억!”

등에 메어져 있던 자신의 흑색 창을 오른손으로 옮겨 잡고
는 끝도 보이지 않는 십 장 높이를 순식간에 뛰어올라 사라져
버리는 장영을 보며 남궁가휘는 깜짝 놀랐다. 자신이라면 죽
어도 해내지 못할 높이를 저렇게 쉽게 뛰어오를 수 있다는 사
실이 너무도 놀라웠다.

그의 무공을 자신 따위는 측정할 수조차 없다는 것을 이미
알고 있었지만, 저건 거의 전설에서나 나오는 허공답보 수준
이 아닌가? 허공을 밟고 뛰지 않았다뿐이지 저 높이를 뛰어오
른다는 것은 상상도 해보지 못했다.

멍하니 이제 보이지도 않는 장영을 바라보는 남궁가휘를
향해 정석이 말했다.

“남궁! 지금부터 최고 속도로 뛴다. 뒤처지지 말고 따라와
라.”

4

마치 서역에 살고 있다는 산양처럼 바위로만 이루어진 산
의 흔적을 튀어 오르듯이 빠른 속도로 장영이 산을 올랐다.
평지에 놓여 있는 돌다리를 밟고 건너듯이 경쾌한 움직임으
로 짧게는 일 장에서 길게는 삼사 장의 높이를 훌쩍 뛰어오르
면서 합택산의 중턱에 도달했다.

　중턱의 평평한 바위에 올라선 장영은 신중한 눈으로 이곳 저곳을 살피기 시작했다.

　"저곳이군."

　몇 명의 인원이 지나간 듯한 발자국을 발견한 장영은 건너편 바위 위로 신형을 날렸다. 사실 바위에 난 발자국이라 흔적이 애매모호했지만, 박차고 올라간 듯이 바위의 부스러기들이 조금 흩어진 모양이 남아 있었다.

　"흠, 이 정도면 거의 일 다향 전에 오른 건가? 아직 멀리는 못 갔겠군."

　바위에 남겨진 흔적을 보면서 장영이 얼굴을 돌려 산의 정상 쪽을 바라보았다. 다시 몸을 돌리던 찰나 무언가 묘한 위화감이 느껴지는 느낌에 장영은 잠시 멈춰 서서 날카로운 눈빛으로 주위를 둘러보았다.

　"뭐지? 묘한 느낌이군."

　주위를 둘러보던 장영이 서 있는 곳은 합택산의 중턱이었다. 그의 근처에는 바위와 그 사이로 작게 자란 소나무들과 이끼 종류뿐이었고, 어떠한 움직임도 느낄 수 없었다. 하지만 누군가가 자신을 지켜보고 있다는 느낌이 예민한 그의 감각을 통해서 느껴졌고, 보이지는 않지만 누군가가 곁에 있을 것만 같다는 생각이 장영의 뇌의 한 부분에 전달되어져 왔다.

　"인적이 없는 바위산에 이런 느낌이라… 불쾌하군."

가늘게 찢어진 눈으로 주위를 둘러보던 장영의 시선이 문득 바위의 그늘진 한곳에 멈추어졌다.

미동조차 하지 않은 채로 그곳을 응시하던 장영은 입꼬리를 슬쩍 올리면서 나직하게 말했다.

"큭큭, 재미있군. 이런 곳에서 나를 지켜보는 사람이 있을 줄이야."

그는 낮고 스산하게 웃으면서 주먹과 발에 서서히 공력을 모으기 시작했다. 그의 발 근처에서 격공보를 쓸 때 생겨나던 작은 풍압이 휘몰아치듯이 생겨나는 찰나, 바위 그림자가 살짝 일렁이더니 이내 장영의 감각에서 사라져 갔다. 하지만 장영의 격공보라면 충분히 잡을 수 있을 정도의 속도였다.

"큭큭큭, 너를 따라가기엔 다른 임무가 좀 더 바쁘군. 어쨌든 기대하지, 너의 정체."

굳이 따라갈 필요성을 느끼지 못한 장영은 잠시 동안 감각 속에서 멀어지는 느낌의 방향을 바라보다가 다시 합택산의 정상 부근을 향해서 신형을 날렸다.

산등성이를 타고 올라간 사마수동의 일행을 쫓아 오르던 장영은 얼마 가지 않아 중턱의 근처 멀리에 짐승이 파놓은 듯한 작은 동굴 입구를 보게 되었다.

"저런 곳에 동굴이 있어?"

동굴의 입구가 있는 아래쪽으로는 깎아지른 절벽 면이 존재하고 있었고, 절벽으로 갈 수 있는 길이 그 주위에서는 보이지 않았다. 뿐만 아니라 동굴로 연결되어 있는 줄기 식물이나 밧줄 같은 것도 없었다.

"새[鳥] 종류의 동물이 아니라면 살 수 없는 동굴이군. 아니면 어디로 뚫어져 있다던가. 특이하군."

합택산은 그가 알기로 절대 식생이 살 수 없는 곳이다. 그런데 짐승이 살 수 있는 동굴이라니. 인위적이거나 아니면 세월의 풍파에 의해서 깎여 나간 흔적일 수도 있었지만, 왠지 모를 호기심이 생겼다.

장영이 있는 곳에서 동굴의 입구까지는 거의 삼십 장에 달하는 거리.

"조금 바쁘긴 하지만… 한번에 가야 하나? 조금 모자랄 수도 있겠어."

설마 십오 장에 달하며 발 디딜 곳조차 없는 곳으로 뛰려는 생각이었을까? 장영은 튀어 나가려는 듯이 몸을 구부렸다가 그의 앞쪽 발이 놓인 바위에 미세한 족적을 남기면서 빛살과도 같은 속도로 날았다.

파팍!

일 장, 이 장, 삼 장… 십 장, 이십여 장을 날아 동굴 입구의 근처까지 도달했을 때, 힘을 잃고는 급격하게 떨어져 내렸다.

"제길, 역시 조금 모자랐나? 저쪽 반대편이면 충분한 거리였을 텐데.”

동굴 입구에서 점점 멀어지면서 바닥을 향해 떨어져 내리는 장영의 몸.

동굴을 보면서 거꾸로 떨어지던 장영은 반대편에 십 장여의 돌출된 바위를 보며 피식 웃었고, 자신의 손에 들려진 흑색 창을 절벽의 단면에 꽂아 넣었다.

가가가가각!

창극이 바위 면을 긁어대면서 불꽃을 튕기며 박혔고, 이내 장영의 무게를 견디지 못해 활처럼 아래로 휘었다가 튕겨 올랐다. 장영은 그 반동을 이용해 몸을 띄우고는 창대에 두 다리를 뻗어 섰다.

'만약 사람이 살고 있다면 대단한 경공이군. 어떻게 저곳으로 올라갔지? 마교 교주나 얼음 영감탱이 같은 괴물이라도 살고 있나?

동굴의 위치는 장영이 창대를 지탱해 서 있는 곳에서 위로 아직 십 장여의 거리가 남아 있었다.

'한번에 오를 수는 있지만 그러면 창을 회수할 수 없다. 혹여 정말 음마라도 있다면? 제길……'

장영은 동굴의 입구를 보며 인상을 찌푸리면서 고민을 했다.

'아니지. 만약 음마가 있다면 방금 창이 바위를 긁어댄 소리를 듣지 못했을 리가 없었겠지. 일단 가봐야겠군. 창은 내

려올 때 회수하는 수밖에.'

장영은 이내 생각을 정하고 천근추의 수법으로 창대를 밟아 그 탄성을 이용해 동굴로 튀어 올랐다.

동굴의 입구는 어른 하나가 들어설 수 있는 정도의 크기였고, 깎아낸 것이 얼마 지나지 않은 듯 바위가 부서져 있는 흔적과 조그만 화탄이라도 터뜨린 듯 그을린 흔적이 남아 있었다.

"역시 인위적으로 만든 동굴이군. 설마 음마의 무공이 내 판단보다 조금 윗줄이었나?"

아랫입술을 살짝 깨물며 장영은 어두운 동굴 내부로 들어갔다.

동굴의 안쪽에는 사람이 살고 있는 듯한 흔적이 남아 있었다. 아직 횃불이 남아 불타오르고 있었고, 돌로 만들어진 침상과 갖가지 약초들이 흩어져 있었다.

장영은 침상 앞쪽에 놓인 작은 불씨의 모닥불과 그 위에 놓인 주전자를 만져 보며 말했다.

"이직 온기가 남아 있군. 역시 사람이 살고 있었나?"

동굴 안을 구석구석 살펴보던 장영은 광목천으로 만든 붕대와 부목 종류를 발견했다.

'다쳤었군. 혹 여기에 살고 있던 인물이 음마라면? 아마도 그때 팔이 부러졌었던 모양이군. 큭큭큭. 그렇다면 이대의 인원으로 충분히 잡는다. 하지만 수동의 일행이 벌써 만났다

면? 젠장, 급하게 됐군.'

이런저런 가설을 세우면서 장영의 신형이 동굴 밖을 향해서 뛰어나갔다.

동굴의 입구에 다시 도착한 장영은 신형을 날리려다 입구 근처에 있는 그을린 흔적을 다시 보게 되었다.

'이 각도라면 아마도 내가 처음 발견한 곳에서 던져진 것이겠군. 그리고 남겨진 흔적은 무음탄(無音彈). 아마도 학기 녀석이 던져서 확인을 한 것이겠군. 사람이 사는지 새가 사는지. 분명 미세한 소리를 음마가 감지했을 터, 그렇다면 필시 수동 일행과 만났겠군.'

무음탄은 멸마단 이대에서 화탄과 폭발물 등을 담당하는 남학기가 만들어낸 작은 화탄의 일종이었다. 자신의 위치를 알리기 위해서 쓰기도 하지만 때로는 적의 몸에 불을 붙이거나 아니면 적의 구강이나 눈 등에 던져서 상처를 입힐 목적으로 만들어진 암기의 일종이었다.

'음마와 수동 일행이 조우했다면 아마도 근처겠지. 좋아, 간다.'

장영은 스산한 표정으로 작게 웃으면서 자신의 창대가 있던 곳을 향해서 몸을 날렸다.

터엉!

창대를 밟아 휘어진 힘을 이용해 튀어 올라 바위에 박힌 창대를 뽑곤 장영의 몸이 반대편 능선을 향해서 쏘아졌다.

5

챙! 챙! 파팡!

정상을 넘어서 최대 속도의 경공으로 달리던 장영이 능선의 아래쪽 근처를 지날 때 자신의 귀에 파고드는 조그만 소리에 지면에서 미끄러져 신형을 멈추었다.

"응? 싸우는 소리? 저쪽이군."

신형을 멈추는가 싶더니 방향을 틀어 쏘아져 나가듯이 몸을 움직였다.

들려오는 소리를 향해서 달려온 장영이 도착한 곳은 바위 구릉이 펼쳐진 평평한 곳이었다.

그가 도착했을 때, 막 음마의 신형이 사마수동을 향해 쏘아지며 공격했지만 그의 옆쪽에서 날아온 작은 화탄이 터지면서 잠시 대치 상태가 되었다.

재빠르게 상황을 판단하던 장영의 눈에 들어온 것은 여기저기 찢어신 상처로 피를 흘리는 태성욱의 모습, 두 주먹을 움켜쥐고 음마를 조심스럽게 노려보면서 헐떡이는 사마수동의 모습, 그리고 눈이 시릴 듯이 햇볕에 반짝이는 소검 두 자루를 들고 음마를 포위하고 있는 한백과 작은 가방에 한 손을 넣고 다른 한 손의 손가락에 작은 화탄 종류를 끼우고 공격할 틈을 찾는 남학기, 그리고 이미 큰 상처를 입고 지혈을 위해 한쪽 근처에서 숨을 고르는 서문강의 모습이었다.

음마는 자신의 공격이 제대로 먹혀들지 않을뿐더러 자신의 장기인 은신술과 귀영보를 제대로 펼쳐 내지 못하자 화가 난 얼굴로 어금니를 꽉 깨문 채 이대 대원들에 의해 포위가 되어 있었다.

장영은 그런 그들을 보면서 짐승의 울부짖음과도 같은 외침을 지르면서 몸을 날렸다.

"크아아앙!"

갑자기 들려온 거대한 울림에 멸대단 이대의 다섯 명과 음마는 흠칫 놀라며 고개를 돌렸고, 희비가 교차하였다.

"휴우, 대주님이 왔군. 다행이다."

사마수동을 비롯한 이대의 인원들의 찌푸려져 있던 얼굴이 조금 펴졌고, 반면에 음마의 얼굴은 조금 전보다 더욱 찌푸려져만 갔다.

'제길! 그때 그놈이군. 전귀라는 애송이 놈. 이놈들만으로도 벅찬데다 더구나 이 끈질긴 놈들의 이상한 진에 말려서 벌써 공력이 삼분지 일이나 빠져나가 버렸는데. 젠장할! 오늘은 길(吉)보다 흉이 많겠군.'

6

"응? 이 소리는? 대주의 야수음(野獸音)! 저쪽이다. 가자!"

세 번째 조를 이끌고 합택산의 북쪽 기슭을 수색을 하던 적환은 갑자기 산을 울리는 소리에 고개를 돌려 바라보고는 소리가 들려온 곳을 향해 다른 대원들과 함께 몸을 날렸다.

반대편에서 첫 번째 도주로라 예상한 곳을 수색하던 정석 역시도 같은 생각으로 대원들을 이끌고 산을 오르기 시작했다.

'뭐야! 저 야수음이라는 건? 하긴 조금 짐승 소리처럼 들리긴 했지. 더구나 이 정도 산을 울리는 공력이라니…….'

남궁가휘 역시 정석의 뒤를 따르면서 야수음에 대해 생각하며 몸을 날렸다.

7

"흘흘. 네놈도 함께 죽고 싶은 모양이구나. 흘흘흘. 전귀라는 네놈! 지난번에 살려줬더니 죽을 자리를 잘도 찾아왔구나."

마음속의 생각과는 전혀 다르게 허세를 부리면서 말한 음마는 장영의 지난번의 그 움직임과 공격을 생각하며 약간 긴장한 모습으로 자신의 혈혼침을 말아 쥐었다.

"늙은 괴물 자식. 지난번에 다친 팔은 다 나은 건가? 큭큭큭."

음마의 허세를 벌써 눈치라도 챈 듯 장영이 느긋하게 말했다.

"흘흘. 그래, 지난번엔 무척이나 고마운 선물을 받았다. 어린 녀석아, 흘흘. 이 노부가 어른 공경이란 걸 오늘 가르쳐 주마."

이미 장영은 음마의 긴장감을 눈치 챘지만, 그런 생각보다는 좀 더 허세를 부릴 생각에 음마는 말하면서 자신의 혈혼침 하나를 장영에게 던졌다.

피— 잉! 팅!

약간의 공력만을 실어 던진 혈혼침이었기에 장영은 별 당황한 기색 없이 창을 들어 튕겨내었다.

"큭큭큭! 늙은 괴물, 기다려라. 지난번하고는 좀 다를 거야. 이번엔 제대로 찢어주마."

음마를 가늘게 뜬 눈으로 노려보면서 장영이 비웃었다.

그런 장영과 음마의 대치 상태를 보면서 사마수동이 장영의 곁으로 다가와 말했다.

"대주. 저놈! 이제껏 생포한 마인들과는 다릅니다. 특히나 경공술 하나는 끝내주더군요. 아마도 대주가 진의 축에 서주시지 않으면 좀 힘들지도 모르겠습니다."

멸마단의 임무 중에는 특정 무인에 대한 경호와 포획, 암살 등과 같은 극비의 임무도 수행하고 있었는데, 주로 강력한 무공의 마인들이 많았기 때문에 그때를 대비해서 여러 가지 합격진을 만들어 사용하였다. 물론 그 합격진은 멸마단과 무척이나 사이가 좋지 않은 환룡단의 제갈현성의 작품이었지만.

지금 대치하고 있는 음마와 같은 마인을 상대하기 위해서 사용하는 진은 그 속에 갇힌 자의 공력을 계속해서 갉아먹듯 사용하게 하여 기운이 완전히 빠졌을 때 생포하는 멸마혼원진(滅魔魂援進)이었다.

음마와 최초로 대치한 사마수동 일행이 사용하였지만, 음마를 잡기엔 너무나 수준 차이가 많이 났고, 다섯 명으로 펼치게 되어서 조금 무리가 있었다. 더구나 진의 한 축을 담당하고 있던 서문강은 가슴에 상처까지 입어 네 명이서는 조금 힘들었다. 그때 장영이 나타난 것이었다.

"큭큭, 좋아. 아마도 조금 있으면 다른 대원들도 합세하겠지. 수동! 멸마진을 편다. 개진(開陣)!"

장영의 발동 신호에 따라 서문강을 제외한 다섯 명의 인원이 음마의 주위를 돌면서 회전하기 시작했다.

진이 발동되자 음마는 마치 자신의 몸을 옥죄어오는 듯한 압력을 또다시 느껴야만 했다. 더구나 장영이 가세하면서 그 압력이 이전의 배는 늘어난 것 같았다.

"제기랄!"

음마의 인상이 굳었다.

"제일! 만방타(萬方打)!"

회전하던 진의 대원들은 장영의 지시에 의해서 순간 격공보를 시전해 빛살처럼 빠르게 움직였고, 그 움직임에 음마의 고개가 휙휙 돌아갔다.

그때 갑자기 자신의 뒤를 치고 들어오는 공격.

까강!

뒤에서 들어온 공격을 쳐내는 것을 신호로 갑자기 수십 군데에서 자신을 공격해 오는 기세에 음마는 숨을 내쉴 틈도 없었다.

“헛!”

까강! 퍽! 까강!

뒤에서 오는가 싶더니 어느새 머리 위에서 벼락이 떨어지듯이 두 개의 칼날이 나타나고, 막았다 싶으면 다리를 쓸어오는 원앙각이었다. 주위에서 터지는 화탄까지 순식간에 수십 개의 공방이 일어났고, 그 진 속에 갇힌 음마의 이마에는 점차 식은땀이 흐르고 입고 있던 옷이 조금씩 잘려 나가며 생긴 상처에서 피가 배어 나왔다.

“이런 제기랄! 무슨 놈의 공격이!”

숨 쉴 틈 없이 짜여져 들어와 자신을 공격하는 움직임에 음마는 귀영보를 펼칠 순간은커녕 멸마단의 대원들을 공격할 수도 없었다. 말 그대로 속수무책으로 자신의 살을 내어주면서 급급히 막아내고 있었다.

더구나 이대로 시간이 지난다면 자신의 단전에 쌓인 공력이 점차 사라질 듯한 느낌이 들었다.

"크아악!"

진의 중심에서 일순간 음마는 폭발적인 기운을 일으켜 진을 구성해 공격하던 멸마 이대원들을 일순간 뒤로 밀어버리고 귀영보를 펼쳐 진을 빠져나가려 했다. 하지만 밀려난 것은 잠시뿐이었다. 순식간에 또다시 시작되는 공격.

"이런 제기랄! 뭐냐! 도대체! 이런 개 쓰레기! 개 잡종! 애송이 놈들이 감히! 감히!"

화가 났다. 자신의 공격이 먹혀들지 않았다. 더구나 방금 전 남아 있는 공력의 반이나 쏟아 부어 시전한 공격은 진에 아무런 영향도 끼치지 못하지 않은가.

장영 일행과 음마는 짧은 시간 동안 수천 초를 거듭해 공방을 펼쳤고, 그때에 맞추어 음마에게는 갑자기 진의 압력이 더욱 거세게 느껴지며 공격해 오는 초식의 수가 더욱 늘어난 것만 같았다.

장영의 야수음을 듣고 달려온 적환을 비롯한 나머지 아홉 명의 대원이 음마를 중심에 두고 생포 삭선을 펼쳤다. 아직 합격진을 배우지 못한 남궁가휘와 다친 서문강을 치료하기 위해 을지마로를 남겨두고 진에 합류했기 때문에 완벽하지는 못했지만 거의 완전한 멸마진의 형세를 이루어 음마를 압박하기 시작했다.

'크읏! 이래선 여기서 죽는다.'

음마는 빠져나가 버린 공력 때문에 단전이 비어감을 느끼고, 더 이상 진 속에 갇혀 있다가는 생포되거나 죽을 수도 있다는 위험을 깨달았다. 조금 늦었지만 생각이 그곳까지 미치자 음마의 얼굴이 시뻘게지기 시작했다.

"크아아아아아압!"

음마의 주위로 엄청난 강기의 회오리가 생기더니 그를 중심으로 동심원을 그리며 해일처럼 퍼져 나갔다.

목숨의 위협을 느낀 음마가 폭주하면서 자신의 진원지기를 사용하기 시작한 것이다.

"웁! 이런! 위험하다! 퇴진(退陣)!"

강기의 회오리에 실린 힘이 예상보다 강하자 장영은 진을 구성한 인원들을 그의 영역 밖으로 물러나게 했다.

엄청난 일격을 쏘아낸 음마는 진의 기세가 물러나자 자신이 가진 모든 힘을 끌어내어서 산 아래로 몸을 날렸다.

"진원지기를 끌어낸 것인가? 이제 거의 끝났군. 마로! 서문강과 꼬맹이를 보호해라. 나머지는 음마를 쫓는다. 가자!"

장영은 음마를 뒤따라 몸을 날리면서 을지마로에게 서문강과 남궁가휘의 안전을 명했다.

음마는 정신이 없었다. 합택산의 북쪽 기슭으로 도주하면서 곤륜산 방향의 수풀을 헤치며 도주했다. 자신을 가로막는 나뭇가지들이 얼굴을 때리고 줄기를 가진 식물들이 몸에 얽켜 가시로 찔러댔지만 지금 순간에는 재빨리 도망가야 한다는 생각뿐이었다.

"크윽! 안다(安多)까지 가야 한다! 어서 가야 해!"

음마가 가고자 하는 안다는 청해성의 남서쪽과 서장의 북쪽 사이에 있는 도시였다.

그런 음마의 바람을 일순간 무너뜨리면서 그의 앞쪽으로 엄청난 속도로 날아온 화탄이 폭발했다.

쫘앙!

"끄어억!"

화탄은 음마가 가고 있던 방향의 앞쪽에 있는 나무들을 갈가리 찢어버리면서 삼 장 정도를 초토화시켜 버렸다. 그 화탄의 폭발에 너무 가까이서 휩쓸린 음마가 입으로 피 분수를 토하면서 바닥에 떨어졌다.

"끄억. 끄어억……. 가야 해… 안다로 가야 해."

마치 죽기 전에 마지막으로 간절하게 보아야 할 것이 있는 것마냥 필사적으로 쓰러진 채 바닥을 두 팔로 지탱하며 음마가 몸을 일으키려 했다.

"큭큭큭. 늙은 괴물. 드디어 잡았군. 빌써 다 죽어가는 건가? 하지만 아직 너에게 들어야 할 말이 꽤 많이 남아 있다."

장영을 필두로 멸마단 이대의 대원들이 땅에 내려서면서 처참한 몰골이 되어버린 음마에게로 천천히 걸어왔다.

장영이 걸음을 멈추고 비릿하게 웃으면서 음마를 노려보

자 장영의 뒤쪽에서 걸어오던 이경과 양녹산이 '이제 끝났군' 하는 표정으로 음마를 포획하기 위해 다가갔다.

그때 또다시 장영의 피부로 느껴진 묘한 위화감. 더구나 이번엔 지켜보는 시선이 아니라 위험한 느낌이었고, 무언가 엄청난 속도로 다가오는 듯했다. 더구나 사마수동 역시 이상한 느낌에 인상을 찡그렸다.

"이경! 녹산! 물러서라."

장영이 순식간에 대열에서 사라지면서 격공보를 펼쳐 이경과 양녹산의 앞으로 다가서서 자신의 창을 풍차처럼 휘둘렀다. 그를 뒤따라 몸을 날린 사마수동 역시 수십 개의 권격을 뻗어내었다.

피핑! 팅!팅!팅!

수백 개의 비침이 장영의 창에서 뻗어 나온 회오리와 사마수동의 권격에 휩쓸리면서 팅겨졌다.

"윽!"

그러나 사마수동은 자신의 권에 무언가가 박힌다는 느낌에 주먹을 잡고 앞쪽을 노려보았다.

장영은 묘한 표정을 지으며 음마를 사이에 두고 전방에서 다가오는 무리들을 향해 말을 했다.

"누구지, 너희들은?"

잠시 후 바람이 불지도 않는데 수풀의 나무들이 세차게 흔들리며 희뿌연 인영들이 나뭇등걸과 바닥에서 솟아오르기 시작하더니 일단의 무리를 구성했다.

"그렇군. 이 느낌! 네놈들이었군! 나를 지켜보던 놈들!"

완전하게 형체가 갖추어진 무리들은 붉은색의 호랑이가 수 놓인 백색의 장포를 걸치고 색이라도 맞춘 듯이 백색 복면을 쓰고 있었다.

손에는 수십 개의 비침을 잡은 채로 멸마단 이대를 향해 겨누고 있었고, 멸마단 이대 역시 긴장한 표정으로 그들을 바라보았다.

"이쯤 해두시게. 그는 우리에게 있어 중요한 인물이거든."

백색복면인들 중 우두머리로 보이는 자가 나서면서 복면 속에 가려진 얼굴이 비웃는 듯한 느낌의 음성으로 장영에게 말했다.

"큭큭큭, 재미있군. 이제 드디어 혈사의 주범들이 등장한 건가? 그런데 혈사에서 보인 시체에 사용된 무기들과는 좀 다르군."

장영은 그런 그의 말에 스산하게 웃으면서 창을 고쳐 잡았다.

"……."

"왜, 정곡을 찔린 건가? 아마도 니들 말고도 다른 조직이 있다는 뜻일 터. 어때? 정체라는 걸 한번 말해주는 것이."

장영의 말에 백의복면인은 잠시 동안 장영을 바라보더니 웃으면서 말했다.

"후훗. 재미있는 애송이군. 아니지, 저 음마를 쓰러뜨렸으니 애송이는 아니겠군. 하지만 너 따위의 힘으로 거대한 세력을 넘을 순 없다. 더구나 음마 따위를 쓰러뜨린 걸로 기고만장하다니."

"큭큭큭, 그래? 기고만장이라……. 직접 한번 해볼까?"

복면인의 비웃음에 살짝 기분이 상한 장영의 신형이 픽하고 꺼지듯이 사라졌고, 백의복면인의 바로 앞에서 나타나면서 창을 휘둘렀다. 하지만 백의복면인은 창의 간격을 가까스로 피하면서 몸을 뒤로 날려 착지했고, 이내 장영에게 말했다.

"흠. 이것이 격공보라는 것이군. 대단한 움직임이야. 마치 공간 자체를 순간 이동이라도 한 듯한 움직임이군."

별로 대수로울 것 없다는 듯한 복면인의 말에 장영은 조금 더 기분이 나빠졌다.

"치잇! 조금 더 깊어야 했었나?"

"하하하, 재미있는 녀석이군. 조금만 더 깊었으면 나를 잡을 수 있을 것이라는 이야긴가? 너의 그따위 공격쯤은 충분히 피해낼 수 있다. 고작 음마 따위를 잡은 것으로 감히 절대고수라도 된 줄 아는 거냐?"

복면인이 또다시 비웃듯이 말했다.

"그래? 그렇군……."

장영은 무척이나 아쉽다는 듯이 창을 바닥에 내려놓고 양

손을 각지 끼며 꺾었다.

우드득!

굳어 있던 관절들이 비명을 질러대면서 부드럽게 움직였
다.

장영은 고개를 좌우로 까닥거리면서 몸을 풀어내고, 공력
을 돌려 자신의 몸이 활성화되었는가를 점검하기 시작했다.

게슴츠레하게 떴던 눈은 어느새 날카로운 예기를 쏟아내
며 길게 찢어졌다.

"예전처럼 돌아가고 싶진 않았는데 말이야. 너, 무척 거슬
리는군. 그 말투하며 행동이 말이야. 너의 그 입을 찢어주마.
큭큭큭. 너의 자만심, 기대해 보지."

장영은 복면인을 보면서 스산하게 웃었다.

그렇게 새로운 인물들과 대치하고 있는 동안 남궁가휘를
비롯해 서문강을 치료하기 위해 남은 을지마로가 도착했다.

"저기 대주님! 저희… 응?"

남궁가휘는 장영을 향해서 서문강의 상태를 보고하려던
찰나 장영의 몸에서 비롯되이 서서히 그곳의 모든 공간을 장
악해 나가는 광포한 살기에 입을 다물었다.

"이 기는? 서, 설마?"

주위를 잠식해 들어가면서 휘몰아치기 시작하는 광포한
기운에 주먹에 찔린 바늘 때문에 주춤했던 사마수동은 몸에
소름이 돋아 오르는 것을 느끼며 장영을 바라보았다.

장영의 몸에서 회오리치듯이 뿜어져 나오는 기운 때문에 나무에서 떨어진 낙엽들이 바삭이면서 잘게 부서지기 시작했다. 남궁가휘는 사위를 가득 채우기 시작한 음습하기 그지없는 기운에 자신의 몸이 떨려오는 것을 느꼈다.

"이건……?"

남궁가휘는 사마수동을 쳐다보았다. 사마수동은 경악하듯 부릅떠진 눈으로 장영의 등을 쳐다보았다.

"이건, 십 년 전의 그때? 모두 대주의 주위에서 벗어나! 어서!"

장영의 자세가 천천히 내려가더니 구부정하게 변하면서 창을 땅에 짚어 세우면서 마치 야수처럼 앞쪽으로 쏘아질 듯한 자세를 취했다.

"크크크크. 재미있군. 역시 무림을 택하기를 잘했어. 크크크크 정말 재미있는 곳이야. 전장에선 느끼지 못한……. 크크크크."

마치 악마의 웃음소리 같은 스산한 웃음을 짓는 장영의 기세가 완전히 변해 버렸다. 마치 전혀 다른 누군가의 모습인 듯했다.

남궁가휘에게 이런 강한 기운은 처음이었다. 대주가 혈광살귀대주를 두들겨 팰 때도, 그리고 자신을 때렸을 때와는 차원이 다른 흉험하기 그지없는 기운. 사마수동이 십 년 전의 그때라고 하는 말이 들렸다. 설마 이 모습이 그날 술자리에서

들은 진정한 전귀라는 무림명으로 불리는 자의 모습이라는
것을 조금씩이나마 인지하였다.

장영의 변해 버린 모습에 멸마단뿐만 아니라 백의인들도
그 기세를 느끼고 자신들도 모르게 한 발자국 뒤로 물러나고
있었다.

"설마… 네놈!"

우두머리로 보이던 백의복면인은 장영의 기세보다는 무언
가에 놀란 듯 말을 더듬거리면서 장영을 보며 경악한 눈빛을
보였다.

"크크크. 음마는 나의 먹이. 너 따위에겐 넘겨주지 않는다.
크크크크."

장영이 사악한 웃음을 지으면서 움직였다.

조금 전 자신을 공격한 것과는 다르게 움직인다는 기세도
느껴지지 않는 움직임. 장영의 기세와 모습 자체가 사라져 버
렸다. 더구나 그 순간만큼은 어디에서도 느낄 수 없었다.

피윳!

순식간에 자신의 뒤에 서 있던 인영들의 목이 알아채지도
못한 사이에 허공으로 떠올랐다. 그들은 어떻게 당했는지도
모른다는 얼굴 표정으로 쓰러졌고, 언뜻 나타난 장영의 신형
이 순식간에 꺼지듯이 사라지면서 자신이 데려온 무리의 곳
곳에서 나타나 수하들의 허리를 가르고 지나가는 것이 보였
다.

"대주는… 십 년 전과는 차원이 다르게 강해졌군. 그때만 해도 저 정도는 아니었는데… 크윽!"

"부대주님!"

사마수동은 장영이 백의인들을 헤집으면서 다니는 모습을 보며 시선을 떼지 않은 채 말하다가 갑작스럽게 자신의 주먹을 잡고 인상을 굳혔다.

이내 온몸에 급살이라도 맞은 듯 떨어대면서 시꺼먼 핏덩이를 입으로 토한 후 얼굴이 하얗게 질려갔다. 적환은 그런 사마수동의 몸을 만져 보면서 말했다.

"설마! 아까의 비침에 독이?"

사마수동이 눈을 까뒤집으면서 울컥하며 검은 피를 토해냈지만, 남궁가휘는 그런 일행을 향해 고개를 돌릴 수가 없었다. 지금 대주가 보여주는 건 자신이 꿈꾸어오던 노호광창의 모습이 아니었다. 그가 뿜어대는 기운은 알 수 없는 미지의 공포를 느끼게 해주었고, 왠지 모를 호승심을 불러일으켰다. 하지만 너무나 강한 느낌이었다.

더구나 얼마 전에 배운 격공보를 난전에서 적절하게 사용하는 장영의 모습에 눈을 뗄 수가 없었다.

"대주님! 부대주님이!"

적환이 고개를 돌려 백의인들을 헤집고 다니는 장영을 향해서 외쳤다.

꾸아아앙!

백의인을 헤집고 다니던 장영은 그 소리를 듣지 못한 듯 지면에 창을 박아 넣었고, 반경 오 장여가 한꺼번에 터져 오르며 공격을 느끼지도 못한 백의인들의 신형이 갈갈이 찢겨져 나가면서 떠올랐다.

"치잇! 어쩔 수 없다. 한백! 넌 우천과 꼬맹이와 함께 대주님을 보필한다. 나머지는 문강이와 부대주님을 인근의 의방으로 속히 옮긴다."

듣지 못하는 장영을 보면서 적환이 사마수동을 호위해 그곳을 순식간에 벗어났다.

슈아악! 콰콰콰콰!

소용돌이치듯이 몰아치는 장영의 공격에 벌써 백의인들은 반 이상이 목숨을 잃어버렸다.

장영이 음마의 곁에서 나타나더니 잠시 숨을 골랐다. 그런 장영을 보면서 백의복면인이 온몸을 난자당한 상처를 입은 채로 입술을 덜덜 떨면서 말했다.

"네, 네놈! 설마 광수혈족(狂獸血族)의 생존자였나?"

그런 백의인을 보고는 스산하게 웃으며 장영이 말했다.

"큭큭큭. 혈족을 아는 자가 있었나? 멸족당한 지 벌써 수백 년이 흘렀는데……."

'응? 광수혈족? 그게 뭐지?'

남궁가휘는 잠시 숨을 고르며 말하는 두 사람의 대화를 들으면서 '광수혈족' 이란 말이 나오자 호기심을 품었다.

"어째서 저주받은 광수혈족의 생존자가 무림맹에 있는 것이냐! 어째서!"

"큭큭큭. 무림맹은 재미있으니까."

"뭐, 뭐라고? 제기랄! 광수혈족이라니!"

백의인은 장영의 공격에 의해 반 이상이 죽어버린 부하들의 시체와 음마를 보고는 고개를 떨어뜨리면서 말했다.

"전귀라고 했나? 두고 보자! 잊지 않겠다! 치잇! 음마는 포기한다! 흩어져라!"

백의인들은 상처만을 가득 입은 채 나타날 때와 마찬가지로 공기 중에 흩어지듯이 사라져 버렸다. 그런 그들을 비웃으면서 장영이 나지막하게 말하며 웃었다.

"큭큭큭. 쫓지 않겠다. 기대해 보지. 나를 얼마나 즐겁게 해줄지."

복면인들이 사라진 곳에는 수십 개로 조각나 버린 수많은 시체들과 기절해 버린 음마, 그리고 한백과 북궁우천, 장영에게서 눈조차 떼지 못하고 있는 남궁가휘만이 남아 있었다.

第九章

심문

戰鬼
전귀

1

　뜨거운 태양이 작열하는 여름날 오후.

　중원의 서쪽에 있어 황하(黃河)의 발원점으로 믿어지는 성산(聖山)인 곤륜산. 신선들이 노니는 곳이라 전해지는 산이다. 예로부터 만물의 어머니인 서왕모가 살고 있다는 전설로부터 해서 수많은 신화와 전설이 전해지는 곳.

　곤륜산 자락을 타고 시작되는 황하강의 상류에는 곤륜의 신선들이 가끔 오수를 즐기기 위해 찾는다는 전설을 가지고 있는 신선폭(神仙瀑) 아래로 꽤 넓은 분지가 있었지만, 산세가 험준하고 위험한 동물이 많아 곤륜파에 볼일을 보러 오는 무인들이나 권세 높은 관인들이 아니면 거의 그 경관을 즐기지 못했다. 대신 그 지류를 따라 내려온 마을 근처 산기슭에는 항상 여름 때마다 더위를 피해서 수많은 인파가 몰려 인산인해를 이루면서 피서를 즐기곤 했다.

늦여름의 막바지에 신선폭(神仙瀑)의 분지에서는 멸마단 이대가 때늦은 점심을 준비하고 있었다.

폭포의 물들이 모여 이룬 호수의 가장자리에서는 넓은 초립으로 볕을 가린 채 장영과 사마수동이 길다란 대나무를 잘라 낚시를 하고 있었고, 그 뒤에서는 태성욱으로부터 남궁가휘가 마른 나뭇가지로 불 피우는 방법을 배우고 있었다.

한백과 북궁우천은 반주로 쓸 술을 사기 위해서 곤륜산 인근의 마을로 내려갔다. 나머지 인원들은 장영과 북궁우천이 잡아 올리는 씨알이 굵은 메기며, 숭어를 손질하고, 돌을 주워와 모닥불을 피울 터와 자리를 준비했다. 무척이나 한가로운 오후.

"오오오오오!"

남궁가휘는 태성욱이 마른 가지 두 개를 비벼 주워온 솔가지에 불길을 피워 올리자, 무척이나 신기하다는 표정으로 감탄을 했고, 그에 맞추어서 태성욱이 약간 우쭐한 표정을 지었다.

"자, 봐라. 야영을 할 때는 이렇게 불을 피우는 거야. 알았지?"

"대, 대단합니다. 선배! 이런 방법이! 그래서 마른 나뭇가지가 필요한 거였군요."

한껏 감격해하는 남궁가휘의 모습에 태성욱은 신이 나서 이것저것 설명하기 시작했고, 점차 목소리가 커지면서 다른 것들도 설명했다.

"으하하하! 이게 바로 선배의 위대함이다. 그리고 우리가 위험 지역에서 임무를 수행할 때는 위에 생(生) 솔가지를 꺾어서 올리면… 자, 봐라. 연기가 위로 안 피어오르지?"

"오오오오오! 이런 방법이!"

"으하하하! 이런 건 기본이야, 기본!"

초롱초롱한 눈망울로 남궁가휘가 지어대는 표정에 태성욱은 점점 우쭐해졌다.

퍽! 퍽!

"야! 이 새끼들아, 니들이 고기 잡을래? 시끄럽게 떠드니까 고기가 다 도망가잖아, 인마!"

고기를 잡고 있던 사마수동은 오늘도 자신의 신발 두 개를 남궁가휘와 태성욱의 얼굴에 던져 버리면서 화를 냈다.

"그냥 부싯돌 쓰면 되잖아, 인마! 그럴 때 쓰라고 준강이가 작은 부싯돌 기계까지 만들어준 걸 왜 쓸데없는 짓 하면서 떠드는 거야! 밥 먹기 싫냐?"

주머니에서 작은 부싯돌을 꺼내면서 고래고래 소리를 질러댔다.

"그래도 고전적인 방법 정도는 아는 것이······."

태성욱이 어깨를 움츠리며 기어들어 가는 목소리로 말했다.

"고전? 놀고 있네. 시간 절약이다, 시간 절약! 조용히 준비 안 해? 확, 그냥 밥 먹이지 말까 보다."

사마수동의 말에 금세 시무룩해진 태성욱은 혼자 구시렁대면서 남궁가휘를 데리고 모닥불을 피워 올렸다.

가만히 말없이 낚싯대만을 응시하던 장영은 머리가 아픈 듯이 관자놀이를 짚고는 사마수동에게 말했다.

"수동··· 또 도망갔다. 네가 제일 시끄러워."

"에? 그랬습니까? 죄송합니다."

사마수동은 장영의 푸념 어린 말에 자신의 뒷머리를 긁적이면서 자리로 돌아와서는 아무 일 없었다는 듯이 조용하게 낚시를 시작했다.

금사촌 혈사 이후 임무 수행을 위해 매일 바쁘게 보낸 멸마단은 잠시 동안 유유자적하게 사람이 드문 계곡에서 늦더위를 즐겼다.

잠시 후 노릇노릇하게 고기들이 익어갈 때쯤 술을 사러 갔던 한백과 북궁우천이 돌아왔고, 멸마단 이대의 모두가 둥글게 모여 앉아 서로 농담을 해대면서 식사를 했다.

거의 식사가 끝나갈 때쯤 마지막 술을 입가에 털어 넣은 장영은 얼굴에서 표정을 지우고 나지막하게 말했다.

"시간이 얼마나 지났지?"

장영의 말이 떨어지자 모두들 먹고 있던 음식들을 내려놓고, 임무를 수행하던 여느 때의 신중한 모습으로 돌아갔다.

사마수동은 장영이 묻는 질문의 대답을 아는 듯이 말했다.

"투여한 지 약 세시진 정도가 지났습니다."

"음… 마로! 이번에 투여한 것에 대한 효력은?"

장영은 사마수동의 대답에 가볍게 고개를 끄덕이면서 대원들 중에서 용독술과 해독, 응급치료 등을 담당하고 있는 을지마로에게 물었다.

"이번에 투여한 적혈산(賊血酸)은 혈관에 투입해 혈액의 농도를 진하게 만들어서 온몸을 불에 타는 듯한 고통을 주는 액체형 독입니다. 사람에게는 처음 시험해 보는 것이기는 하지만, 개나 고양이에게 투여한 결과 지금쯤 고통 때문에 숨도 제대로 못 쉴 겁니다."

을지마로가 싸늘한 웃음을 지으면서 대주에게 대답하는 것을 보며 남궁가휘는 이 사람들이 정말 정파인들이 맞는지 의심스러웠다.

남궁가휘는 을지마로가 장백산 어귀에서 살다가 무림맹에 들어온 무인이라고 들었다. 처음에는 동이족에게서 배웠다는 뛰어난 침술 덕분에 무림맹의 의방에 지원했으나, 장영의 눈에 들어서 몇 년 전부터 멸마단에 들었다고 한다.

통상 누군가를 고문하거나 이지를 상실하게 할 때 쓰는 방법은 마교에서 주로 쓰는 고독이나 고문술의 일종인 분근착골 등이 있지만, 특이하게도 멸마단에서는 사람에게 조금 더 실질적인 고통을 주고 사람의 정신 자체를 꺾는 고문술을 사용해 필요한 사항을 알아낸다고 했다.

"그렇군, 좋아. 그럼 적환! 가서 꺼내와라."

대주의 지시를 받고 숲 속으로 들어가 음마를 땅에 질질 끌고 온 적환은 땅에 패대기를 치듯이 음마의 몸을 던져 버렸다. 음마는 수십 마리의 개미 떼가 자신의 혈관을 뜯어먹는 듯한 고통을 느끼는데다가 땅에 패대기쳐진 충격 때문에 괴성을 지르면서 몸부림쳤다.

더구나 포획 작전 중에 진원지기가 손상된 채로 화탄을 맞아서 혈도를 다친 터라 온몸에 피딱지가 덕지덕지 붙어 있었다.

"크르륵! 이런 개자식들, 니들이 정도인이냐! 이리 사악하다니……! 죽여라! 이 개자식들아!"

음마는 고통 속에서 핏기가 일어 벌게진 눈으로 장영을 노려보았다. 자신이 살수 훈련을 할 때도 이만한 고통을 느껴본 적이 없었다. 더구나 최고의 살수라고 추앙받은 이후 약 수십 년 동안 인내력 훈련을 한 번도 해본 적이 없기에 그 고통을 참기 힘들었다.

"흠… 효과가 좋군. 수고했다, 마로."

장영이 음마의 고통에 찬 모습에 마치 악귀처럼 흡족해하면서 을지마로에게 칭찬하자 그는 정상인이라면 기뻐하지 않아야 할 상황에도 칭찬받아 즐거운 듯 웃었다.

'이런 미친!'

그런 을지마로와 장영을 보고 속으로 욕을 해대면서 다른 대원들을 보았지만, 모두들 남의 일인 양 담담한 표정들이었다.

"꼬맹아, 잘 봐둬라. 음마는 사람들 죽일 때 저것보다 더한 고통을 주었을 것이다. 저렇게 해서라도 배후를 밝혀야 죽은 천룡단의 한을 풀어줄 것이 아니냐. 더구나 그 배후를 밝히지 못하면 더 많은 정파인들이 고통을 당한다."

남궁가휘의 찌푸린 인상에 한백이 쓴웃음을 지으면서 그에게 나직하게 속삭였다.

"이봐, 늙은 괴물. 아직 시작도 안 했다. 우린 네게서 알아낼 것이 무척이나 많거든."

"이런 제기랄! 어린놈의 자식이… 크윽! 어찌 이리 악독하단 말이냐!"

음마가 입술에서 피를 토해내면서 고통에 떨며 한 말에 장영이 피식 웃었다.

"크큭, 너에게서 그런 소리를 듣고 싶지는 않군. 그럼 어디 대답해 보실까? 어째서 천룡단을 공격했지?"

장영은 음마에게 단도직입적으로 물었다.

"제기랄, 모른다고 했잖아."

이미 정신이며 육체적으로 고통이 상당했을 텐데도 음마
는 질문 자체를 거부했다.

"훗, 좋아. 이 정도는 해줘야지! 정석! 시작해라."

"옛! 대주!"

정석은 자신의 품에서 오래되어 보이는 가죽 두루마리를
꺼내 바닥에 놓았다. 남궁가휘는 무엇인가 하며 의문을 품고
쳐다보았다. 그것은 사람을 고문하는 도구들이 잔뜩 뭉쳐져
들어 있었다. 물론 손질도 안 되어 위생 상태가 무척이나 나
쁜 것이었다.

"흐흐흐, 그럼 어디 한 번 얼마나 버티는지 볼까?"

고문은 그렇게 시작되었고, 음마의 고통 어린 비명이 산자
락을 울렸다.

"끄아아아악!"

2

단아한 향내음이 흐르고, 수십 개의 족자들이 걸려 그 흥취
를 더해주는 작은 내전.

거대한 원형의 탁자를 사이에 두고 금색의 실로 수 놓인 고
급스러운 장포를 걸친 백발의 노인과 세 명의 남자가 안색을
굳히고 앉아 있었다. 노인과 두 명의 남자는 혈연관계를 지닌
듯 비슷한 얼굴을 하고 있었지만, 나머지 한 명은 그런 그들

과는 전혀 다른 인상을 하고 있었다.

노인은 조금 언짢은 듯한 얼굴로 찻잔을 만지작댔고, 그런 노인의 모습에 조금 얼굴이 다르게 생긴 남자의 안색이 굳었다.

"청연! 무슨 일을 그따위로 처리한 것이냐!"

노인의 우측에 앉은 적삼인이 그 옆에 앉은 황포인에게 '청연'이라 부르면서 거세게 질타를 퍼부었다.

"이제 일계를 시작해 놓고, 그따위로 일 처리를 보이다니. 그런 허술한 것으로 어찌 정도문파들을 얻어! 하여간 태생이 천한 것들은… 쯧!"

두 명의 젊은이에 의해 거세게 욕을 먹으면서 청연이라 불린 황포인은 소리 나지 않게 어금니를 깨물었다.

하지만 그런 모습을 보고 있는 노인은 아무렇지도 않게 자신의 앞에 놓인 찻잔을 들어 입가에 가져가며 말했다.

"그만 해라. 어찌 그것이 청연의 잘못일까? 하지만… 청연아, 해결책은 마련했느냐?"

소리를 질러대는 적삼인을 제지하며 청연에게 노인이 물었다.

그러나 청연은 아무런 말도 하지 못했고, 조용히 아랫입술만을 가볍게 깨물었다.

"……"

그런 청연의 표정을 보면서 황포의 노인은 괜찮다는 듯 달

래주었다.

"큰일을 도모하다 보면 세상 이치가 다 너의 뜻대로 되지 않는다는 사실을 깨달았겠구나. 하나 이번에 잃은 음마는 내가 너에게 준 혈교(血敎)에 대한 너무나 많은 것을 알고 있을 터. 속히 그에 대한 대비책을 마련해야 할 것이다."

"네… 련주님, 명심하겠습니다."

"그래, 잘 마무리하도록 하여라. 그럼 그 이야긴 그만 하고. 셋째야, 흑룡성에 대한 일은 잘되어가는 것이냐?"

노인은 가볍게 청연의 어깨를 두드려 주고는 그 옆에 앉아 있는 청삼인을 향해 말했다.

"예, 멍청한 누구하고는 다르지 않습니까? 이미 흑룡성 내부의 후계 구도를 흔들어놓았습니다. 곧 죽을지 모르고 나대는 꼴이라니… 큭큭!"

또다시 청연이라는 사내를 대놓고 무시하는 듯한 말투로 노인에게 보고를 했고, 노인은 그의 말에 간간이 고개를 끄덕이면서 찻잔을 입으로 가져갔다.

한참여의 시간이 지나고 청연은 굳은 얼굴로 내전을 나왔다.

이제껏 한 번도 그들에게 밀려본 적이 없었다. 살아오면서 처음으로 느낀 수치였다.

3

와장창!

방으로 돌아와 문을 닫은 청연은 방 안의 집기를 닥치는 대로 깨부쉈다.

한참 동안이나 청연의 분이 풀릴 때까지 계속되었고, 잠시 후 방 안은 고요를 되찾았다.

흑조목으로 만들어진 단단한 탁자에 손을 짚고 다른 한 손으로 지끈거리는 이마를 누르면서 나직한 목소리로 청연이 말했다.

"흑호!"

청연의 말에 방문을 열고 누군가 들어왔다.

얼마 전 어느 초옥에서 음마에 대한 보고를 하던 그가 아닌가.

"주인님, 찾으셨습니까?"

청연의 방은 한차례의 폭풍우라도 쓸고 지나간 듯이 난장판이 되어 있었고, 바닥에는 원형이었을 때 고가로 거래되었을 법한 화병들과 분재들이 산산조각 나 부서져 있었다. 흑호는 지금 청연의 마음을 이해하고 있는 듯 표정이 조금 어두워졌다.

"그래, 그 애송이에 대해서는 알아오라는 것은 어찌 되었나?"

청연은 방금 전 아무 일도 없었다는 듯한 표정으로 돌아와서 흑호를 향해 말했다.

"예. 주인님의 말씀이 맞았습니다. 단순한 애송이가 아니더군요. 그는 광수혈족의 생존자였습니다."

흑호의 말에 청명의 눈이 눈에 띄게 커졌다.

"뭐라? 광수혈족?"

"네, 주인님. 혈교에서 비밀리에 키운 백살대 일백 중 반 이상을 혼자서 쓸어버렸습니다. 지난 보고 때처럼 그로 인해 음마의 탈환은 실패했습니다."

청연은 흑호의 보고에 이제껏 자신의 마음 한구석을 누르고 있던 무언가가 뚫린 듯 시원함을 느꼈다.

흑호가 말한 광수혈족은 지금까지 자신이 계획해 온 것을 모두 이루어줄 수 있는 그런 것이었다. 만약 그가 진정으로 광수혈족이라면 자신의 꿈을 이루어줄 수 있을지도 몰랐다. 뿐만 아니라 련주 몰래 계획하고 있던 거사를 십 년 이상은 앞당길 수 있었다.

청연은 절로 웃음이 흘러나왔다.

"큭큭큭! 크하하하하하하! 그래! 광수혈족이란 말이지? 그 광수혈족!"

청명은 앙천광소를 터뜨렸다.

"좋아, 좋아. 광수혈족의 생존자를 찾아내었다면 음마 따위는 잊어도 좋다. 큭큭큭. 개자식들, 감히 나를 무시했다, 이거지. 오늘의 수모는 반드시 갚아주도록 하지. 흑호!"

"옛, 주인님! 하명하십시오."

흑호는 자신의 주인이 모처럼 만에 기분 좋은 웃음을 터뜨리자 수하 된 자로서 무척이나 뿌듯했다.

"이계를 실행한다. 광수혈족이 발견되었다면 이번 실패 따위는 상관없다. 크하하하, 광수혈족이라니!"

4

저녁이 다가와 곤륜산의 기슭으로 서서히 어둠이 깔렸다.

멸마단의 대원들은 침중한 기색으로 표정을 굳히면서 깔리기 시작한 어둠을 밝혀주는 모닥불을 바라보고 있었다.

"혈교였군. 혈교가 서장의 안다에 숨어 있었어."

장영의 입이 떨어지자 모두가 눈에 띄게 안색이 굳었다.

정석이 음마를 고문해서 알게 된 엄청난 이야기.

벌써 사라진 지 수많은 세월이 지나 버린 혈교는 무림을 도모하기 위해서 서장에 숨어서 새로운 힘을 기르고 있었고, 그 힘을 위해서 사천당가에 천룡단이 호위해 오던 '그 물건'을 노렸다. 또한 그 혈사를 통해서 음마를 무림맹에 표시 안 나게 잠입시키고자 했으나 멸마단으로 인해 실패하게 된 것이었다.

"그런데 혈교는 어째서 '그 물건'이 필요했을까? 만약 내가 생각하는 것이 맞다면 혈교가 그 물건을 통해서 얻을 수 있는 것은 전무할 것인데. 더구나 성공하지 못한 것인데 어째서……?"

장영은 음마의 말을 듣고 난 후에 여러 가지 생각을 하면서 생각의 조각들을 끼워 맞추기 시작했다.

그런 장영의 혼잣말을 듣고 있던 사마수동이 더욱 안색을 굳히고 눈썹을 찡그리면서 물었다.

"대주님! 혹시 그 물건이라면? 혹 그것?"

"응. 아마도… 내 예상이 맞다면. 가정이긴 하지만."

"그런……."

사마수동은 마치 그 물건의 정체를 알고 있는 듯한 표정으로 허탈하게 말했다.

"정석! 음마의 역할이 무엇이라고 했지?"

"예. 음마는 혈교에서 혈교주의 목숨을 담보로 충성을 맹세했다고 했습니다. 그리고 암살 부대를 가진 장로의 한 사람이라고 했구요."

정석의 말에 장영이 고개를 끄덕이면서 생각을 정리했다.

"그렇다면 음마는 무림맹에 잠입한 후 아마도 소리 소문 없이 수뇌부를 죽여 나갈 생각이었겠지. 특히나 이충 같은 무인이라면 누구도 의심하지 않았을 테니까……."

"저, 대주님… 그런데 음마가 섭혼술 도중에 조금 알 수 없는 말을 했습니다."

"응?"

정석은 장영을 보면서 무언가 조금 이상한 듯이 고개를 갸 웃거리며 말했다.

"스쳐 가듯이 한 말이긴 한데… 무슨 련인가? 그런 비슷한 말을 얼핏 했습니다만."

"뭐? 련? 자세히 말해봐."

"순간적으로 스쳐 지나가 버려서 자세히 듣진 못했는데, 이렇게 말하더군요. '련의 힘은 거대하다. 지금의 무림으로 는 막을 수 없을지도' 라고요."

장영은 정석의 말에 팔짱을 낀 채 두 눈을 감고 되뇌이듯 중얼거렸다.

"련의 힘이 거대하다고? 무언가 다른 세력인가? 음……."

장영의 말에 사마수동이 가만히 지켜보고 있다가 슬쩍 말 을 꺼냈다.

"대주님, 혹 '그 물건'이 혈교와 관계된 좀 더 위쪽의 녀석 들이 노린 것일까요?"

"음… 아마도. 수동, 무림을 좀 더 흔들어보자. 흔들다 보 면 무언가 튀어 나오겠지. 일단은 혈교를 파야겠다."

장영은 게슴츠레한 눈을 빛내면서 사마수동에게 나직하게 말했고, 그런 장영과 사마수동을 보면서 정석이 난처한 듯이 말했다.

"저, 대주님, 그런데 취조 도중에 음마가 죽어버렸는데 어 떻게 하죠? 맹에 보고는?"

"보고는 생략한다. 음마의 시체는 마교 교주에게 선물로 보내는 걸로 하지. 아마 구양수, 그 늙은이가 좋아할 거야."

장영이 대수롭지 않게 말했고, 그것을 들은 남궁가휘는 굳어 있던 표정으로 깜짝 놀라면서 반박했다.

"무슨 소립니까! 마교에 보내다니요! 응당 무림맹으로 가져가서 죽어간 천룡단의 넋을 위로해야 하지 않습니까!"

그런 남궁가휘의 모습을 게슴츠레한 눈으로 귀찮다는 듯이 쳐다보고는 피식 웃으면서 장영이 말했다.

"꼬맹이, 웃기지 마라. 난 음마의 처우에 대한 명령을 받은 적이 없다. 즉, 그에 대한 시체를 처리하는 것도 내 마음이다."

"그, 그런!"

장영의 말에 반박하지 못하고 있는 사이에 사마수동이 말했다.

"대주님, 그렇다면 결국 혈교에 잠입을 해야 하는 것 아닙니까?"

"아마도 그렇겠지. 하지만 음마 정도를 수하로 부리는 놈이다. 쉽진 않겠지."

"흠……."

"혹시 음마가 말한 안다라는 곳에 놈들의 근거지가 있지 않을까요?"

적환이 물었다.

“아니, 혹여 있었다 해도 벌써 다른 곳으로 옮겼겠지. 음마가 잡힌 이상 원래 있던 곳을 계속 유지할 정도로 멍청한 놈은 아닐 것이다.”

“음… 그렇다면…….”

“아마도 다른 곳을 찾아야겠지. 그렇게 하자면 일단 놈들을 건드려 놓아야 하는데…….”

대책을 찾아내기 위해서 고민하던 장영은 무언가를 생각하다가 좀 전의 장영의 태도에 구시렁대고 있는 남궁가휘를 바라보고는 빙그레 웃었다.

“일단 무림 전체를 뒤흔들 수 있는 계획을 세워야겠다. 그러려면 적당한 미끼가 필요한데…….”

장영은 인상을 살짝 찌푸리면서 대원들을 둘러보았다. 그러다가 문득 한곳에 시선을 멈추고 미미하게 미소를 지었다.

“있군. 미끼 역할에나 적합한 놈이…….”

“예?”

사마수동이 장영을 향해서 고개를 돌렸다.

“있잖아. 미끼!”

장영이 손으로 가리킨 끝으로 대원들의 고개가 돌아갔고, 모두들 그 손가락을 따라 시선을 돌리면서 ‘아!’ 하는 탄성을 내질렀다. 물론 손가락 끝에 앉아 있던 남궁가휘만이 무슨 말인지 이해하지 못하고 어리둥절한 표정을 지었다.

“에? 무슨?”

무슨 뜻인지 모를 손가락질과 대원들의 히죽거리는 듯한 웃음을 보면서 불길한 느낌이 드는 남궁가휘였다.

"수동! 오늘부터 저놈 좀 개조해야겠다."

"옛! 대주!"

"성욱! 혈교 녀석들이 관심 가질 만한 계획을 만들어라. 사장된 혈교의 무공도 좀 찾아오고, 그리고 될 수 있으면 무림 자체를 흔들어 버릴 수 있는 계획이면 좋겠다. 그리고 그 계획은 극비로 하지."

"옛! 대주!"

"적환! 마로와 정석이를 데리고 쓸 만한 축골공과 역용술을 알아와라. 그 누구도 알아내지 못하고, 속성으로 익힐 수 있는 걸로!"

"옙!"

"크크크크. 재미있겠군."

장영의 지시에 모두들 사악한 미소를 지었고, 무슨 영문인지 모르는 남궁가휘만이 불안감에 시달리면서 식은땀을 흘렸다.

"에?"

『전귀』 2권에 계속…

BOOK Publishing CHUNGEORAM

플라이 미 투 더 문 | 이수영 지음

판타지의 대가, 이수영. 그녀가 선보이는 첫 번째 사랑이야기.
사랑, 질투, 음모, 욕망……
상상한 것 이상의 절애(切愛), 그 잔혹한 사랑이 시작된다.

온전히, 그의 손에 떨어진 꽃. 잡았다.
짐승의 왕은 즐거웠다.

인간, 그리고 인간이 아닌 자.
절대로 이어질 수 없는 두 운명이 만났다!
사랑 혹은 숙명.
너일 수밖에 없는 愛.

1998년 〈귀환병 이야기〉
2000년 〈암흑 제국의 패리어드〉
2002년 〈쿠베린〉
2005년 〈사나운 새벽〉

그리고 2007년,
『FLY ME TO THE MOON』

유행이 아닌 자유추구 -
WWW.chungeoram.com
BOOK Publishing CHUNGEORAM

입소문을 통해 아는 분은 다 알고 계십니다!
올 한해 공인중개사 최고의 화제작!

1~2권 합본 | 이용훈 지음
3~4권 합본 | 이용훈 지음
5~6권 합본 | 이용훈 지음
용어해설 | 이용훈 지음

수험생 기본 필독서
만화 공인중개사

제목 : 만화공인중개사 쓰신 분에게 감사드립니다.

학원을 두 달 다녔어요. 근데 과연 그 숫자 외우기 그런 게 몇 문제나 나올까 생각을 했어요.
아니라는 생각이 드네요. 학원강의를 뒤로하고 서점을 갔어요. 내 머리에 가장 이해될 수 있는
책이 없나 하구요. 거기서 만화를 발견했어요. 무조건 세 번 봤어요. 3개월 걸렸어요. 문제집을 보라고
했는데 그건 시행을 못했어요. 근데 합격을 했네요.
어떻게 감사의 말을 해야 될지……
도서관에서 만화책 들고 다니니까 사람들이 비웃더라구요. 만화책으로 공인중개사를 공부한다고
미친 사람처럼 보더라구요. 근데 그거 다 감수하고 했던 내가 자랑스럽습니다.
어떻게 감사의 말을 해야 할지… 정말 감사합니다.
부디 행복하세요. 제 나이 41살에 좋은 스승을 만난 것 같습니다.
엎드려 감사드립니다.

－본사 홈페이지에 독자분이 올린 메일 中 에서 발췌－

2008년 봄 그들이 온다!!

권왕무적의 초우, 궁귀검신의 조돈형, 삼류무사의 김석진, 태극검해의
한성수, 프라우슈 폰 진의 김광수, 흑사자의 김운영, 송백의 백준 등

총 20여 명에 이르는 호화군단의 인더북 이북 연재 확정!!
그 외에도 많은 정상급 작가들의 이북 연재 런칭 예정!!

**포도밭 그 사나이, 새빨간 여우 등의 로맨스 정상급 작가
김랑의 작품을 이북 연재로 만나다!!**

오직 인더북에서만 독점 연재!!

아쉬움을 남기고 1부에서 막을 내린 **권왕무적 시리즈의 2부** 등 인기 작가들의 수준 높은
미공개 작품들이 시중에 책으로 출간되지 않고, 오직 인더북에서만 연재됩니다.

COMING SOON! INTHEBOOK.NET

1. 인더북의 이북 유료연재는 2008년 1월 말 ~ 2월 중순경 오픈
2. 인더북에 연재되는 작품들은 시중에 출판되지 않은 작품들로 엄선

**이북 유료연재의 새로운 도전! 그리고 새로운 시작! 인더북!!
곧 새로운 모습의 이북 연재 사이트로 여러분께 다가가겠습니다.**